인생 노우트

일러두기

1. 이 책은 류달영이 「사상계」의 '인생 노오트' 코너에 1958년 1월호(54호)부터 그해 12월호(65호)까지 1년간 연재한 글들을 묶어 1984년에 출간한 『인생 노우트』(삼화출판사 발행)를 재출간한 것이다.
2. 책, 신문, 논문집은 『』로 도판, 잡지, 시는 「」로 표기했다.
3. 의미 파악이 어려운 한자어는 괄호 속에 뜻풀이를 달았다.
4. 현재 잘 쓰이지 않거나 이해하기 어려운 낱말이나 표현은 미주에 설명했다.
5. 내용 이해에 필요한 역사적 사실이나 중요한 인물에 관한 해설은 미주에 실었다.

인생 노우트

류달영 인생론집

머리말

무궁한 시간 속에서 우리들의 일생은 모두 찰나와 같다. 거의 없는 것과 마찬가지다. 그러나 생각하고 일하면서 삶을 영위하는 것은 분명한 사실이다. 삶이 아무리 평범하더라도 거기에는 사람만이 생각할 수 있고 행할 수 있는 값진 삶이 있다.

이 책은 나의 정리되지 않은 잡기장 몇 조각이다. 더구나, 단순하고 세련되지 못한 나의 반생에는 사람들을 놀라게 할 만한 기발한 사실들도 없다. 문자 그대로 지극히 평범한 인생 기록의 단편인 것이다. 그럼에도 불구하고, 몇백만으로 추산되는 한국의 지성인 젊은 독자들이 깊은 애정으로 내 글을 읽어 주었고, 끊임없이 격려해 준 까닭은 나로서도 어렴풋이나마 짐작할 수가 있다.

우리는 우리 역사가 지금껏 본 적 없는 새로운 단계에 도달해 있음을 알고 있다. 오천 년 역사가 아무리 길었더라도 우리 역사로서는 하나의 준비 과정에 지나지 않았었는데, 이제야말로 새로운 역사의 막이 눈앞에 열린 것이다. 그리고 우리는 이 새 무대에 처음으로 등장하는 젊은 주인공들임을 자각했다. 지금이야말로 역사의 분수령에 도달해 있음을 느낀다. 크면 큰 대로 작으면 작은 대로 보람 있는 생을 살아 보자는 공통된 이념이 누구의 가슴 속에도 잠재해 있는 것이다.

　내가 아무리 겸손하더라도 거짓이 아닌 이상 나 자신의 생명에 대하여 스스로 존귀함을 느끼고 있음을 부정할 수 없다. 내생명이거나 남의 생명이거나 간에, 모든 생명은 각각 다르면서도 하나의 거대한 강물이다. 똑같이 지극히 존귀하고 또 모독할수 없는 존엄성을 지니고 있다. 나도 페스탈로치나 슈바이처가가슴 속에 품은 '생명에의 외경'을 미약하나마 그들과 같이 느끼고 있다. 사실 오늘날 인류의 모든 비극과 고민은 이 생명에 대한 무자각과 생명을 천대하는 데서 일어난다.

　내가 짜임 없이 엮은 거친 글을 부끄러워하지 않고 담대히 세상에 선보이는 까닭은 오로지 이 나라 젊음들이 역사의 험한 골짜기에서 자기 자신을 바로 찾아 이 민족과 인류의 새 과업을 이룩하는 데 티끌만 한 도움이라도 될까 하는 일념에 있을 뿐이다. 새 역사를 맡은 이 나라 젊음들에게 부디 인생의 영광이 있기를 기원한다.

1958년 12월
류달영

차례

평범한 인생 기록

류달영은 1911년 5월 6일 경기도 이천시 대월면 고담리에서 태어났다. 엄한 어머니와 자애로운 아버지의 가르침을 받으며 성장한 그는 어린 시절부터 이 세상에서 '사람 노릇'을 제대로 하겠다는 의지를 다졌다. 이번 장에 실린 그의 어린 시절 일화를 살펴보면 주변 모든 것에서 배우려고 하는 그의 삶의 자세가 어디에서 비롯되었는지 알 수 있다.

도덕의 권화權化[1]이며, 지식의 창고이며, 이성의 극치라고 믿어 온 나의 신념은 하나씩 둘씩 무너져 갔다. 이것은 산골의 천진한 소년의 가슴을 아프게 하는 슬픈 일들이었으나, 내가 성장해 가고 있는 증거이기도 했다.

대추나무

나는 낙향한 시골 선비의 큰집 외아들로 태어났다. 아버지는 시 쓰기를 좋아하는 선비이며 부지런한 농부였다. 출산을 단념했던 아버지가 마흔두 살 때에 나를 낳았으므로, 나의 탄생은 우리 문중은 물론 인근에도 적지 않은 기쁨이 되었었다. 그러나 나는 어려서 응석을 부려 보지 못하고 자랐다. 아버지는 두렵고 어머니는 무서웠다. 나는 '얻어다 기르는 아이가 아닌가?' 하고 스스로 의심해 본 일조차 있었다.

지금은 사촌에게 물려주었지만, 내가 살던 시골집에 갈 때마다 나는 그 집 뒤란에 서 있는 두 그루의 노목이 된 대추나무를 깊은 감회로 바라보곤 한다.

내 나이 아마 일곱 살이나 여덟 살 때라고 기억한다. 어느 날, 아버지의 친구 한 분이 찾아오셔서 사랑방에는 이야기꽃이 피었다. 언제나 다름이 없이 어머니는 약주상을 차려 내보내셨다. 나는 내가 평소에 배운 예절대로 손님 앞에 나가서 절을 하고 꿇어앉았다. 손님은 내가 똑똑하고 점잖다고 칭찬하면서, 술안주로 내온 삶은 달걀 반쪽을 집어 주었다. 나는 굳이 사양하고 받지 않았으나 "어른이 주시는 것을 안 받아서야 쓰느냐?" 하고 위엄 있는 노인의 눈짓과 웃음을 머금은 아버지의 승낙으로 마음에 내키지 않는 달걀 조각을 받아 손에 든 채 안마당으로 나왔다. 공교롭게도 내가 마당으로 나오자마자 어머니와 마주쳤다.

"너 손에 든 것이 무엇이냐?"

한동안 나를 바라보던 어머니의 얼굴에는 별안간 서슬이 섰다.

"이리로 좀 온."

조용한 소리로 부르며 손짓했다. 나는 보이지 않는 사슬에 끌려 뒤란으로 따라 돌아갔다. 어머니는 나를 가는 새끼로 꽁꽁 묶어 대추나무에 잡아매었다. 어머니의 손에 쥐어진 회초리는 떨리고 있었고, 나는 목이 꼭 막혀 소리도 못 지르고, '오늘 내가 여기서 죽는구나!' 하고 질려서 떨고만 있었다.

그런데, 이상하게도 어머니의 얼굴은 점점 울상으로 변하면서 눈물을 글썽거리더니 작은 소리로 푸념을 시작하였다.

"이놈아, 너는 늙은 부모의 외아들이자 이 집안의 종손이다. 이 따위로 자라서 부모가 다 죽은 다음엔 너 혼자 어떻게 사람 구실을 할 터이냐? 응, 이놈아!"

나는 내가 맞는 것보다 어머니가 우는 것이 더 무서웠다. 나는 아마 내가 큰 잘못을 저질렀나보다 생각했고, 달걀 조각을 땅에 내던졌다.

그 후에 나는 어머니가 밤중에 터주 앞에 맑은 물을 떠 놓고 무엇인가

축원하는 것을 보았다. 또 숙모의 말에 의하면 내가 태어나기 전에 어머니는 북두칠성님께 밤마다 치성을 드렸다고 한다. 시골집 뒤란의 대추나무는 고목이 되어 해마다 말라 가고 있으나, 내 가슴 속의 대추나무는 잎이 지지 않는 상록수가 되어 아무리 세월이 흘러도 늙지를 않는다.

회의懷疑하는 천진天眞[2]

요새 세상에도 그렇게 생각하고 있는 아이들이 시골에는 더러 있을지 모르지만, 나는 어렸을 때 선생님은 모든 것을 아는 성인聖人처럼 완전한 인간으로 믿고 있었다. 그러나 순진한 내 가슴에 선생님에 대한 회의가 싹트기 시작했다.

한가위 전날이었다. 모든 아이들은 지루한 표정으로 즐거운 내일을 기다리고 있었다. 마지막 시간이 되고 미소를 띤 C선생님이 교실로 들어오셨다. 이분은 우리들의 담임 선생님이 아니었는데, 무슨 사정인지 이날의 마지막 시간을 담당했다.

"선생님! 내일도 공부합니까? 추석 명절인데도 놀지 않습니까?"

온 교실이 들떠서 이구동성으로 외쳤다.

"그래, 내일 추석엔 논다."

다소 추측은 하고 있었으나 이 확실한 대답을 듣고 나서 교실은 떠나갈 듯하였다. 마룻바닥을 발로 구르는 아이들도 있었다.

"그렇지만 학교에 와서 출석은 부르고 가야 된다." 하고 선생님은 덧붙여 말씀하셨다. 학교가 가까운 아이들은 이것쯤은 문제가 아니 되나 나에게는 큰 불만이었다. 나는 곧 일어나 항의하였다.

"선생님, 놀면 아주 놀든지 공부를 할 터이면 아주 공부를 합시다. 저는 '예' 하는 한마디 대답을 하려 50리里* 길을 걸어야 합니다."

이 항의는 선생님의 비위를 몹시 거슬러서 단단한 꾸지람을 듣게 되었고, 이마에 꿀밤도 먹었다. 나는 출석만을 부르는 까닭을 물었으나 해명을 얻지 못하였고, 다만 아이는 어른에게 복종할 줄 알아야 한다는 훈계를 거듭 들었다. 추석날 나는 결석하였고 우울한 하루를 보냈다.

내가 가장 좋아하는 이과 시간이었다. 실험 기구가 없었으므로 몇 장의 괘도와 칠판에 그려진 그림만으로 설명을 듣곤 하였다. 광선의 반사를 공부하는 시간이었다. 내 머리 속에는 영감에 의해 참으로 기발한 생각이 떠올랐다. 나는 곧 선생님께 물어보았다.

"마주 세운 두 개의 거울 사이에 한 개의 촛불을 세울 때에는 무한개의 촛불이 거울 속에 비칠 듯한데 어떻습니까?"

선생님은 잠깐 생각하더니 대답하셨다.

"거울 속에는 두 개의 촛불이 비칠 터이지 무한개야 될 수 있나."

이 대답에 나는 석연함을 얻지 못하여 그림을 그려 가며 설명해 보았으나 분명한 해명 없이 부정되고 말았다. 나는 선생님의 지식이 나보다 정확할 것이라고 믿고 내 생각의 과오가 어디에 있나 씹어서 생각해 보

---

* 1리=약 393m, 50리=약 20km.

앉으나 결론을 얻지 못하였다.

　서울로 고등보통학교[3] 입학시험을 보러 가는 길이었다. 무명 두루마기에 고무신을 신고 나는 평생 처음으로 기차를 탔다. 나는 객차에 들어서면서 양쪽 세면대에 두 개의 큰 거울이 마주 붙은 것을 발견하였다. 나의 머릿속은 번쩍 빛났다. 뜻하지 않은 곳에 절호의 실험 설비가 있었기 때문이다. 나는 거울 사이에 서서 오른손을 번쩍 들었다. 보라! 무수한 손이 일렬로 늘어서 있지 않은가!

　"야! 야!" 하고 나는 미친 듯이 혼자서 환호를 올렸다.

　일본어 시간이었다. 갓 쓴 아버지와 동저고리 바람의 아들이 대한 해협을 건너는 연락선 갑판 위에서 나누는 문답이 학습 내용이었다. 아버지는 아들에게 이렇게 설명한다.

　"애야, 옛날에는 백제의 문화가 이 바다를 건너서 일본 내지로 흘러들어 갔었다. 그런데 지금은 내지에서 반도로 문화가 흘러오고 있으니 참 흥미 있는 일이 아니냐?"

　아들은 아버지 말을 받아 이렇게 말한다.

　"그것참 재미나는군요."

　선생님은 어려운 단어를 해석해 주고 문단을 나누며 열심히 문장을 음미시켰다. 나는 구체적 사실은 아무 것도 몰랐지만 우리나라가 일본에 정복되었고 또 내 나라 말이 아닌 일어를 배우고 있다는 것만은 알고 있었다. 나는 절대로 거짓말을 할 리가 없으리라고 믿는 양심의 권화인 선생님에게 질문하였다.

"선생님, 저는 이해할 수가 없습니다. 백제의 문화가 일본으로 흘러들어가는 것은 흥미 있는 일이겠으나, 앞섰던 우리가 뒤떨어져서 일본의 문화가 도로 건너오고 있다는데, 그것이 우리에게 무슨 흥미가 있다고 이 아이의 아버지는 그렇게 아들에게 말하고 있는 것입니까?"

선생님은 당황한 표정으로 얼마를 생각하다가 말씀하셨다.

"그것은 역사의 변화하는 모습만을 보고 하는 말이니 더 깊이 생각할 필요가 없어요."

이렇게 내 질문을 간단히 처리해 버리려고 들었다.

"나라가 없어졌는데도 역사를 흥미만으로 볼 수 있습니까?"

"그런 질문을 자꾸 하는 것이 아니야."

시골 숫보기(순진하고 어수룩한 사람)로 영리하지 못하였던 나는 선생님의 명쾌한 대답을 못 듣는 것이 한스러웠다.

부임한 지 얼마 안 되는 천사같이 예쁜 여선생님이 온다 간다 인사도 없이 사라졌고 선생님들 사이의 지저분한 소문이 마을에서 마을로 퍼져 갔다.

학교와 교사가 도덕의 권화權化이며, 지식의 창고이며, 이성의 극치라고 믿어 온 나의 신념은 하나씩 둘씩 무너져 갔다. 이것은 산골의 천진한 소년의 가슴을 아프게 하는 슬픈 일들이었으나, 내가 성장해 가고 있는 증거이기도 했다.

소학교[4] 길 7만 8천 리

　내가 자라난 이천 소리울은 뒤에 울창한 산이 보기 좋게 솟아 있고, 작은 시내가 80호의 큰 마을을 양쪽으로 감싸 안고 한데 합쳐져 앞에 펼쳐진 넓은 들로 흘러간다. 지금은 학교도 있고, 교회의 종소리도 울리고, 근처에 조그마한 장도 서고, 서울까지 버스도 오르내린다. 그러나 나의 어린 시절에는 모든 문화에서 완전히 고립된 벽촌이었다.

　열두 살 때에 『논어』를 읽기 시작하던 나는 늘어뜨린 머리꼬리를 하루아침에 잘라 버리고, 마음대로 껑충껑충 뛸 수도 있는 보통학교에 입학하게 되었다. 내 외숙은 일찍 신문화에 접한 소위 개명한 분으로, 집에 오셨던 기회에 아버지와 밤을 새워 토론한 결과였다. 이것은 아버지의 용기 있는 결단이었다. 나는 그날로 외숙을 따라 충청도에 가서 2년 동안 25리 통학을 하였고, 그 해 겨울에 다시 집에 돌아와 똑같이 25리 떨어진 학교를 통학하였다. 다리 없는 시내와 인가 없는 산길에 나는 싫증 내지 않고, 여름에는 나막신을 신고 겨울에는 고무신을 신고 꾸준히 다녔다. 여름, 겨울 방학과 공휴, 축제일을 빼고서 1년을 260일로 잡으면, 6년 동안의 등굣길의 전체 길이는 7만 8천 리[5]에 달한다.

어느 날 학교에서 집으로 돌아오는 도중에 무서운 폭우를 만났다. 그리 크지 않은 시내가 평소에는 상상도 할 수 없을 만큼 물이 불어서, 시뻘건 흙탕물이 둑을 넘어 미친 듯이 흘러갔다. 물동이를 퍼붓는 듯 비는 쏟아지고 인가는 멀어서 나 혼자 어찌할 바를 몰랐다. 그래도 우리 집은 내를 건너기만 하면 5리밖에 안 되므로, 책보를 허리에 단단히 동여매고 조심조심 발을 물속으로 들여놓았다. 두 눈이 핑핑 도는데, 붉은 물결이 내 몸으로 덮쳐서 기어오르는 순간에 나는 그대로 흙탕물 속에 휩쓸려 버렸다. '나는 죽는다!' 하는 의식이 번개같이 머릿속을 스쳐 갔다. 다행히도 얼마 후에 둑이 꺾이는 고비에서 손에 부딪히는 풀을 움켜잡고 건너편 둑 위로 기어 올라갈 수가 있었다. 나는 살아난 것이었다.

둑에 누워 흙탕물을 토하고 정신을 차린 다음에, 둑을 조심조심 타고 올라가 집으로 가는 길로 접어들었다. 그때, 건너편 고개 위에 도롱이 삿갓을 쓰고 아버지가 내려오고 계셨다. 내 마중을 나오신 것이었다. 아버지는 내가 헤엄을 쳐 건너온 것으로 아셨는지 무모한 모험을 하지 말라고 타이르셨다. 나는 물에 휩쓸려서 죽을 뻔한 사실을 누구에게도 이야기하지 않았다.

학교 길 8만 리에 별별 일이 다 있었다. 오랜 세월이 흘러서 아버지는 이미 세상에 안 계시고, 그 내에는 튼튼한 콘크리트 다리가 놓였고, 나는 자녀들을 염려하는 부모가 되었다.

아버지의 비밀

    나는 여름 방학이 되어 서울에서 집에 내려와 있었다. 동네 사람의 농토를 주선해 주시려고 산 너머 친구를 찾아가셨던 아버지가 얼굴과 손에 상처를 입고 돌아오셔서 어머니와 나는 몹시 놀랐다. 그러나 아버지의 대답은 간단하셨다.

    "산을 넘을 때 돌에 발을 헛디뎌 다쳤으나 대단하지 않다."

    나는 그렇게 믿었고 아버지는 며칠 자리 잡고 쉬셨다.

    아버지가 세상을 떠나신 후에 아버지의 친구들과 마을 사람들로부터 아버지의 청렴하고, 부지런하고, 검소하고, 의리가 두텁고, 또 가난한 사람들을 힘껏 도와주신 많은 일화를 듣고, 나는 아버지의 인격을 날이 갈수록 추모하여 마지않았다. 나는 송도에서 교편을 잡고 있을 때야 비로소 지난날에 아버지가 부상 당한 경위를 어머니로부터 들을 수 있었다. 그 경위의 줄거리는 이러하다.

    아버지는 목숨줄인 농토가 떨어진 마을 사람 하나를 위하여 농토를 주선하러 산 너머 동네에 친구를 찾아가시던 길에, 산속에서 불량배를 만나 봉변을 당하시고 약간의 돈과 우산을 강탈당하셨다. 목적지인 마을이 멀지 않았으므로 그대로 그 친구의 집을 찾아갔는데, 뜻밖에도 몇 십 분 전에 빼앗긴 우산이 그 집 마루 가에 놓여 있었고, 범인은 바로 친구의 조카뻘 되는 청년이라는 것을 알게 되었다.

아버지는 그 우산이 산속에서 쉴 때에 놓고 온 것인데, 누가 주워 온 것이 틀림없다고 말씀하시고 도로 찾았고, 또 친구에게도 젊은 사람들을 잘 단속해 달라고 간곡히 부탁하였다는 것이다. 그 사실을 아는 것은 어머니뿐이었다.

아버지는 "혈기에 넘친 아이들이 복수심에 불타서 남에게 폭행을 하거나 점잖은 친구의 체면을 깎는 일이 생기기 쉬우므로, 이 일은 아무도 모르는 것이 백방으로 좋다."라고 하셨다는 것이다. 아버지가 세상을 떠나시고 이 일이 있은 지 이미 10여 년의 세월이 흘러간 때에 이 말씀을 듣는 나는 추호의 미움도, 노여움도, 또 복수심도 없었고, 오직 아버지의 깊은 은혜에 대한 감격뿐이었다. 충무공 이순신과 중국 후한 말 명장 관우의 행적을 함께 울며 읽던 아버지, 그는 나를 위하여 또 무슨 비밀을 간직한 채 가셨는고? 아무리 지극한 효성도 어버이의 사랑에는 미칠 수가 없다.

위가 터진 이야기

　함석헌[6] 선생과 함께 우리나라 무교회 신앙[7](복음의 순수화 운동)의 선봉이던 김교신[8] 선생은 나의 양정고등보통학교 재학 5년 동안 담임이었다. 김교신 선생께 가르침을 받던 이때 웅덩이에서 바다로 나온 듯 시야가 넓어져 갔다.

　4학년 때 우리들은 금강산 수학여행을 마치고 돌아오는 길에 석왕사에서 하룻밤을 쉬었다. 이른 새벽에 울창한 송림을 거닐어 자연을 즐기며 약수터로 갔다. 탄산이 많이 섞여 목을 탁탁 쏘는 자극적인 약수를 한 모금 한 모금 약 먹듯 마시고 있노라니, 장난꾸러기 친구 몇이 떠들며 올라왔다.

　"너희들 이 약수 몇 컵이나 마시겠니?"

　"아무려면 너만큼이야 못 마시겠나?"

　즉시 결사적인 물 마시기 내기가 시작되었다. 처음 몇 컵은 그래도 쉽게 마셨으나, 열 컵을 넘어서 컵 수가 늘어날수록 목구멍은 찢어지는 것 같고, 배는 순간에 터질 듯 뱃가죽이 조여 갔다. 그러면 그럴수록 한두 모금에 승부가 날 듯하므로, 두 놈이 유리컵을 입에 댄 채 서로 마주 바라보면서 한 모금씩 한 모금씩 마셔 갔다. 그러나 두 놈이 서로 더 견디어 낼 수가 없어서 승부도 가리지 못하고 조이는 뱃가죽을 잡고 조심조심 내려왔다. 내려오면서 둘이 다 똑같이 이렇게 후회를 했다.

"단 한 모금만 눈을 딱 감고 더 마셨더라면 저 녀석을 보기 좋게 이겨 낼 수가 있었을 터이다…."

맑고 찬 산협山峽의 영기靈氣가 뼈로 스며드는 함경남도의 명승지 삼방三防[9]에 갔을 때, 우리는 거기서 더 자극적인 약수가 바위틈에서 펑펑 솟고 있는 것을 보았다.

"이 물은 암만 먹어도 배탈 나는 일은 없어요."

"암, 그렇고말고. 어떤 약수라고."

휴양 와서 물 먹는 사람들의 주고받는 이야기다. 여기서야말로 결판을 내고 볼 일이라고 생각하고 나는 다시 물 마시기 내기를 걸었다. 알루미늄 대접으로 몇 그릇인가를 들이켰을 때 나는 싸움을 돋운 보람도 없이 손을 들게 되었다. 그러나 진 것이 무승부보다는 낫다고 생각하였다.

이날은 점심도, 저녁도 못 먹고, 객차 한구석에 기대어 누워 있었다. 숙소에 도착하자마자 하혈로 방 안을 피바다로 만들었고 중태에 빠졌다. 이로 하여 사선死線을 방황하면서 상당히 오랫동안 병상에 누워 있어야 했다.

'산다는 것이 무엇이냐?', '인생이란 무엇이냐?' 날마다 혼자 누워 생각을 풀어 보았다. 톨스토이 전집을 탐독한 것도, 평소 미신의 사서邪書로 경멸하던 성경을 고쳐 읽은 것도 이때였다. 이리하여 청년 예수는 내 가슴에 비로소 자리 잡기 시작하였다.

강의와 잡지 편집에 누구보다도 바쁜 김교신 선생님이 틈이 나면 30리 떨어진 내 숙소를 찾아서, "이 민족을 위해 류 군을 재기시켜 주소서!" 하고 신께 기원해 주시곤 하였다. 종교는 민족을 위한 대담한 투쟁력을 마비시키는 장애물이라고 생각하던 나의 생각은 이때 바뀌어 갔다.

나는 선생님의 순수한 신앙을 배우기로 결심하였다. 삼방 약수를 그렇게 지나치게 먹지 않았더라면, 나는 지금과 다른 인생관을 가지고 인생을 걷게 되었을지도 모른다. 삼방 약수는 나에게 참 좋은 약이 되었다고 지금도 그렇게 믿고 있다.

나의 결혼 생활

지난 10월 24일 유엔데이(UN day)는 내 맏딸 인숙이의 혼례 날이었다. 면사포도, 들러리도, 웨딩 마치도, 예물 교환도, 축사도, 드라이브도 없이 H선생님의 감명 깊은 말씀만으로 예식을 엄숙하게 끝냈다. 나는 그들의 장래를 심축하면서 33년 동안의 결혼 생활을 회고해 보았다.

나는 보통학교 3학년인 열세 살, 아내는 열다섯 살 때에 우리는 초립 쓰고, 족두리 쓰고 결혼식을 올렸다. 늦자랐던 나는 결혼의 의의가 무엇인지를 생각해 볼 정도도 못 되었고, 신부의 사진조차 예식 전에 본 일이 없었다. 신부는 한문과 국문을 수학했고, 바느질과 예의범절도 교리校理[10] 집 딸로서 배울 만큼 배운 듯하였다. 우리는 남매같이, 동무같이 의좋게 자랐다. 나는 곧 서울에 유학 가서 있었고, 아내는 나 대신 시부모를 모시고 우리 집 농사 뒷바라지를 억척으로 해냈다.

내가 전문학교를 마칠 때까지 많은 친구들이 이혼하고 신여성과 새로 결혼하는 것을 보았다. 그러나 나는 그들 가정에 참행복이 깃든 것을 별로 보지 못하였다. 그 까닭은 그들은 어느 의미에서 일종의 '살인자'들이기 때문이다. '봉건 사회의 희생자'라고 하면 아내들도 남편들과 똑같이 희생자들이며, 실상 아내들은 남편들에게 비할 수 없는 더 큰 희생자들이다. 남의 불행 위에 나의 참행복이 건설될 리가 없다. 가정에 실패한 남자는 사업에 정력을 기울일 수도 있으나, 여자는 그대로 깨진 토기 조각과 같은 신세가 되는 것이다.

　나의 33년 동안의 부부 생활은 숭늉 같기도 하고, 밥 같기도 한 한결같은 생활이었다. 우리는 서로 가정에서 꿀 같은 맛을 바라지 않았다. 내가 감옥에 있을 때에 아내는 나의 더 큰 지주임을 발견하였다. 물질적, 정신적 핍박 속에 아내는 굳은 믿음으로 견디어 갔다. 김교신, 함석헌, 송두용[11] 등 여러 선생들과 함께 6개월의 유치장 생활에서 다시 형무소로 넘어가던 날 나를 다루던 형사가 농담조로 이렇게 말하였다.

　"내 경찰 생활에 울지 않는 여자 둘을 보았는데, 하나는 장지영[12] 씨 부인이었고, 또 하나는 당신 부인이었소. 남편을 고랑에 채워 묶어 갈 때에도, 마지막 면회를 할 때에도, 둘이 다 집일은 염려 말라고만 하더군. 무쇠로 만든 여성들이지."

　나는 빙그레 웃고 듣기만 했으나 큰 격려가 되었다. 6·25 때에 나의 생명과 아이들과 수천의 장서는 아내의 희생으로 보전되었다.

　내 자신은 아내만을 위하여 살아오지 못했으나, 아내는 나만을 위해서 살아왔다. 남을 위해 산 사람들이 천국에 간다고 한다면, 천국의 대부분은 우리나라의 아내들과 어머니들이 차지할 것이 분명하다.

삶을 모색하는 젊음

사물과 세상의 이치를 향한 탐구심과 보람된 인생을 위한 류달영의 고민은 계속
되었다. 고심 끝에 양정고등보통학교에 입학한 그는 인생의 스승 김교신을 만나
5년 동안 함께 지내며 사제간의 깊은 정을 나누었다. 김교신을 통해 우리나라의 찬
란한 역사와 문화를 배운 류달영은 일제로부터 독립하여 이상적인 나라를 세우려
는 꿈을 키우게 되었다.

꼭 해야 할 일이라고 직감했을 때에 주저하지 않고 단행하는 버릇을 기르는 것은 우리가 보람 있는 한생을 살기 위해 더없이 긴요한 것이다. 적건 크건 간에 할 만한 일을 주저하지 않고, 이해의 저울에 달지 않고, 단행하는 것처럼 쾌한 것은 없다.

외투

광주 학생 운동[13]이 도화선이 되어 우리 민족의 울분이 폭발하여 전국이 물 끓듯하던 그해 겨울로 기억한다. 눈보라가 사나운 어느 날 밤에 나는 도서관에서 서울역으로 걸어가고 있었다. 기차를 타고 영등포의 숙소로 돌아가는 길이었다. 뼛속까지 스며드는 찬바람이 눈을 몰아다 사정없이 나를 갈기었다. 자동차도 별로 없고, 한적한 거리를 간혹 전차만이 거친 소리를 내면서 달려가고 있었다.

나는 외투 깃을 세워서 목을 가리고, 스며드는 바람과 찬 눈을 막으면서, 빠른 걸음걸이로 미끄러운 보도를 걷고 있었다. 고등보통학교에 입학한 지 2년 만에 나는 푼푼이 용돈을 모아서 8원짜리 외투를 사서 입었는데, 아직까지 그날 밤처럼 외투가 고맙다는 것을 느껴 본 적은 없었다. 만일 내가 외투를 입지 않았더라면, 얇은 속옷과 부실한 저녁 식사 때문에 떨리는 몸을 가누기가 힘들었을 것이다.

내 숙소에 같이 있는 친구들이 오늘도 군불을 넣지 않고 그대로 잔다면, 나는 냉방에서 외투를 요 위에 깔거나 이불 속에 덮고서, 한결 편안한 잠을 이룰 수가 있을 것이다. 새벽 4시 반에는 이 외투를 걸치고 이 군의 기상나팔 소리에 일어나서, 노송이 울창한 언덕에 올라가 마음껏 소리를 지르면서 호연지기를 기를 수도 있다. 윤이 흐르는 검은 외투에 금빛 단추가 희미한 가로등 불빛에 반짝거리는 것을 의식하면서, 보도 위를 걷는 내 걸음걸이는 제법 활기가 있었다.

서울역 앞 세브란스 병원 앞에 다다랐을 때였다. 차마 눈을 뜨고 볼 수 없는 광경이 나를 못으로 박아 세운 듯이 움직이지 못하게 하였다. 두 다리와 궁둥이가 그대로 드러나고, 등에도 찢어진 누더기 사이로 붉은 살이 군데군데 내다보이는 늙은 거지 하나가 추위를 못 견디어 차디찬 보도 위에 엎드려서 소리를 지르면서 울고 있었다.

길게 자라 엉킨 머리에 먼지와 티끌이 담뿍 앉았고, 때 묻은 얼굴은 여위어서 그대로 해골 같았다. 천지 만물 가운데 사람이 가장 존귀하다고 하지 않는가! 서울 거리에서, 더구나 기독교 기관이 경영하는 병원 앞에서 이 무슨 처참한 광경인가! 이 늙은 거지의 부르짖음이 서울의 구석구석까지 스며들어 가는 듯했다.

나는 거의 본능적으로 여민 외투 깃을 제쳤다. 매운바람과 함박눈이 전신을 일순에 삼키려는 듯 들이친다. 순간적으로 내 두 손은 외투 자락을 굳게 다시 여미었다. 나는 그대로 서서 거지를 내려다보다가 눈을 감아 버렸다.

'이 외투가 없다면 한겨울 동안을 어떻게 내가 견뎌낼 수가 있겠는 가?' 하는 공포가 번개같이 머릿속을 점령해 버렸다. 나는 눈을 감고 우두커니 섰다가 서울역을 향하여 달아나는 도둑처럼 달음박질쳤다. 가슴속의 뜨거운 양심과 머릿속의 타산적 본능이 얼크러져 혼란한 가운데 나는 확고하지 못한 걸음걸이로 외투의 단추도 못 끼운 채 뛰었다. 늙은 거지의 우짖는 처참한 소리는 몇 곱절 더 크게 확대되어 내 뒤통수를 따라오는 듯했다.

11시가 지나서야 영등포에서 내려 다시 산등성이를 넘어서 돌아왔다. 검둥이가 오늘 밤도 꼬리를 치며 쫓아 나와 나를 반겼다.

나는 개를 보기가 부끄러웠다. 이날 밤도 내 친구들은 불을 때지 않은 냉방에서 자고 있었다. 나는 외투를 덮지도 깔지도 않고 윗목으로 팽개쳐 버렸다. 외투가 무슨 더러운 물건처럼 느껴졌다.

'그 거지는 죽었을 것이다. 외투만 벗어서 덮어 주었더라면 살았을 것을, 나는 살인한 놈이 아닌가!'

이런 생각 저런 생각이 고인 술같이 내 머릿속에 부글거리고, 엉엉 우는 늙은 거지는 찰떡같이 가슴 속에 눌어붙어 떨어지질 않았다. 잊어버리려고 애를 쓰면, 왕을 죽인 맥베스의 피 묻은 손이 씻을수록 더 붉어지는 것처럼 가슴과 머릿속에 더 선명하게 되살아났다.

다음 날 새벽에 나는 냉수마찰도 중지했고 기상나팔 소리를 듣고도 전례 없이 조기회에도 빠졌다. 나는 나를 멸시했다. 학교 가는 길에 세브

란스 병원 앞을 가 보았으나 거지가 있던 자리에는 아무것도 보이지 않았다. 눈이 개인 겨울 하늘은 무섭게 새파랗게 맑고 또 밝았다. 그 후에 나는 한동안 외투를 입지 않고 다녔으나 이것으로 내 가슴 속에 연막煙幕을 칠 수는 없었다. '이 추운 겨울에 왜 외투를 두고도 못 입나?' 하는 생각이 나를 괴롭혔기 때문이었다. 외투를 불 속에 던져 버릴까 했으나, 이것은 내 고민을 근본적으로 해결하지 못하는 것을 알고 단념했다. 나는 결국 외투를 도로 입고 다니기로 결심했다.

'나는 정신적 용기가 없는 사나이다. 선에 대하여 무기력한 사나이다.' 라고 달게 스스로 인정하는 것이 마음 편했다. 외투는 언제나 내게 '좀 더 용감해!' 하고 말하는 듯했다. 학교를 졸업한 후에 아내는 내 외투를 빨고 꼼꼼히 매만지고 기워서 어느 가난한 소년에게 주었다. 내 마음을 아는 것은 아내뿐이었다.

꼭 해야 할 일이라고 직감했을 때에 주저하지 않고 단행하는 버릇을 기르는 것은 우리가 보람 있는 한생을 살기 위해 더없이 긴요한 것이다. 적건 크건 간에 할 만한 일을 주저하지 않고, 이해의 저울에 달지 않고, 단행하는 것처럼 쾌한 것은 없다. 지금도 서울역 앞을 지날 때면 학생 시절의 옛 일이 선하게 떠오른다.

내 동무 검둥이

    누구에게나 자기를 도와주고 믿어 주는 친구가 있기를 바라는 마음이 가슴 속에 깃들어 있다. 사람들이 정신적 고독을 느끼는 것은 참친구가 없는 데서 오는 정신 상태이다. 스스로가 남의 좋은 친구가 되려고 노력하지 않고 저절로 좋은 친구가 생기기를 바라는 것은 어리석은 일이요, 요행을 바라는 심보다. 나 자신이 남과 생사를 함께할 만한 인격적 바탕이 되었을 때 좋은 친구들이 저절로 생기는 것이다. 나도 친구 없는 고독을 아프게 느껴 보았다. 검둥이의 이야기도 내 소년 시절에 일어난 난센스의 한 토막이다.

    나는 유난히 나를 따르는 주인집 검둥이 개를 유일한 친구로 여기고 사랑했다. 학교에 갈 때에나 학교에서 돌아올 때에 검둥이는 어김없이 나를 배웅하고 마중했다. 이른 새벽의 냉수마찰 시간에도, 1년 사철 조기회 시간에도 검둥이는 그림자처럼 나를 따랐다. 그렇게 나를 따르니 아끼고 고마워하지 않을 수가 없었다. 서로 아껴 주므로 우정이 더욱 두

터워 질 수밖에 없었다.

그런데, 추운 겨울에 검둥이는 병이 났다. 오늘이나 내일이나 하고 날마다 차도 있기를 바랐으나, 식음을 전폐하고 기동도 못 하게 되었다. 나의 유일한 친구 검둥이가 죽게 된 것이다. 나는 도서관 가는 것도 중지하고 학교에서 일찍 돌아와서 검둥이를 간호했다. 밤중에도 가만히 나가 검둥이를 쓰다듬어 보곤 했다. 그럴 때마다 검둥이는 자비를 바라는 눈으로 나를 쳐다보며 꼬리를 겨우 흔들고 낑낑댔다. 말 못 하는 짐승이 더없이 가엾어 견딜 수가 없었다. 나는 약을 사다가 먹여 보기도 하고, 주물러 주기도 하고, 미음을 먹여 보기도 했으나 조금도 효과가 없었다.

무불통지無不通知[무엇이든지 다 알아 모르는 것이 없음]라고 자칭하는 S라는 분이 개에 대한 내 열성을 보고 찾아와서 "개의 두 귀 끝을 가위로 잘라 보게. 그러면 차도가 생길 것일세." 하고 가르쳐 주었다. 지푸라기라도 잡으려는 심정이라서 반가웠다. 그가 알려 준 방법에 대하여 실지로 어느 부분을 어떻게 얼마만큼 잘라야 하며, 또 왜 병이 낫게 되는지 차근차근 물었으나, 히죽히죽 웃으면서 분명한 대답을 피했다.

"이 사람아, 내가 어디 의술의 신인가? 다만 옛날부터 해 오는 경험방이니 해 보라는 것뿐이지. 아픈 사람에게 사관 놓는 것과 같은 것일지 모르지. 좌우간 내 지시를 실행해 보게. 늦으면 늦을수록 낫기가 어려울 것이 아닌가?"

"어르신네께서 개의 귀를 잘라서 개의 병이 낫는 것을 실지로 보신 일이 있습니까?"

"젊은 사람이라 꽤 이론이 많군. 지금 개에 대해서 별다른 치료법은 없지 않은가? 내가 실없는 짓 하겠나?"

정색을 하고 완곡히 나를 나무란다. 나도 실상 아무런 방법이 없다고 생각했으므로, 재봉 가위를 주인 아낙에게서 빌려 가지고 검둥이의 두 귀를 큼직하게 잘라 들어갔다. 개는 비명을 지르고, 두 귀에서는 붉은 피가 흘러나왔다. 내 귀를 자르는 듯 살이 짜릿짜릿했다. 잘라 낸 두 귀를 뒷산 솔밭에 묻었다. 그러나 개는 아무런 차도도 없고 병세는 날로 더해 갈 뿐이었다.

훗날 알게 된 일이지만, S씨가 개 귀를 자르게 한 것은 내가 개를 너무 사랑하므로 개의 귀신이 혹시 나에게 눌어붙어 나를 괴롭히지나 않을까 하는 생각에서였다. 나와 검둥이와의 깊은 정을 끊어 개 귀신을 예방하려고 나온 편법이었다고 한다. 이것을 알았을 때에 나는 내 자신의 무지를 서글퍼하면서 검둥이에게 못할 짓을 했다고 생각했다.

겨울 방학 때에 나는 시골로 돌아가지 않고 머물러 있으면서 검둥이의 병이 낫기를 기다렸다. 검둥이는 중태에 빠져 있었다. 정월 초하룻날 아침 나의 머릿속에 한 줄기 섬광이 번개처럼 지나갔다. 나는 기쁨을 누를 수가 없었고, '어찌해서 내가 이렇게까지 생각이 막혔었나?' 하고 내 자신을 탄식했다. 나는 아침을 먹는 둥 마는 둥 하고, 검둥이를 둥구미[14]에 들여앉히고 자전거에 실었다. 자전거가 터덜거릴 때마다 검둥이는 아픔을 견디지 못하고 낑낑댔다.

나는 다시 들어가 솜 방석을 가지고 나와서 둥구미 밑에 두툼히 깔아 검둥이를 눕히고, 지름길을 버리고 큰길을 돌고 돌아 영등포로 나갔다. 검둥이의 몸이 흔들리지 않게 하려는 것이었다. 자전거를 사뭇 끌고 갔다. 영등포에서 가장 유명한 병원은 일본인이 경영하는 '스토오 병원'이라는 말을 들었으므로, 그 병원으로 직행했다. '왜 좀 더 일찍이 병을 고치는 병원으로 개를 데리고 가지 못했나?' 하고 몇 번이고 안타까워했다. 며칠 후면 솔밭으로 껑충껑충 나를 따라다닐 검둥이, 살얼음 같은 세상에서 내가 발견한 단 하나의 친구 검둥이의 모습을 가슴속에 그려 보면서 유명한 스토오 병원의 문을 들어섰다.

정월 초하룻날의 아침이므로 의사 가족들은 안방에서 즐거운 식사를 시작한 모양이었다. 나는 '의사가 아침 먹는 동안에라도 검둥이가 죽지나 않을까?' 하는 초조감으로 가슴을 조이면서 얼마 동안 기다리고 섰었으나, 더 참을 수가 없어서 "의사 선생님!" 하고 큰 소리로 불렀다. 단골 환자가 위급해서 찾아온 것으로 짐작했는지 의사의 부인이 음식을 씹으면서 쫓아 나왔다. 긴장한 내 얼굴을 쳐다보면서 무슨 일이냐고 물었다. 나는 마루 위에 내려놓은 둥구미를 가리키면서 검둥이의 병이 급한 것을 말하고, 빨리 스토오 선생의 진찰을 받아야겠다고 하고, 또 좀 더 일찍 못 찾아온 사연을 말하려던 참인데, 그 여자는 상판을 찡그리면서, "마아, 각세이상 따라(아이 참 이 학생 보게)." 하면서 안으로 뛰어 들어갔다. 나는 그 부인이 검둥이를 위해서 동정심으로 서둘러 주는 줄로만 지레짐작을 하고 있었다. 나는 그만큼 둔감하고 고지식한 학생이었다. 의사가 나왔다. 나를 바라보고 서 있는 의사의 표정은 감때사나웠다[15].

"대관절 뭐여?"

"개를 데리고 왔습니다."

"어쩌란 말이여?"

말씨가 몹시 거칠고 험했다. 이때까지도 나는 검둥이를 생각하는 일념으로 그들의 태도가 왜 이렇게 친절하지 못한지를 깨닫지 못했었다. 나는 거울같이 맑은 심경으로 모자를 벗고 서서 검둥이의 병의 경과를 이야기해 내려갔다. 일본 사람에게 이렇게 겸손해 보기는 평생에 처음이었다. 그러나 의사는 내 설명을 귓전으로도 안 듣고 흥분을 폭발시켰다.

"빨리 개를 데리고 못 나가!"

나는 이 의사의 난폭한 언사가 무엇 때문인지를 몰랐다. 침착함을 유지하면서 "내게 무슨 잘못이라도 있나요?" 하고 의사를 똑바로 쳐다보았다. 의사는 어이가 없다는 듯이 나를 증오에 찬 눈초리로 쏘아보고 서 있었다.

"지금 이 검둥이가 죽어 가고 있지 않아요?" 하고 나도 기가 막혀서 의사를 노려보았다. 일본 사람의 경멸의 시선을 뒤집어쓰는 것은 견딜 수 없는 일이다. 나는 내 감정을 누르려고 필사의 힘을 기울였다. 의사는 바람 앞에 껌벅거리는 등잔불 같은 검둥이의 아슬아슬한 생명에 대하여 티끌만 한 동정도, 관심도 없는 모양이었다. 특히, 의사의 등 뒤의 벽에 기대어서 비웃는 듯이 바라보는 그의 부인을 눈결에 보는 순간 벌써 나의 이성의 탕개[16]는 끊어졌다. '분노는 오히려 참을 수가 있을지언정 비웃음은 견딜 수가 없다.'라는 말이 옳았다.

"정월 초하룻날 아침에 재수 없게 죽어 가는 개를 고치라고 데리고 오다니, 어서 데리고 못 나가!"

의사가 소리소리 지른다. 거미줄처럼 가늘어진 이성의 마지막 실오라기가 터져 나오는 분노의 분화구 앞에 견디어 낼 수가 없었다.

"이놈의 새끼 무엇이 어째! 재수가 없어? 의사가 병 고치는 것이 재수가 없어?"

나는 번개같이 달려들어 의사의 넥타이를 조였다. 그리고 욕을 퍼부었다.

"이놈의 자식아, 네 집 개가 병이 나도 못 고치겠니? 나는 조선 사람이다. 아직 학교에 다니는 학생이다!"

의사가 캑캑거리면서 내 손을 떼어 버리려고 허우적거린다. 내 힘은 초인의 힘인 듯했다. 의사의 마누라가 비명을 울리면서 죽을상이 되어 두 팔을 흔들고, 아이들이 눈을 등잔같이 휘둥그렇게 뜨고 쏟아져 나왔다. 둥구미 속에서 거의 죽어 가는 검둥이가 이를 드러내고 나를 응원하고자 으르렁거린다.

의사의 "아야마루, 아야마루(사과한다, 사과한다)." 하는 소리를 듣고 나는 손을 풀었다. 조선인 학생에게 멱살을 잡혔다는 것이 남이 알까 두려운 창피한 노릇이라고 생각했을 것이다. 나는 버티고 서서 제법 훈시를 했다.

"의술은 인술이라고 하는 까닭이 무엇이냐? 병을 고쳐 생명을 구하는 것은 의사의 의무이며 천직이 아니냐?"

"여보 이 학생, 사람 고치는 병원에서 짐승을 고치는 의사는 없소. 개를 고치려면 수의에게로 가야 할 것이 아니오?"

"생명은 마찬가지요. 당신의 사랑하는 개가 죽어 가게 된다면 그대로 내버려 두지는 않으리다. 나는 수의가 어디 있는지 모르오."

나는 이 의사에게서 성의 있는 진찰과 치료를 기대할 수가 없었으므로, 검둥이를 도로 자전거에 싣고 숙소로 돌아왔다. 내가 일인 의사와 싸웠다는 이야기가 내 친구들 사이에 파다하게 퍼져서 '돈키호테'라는 놀림을 받았다.

"손을 댄 김에 양냥이뼈(턱뼈)를 튕겨 놓지 못하고 겨우 멱살만 쥐었다 놨어?" 하고 씨름판에서 황소를 끌어 온 Y군이 쏠까슬렀고[17], "이 사람아, 개하고 사람을 구별 못 하고 개를 사람 병원으로 데리고 가? 스토오 놈도 재수 없겠다. 올해는 돈 다 벌었다." 하는 것은 상업학교에 다니는 L군이었다. 검둥이는 다음 날 아침에 죽었고, 나는 그 시체를 서울 가는 기차가 잘 보이는 푸른 솔밭 아늑한 곳에 묻고 울었다.

이 일이 있은 후에 나는 친절한 의사가 되어 보겠다고 한동안 의학 전문학교의 입학시험을 준비했었고, 영어 회화를 가르쳐 주던 베어 여사가 의학만 공부한다면 미국에 유학을 보내 주겠다고 여러 번 다짐했다. 그러나 조수처럼 들고나는 청년의 마음이 자리를 잡기는 쉬운 일이 아니었다.

1년 사철 방 안에 들어 앉아 고름을 쥐어짜고 있는 의사의 생활이 고맙고 보람은 있겠으나, 때때로 푸른 물가를 거닐며 고생 많은 세상을 잊어버리기도 하고, 때로는 고산준령에 올라 가슴이 터질 듯한 자연을 호흡해 보는 마음과 시간의 여유가 없음을 의사들로부터 들을 때에, 유치장 생활 같은 의사 생활을 내가 한평생 견디어 낼 수 없을 것 같았다. 나는 졸업에 임하여 내가 존경하는 은사 K선생의 찬성을 얻어서 농학으로 방향을 바꾸었다.

　　내가 삼방 약수 먹기 내기를 하다가 위가 터져서 사경을 방황할 때에 혼몽한 정신을 차려 보니 바로 내게 멱살을 잡혔던 스토오가 내 팔에 주사를 놓고 있었고, 내 시선과 마주치자 그는 놀라운 표정으로 "아, 그 개 데리고 왔던 학생이구먼." 하면서 옆에 앉은 주인을 바라보았다.
　　'사람의 인연이란 얽히고설키는 것이로구나!'라고 신기해하면서, 나는 쓴웃음을 지었다. 나는 얼굴을 돌려 의사를 보지 않았다. 의사가 나간 뒤에 다음부터는 다른 의사를 데려오라고 단단히 부탁했다.

　　상급 학교 입학시험을 치를 때의 작문 주제가 '친한 동무'였다. '내 친구 검둥이'라는 제목으로 검둥이 이야기를 썼다. 이 작문은 화젯거리가 되었고, 좋은 점수를 받았다고 철학 강좌를 담당한 사토 교수에게서 들었다. 내가 이 작문 때문에 합격이 되었는지도 모른다. 귀가 잘렸어도 검둥이의 우정은 역시 변함이 없는 듯했다. 이것도 검둥이를 생각할 때마다 연상되는 내 젊은 시절의 난센스들이다.

'하늘나라는 곧 친구의 나라'라고 나는 생각한다. 친구 없는 곳은 수백만 인구의 서울도 창해滄海의 무인고도無人孤島와 다를 것이 없다. "내가 너희들의 친구니라."라고 한 젊은 예수의 말씀을 나는 좋아한다. 늙은 제자의 발을 씻어 주는 젊은 예수의 모습을 나는 사모한다.

양심의 표준

모든 아버지는 욕심쟁이다. 나는 네 살 때에 『천자문』을 시작해서 열두 살에 『논어』를 읽다가 보통학교에 입학했다. 열세 살 되던 해 초가을의 일이었다. 지긋지긋하게 먼 25리의 길을 걸어 학교에서 집으로 돌아가는 길이었다. 10리 오솔길을 걷노라면 경치가 그림같이 아름다웠다. 설성雪星, 노성老星의 뾰족한 산들이 솟아 있고 청미천 푸른 물이 구불구불 금빛 들판을 정맥처럼 감돌아 흘러갔다. 멀찍이 검푸른 마옥산은 내가 사는 소리울의 뒷산이었다. 솔이 울창해서 소리울이라는 이름이 붙은 듯하다. 산등성이 높은 곳에 이르면 한 번씩은 쉬어 가는 것이 어린 우리들의 버릇이었다. 이 날도 다리를 쉬면서 이야기꽃을 피웠다.

40세쯤의 마음 착해 보이는 어른 하나가 우리 옆에 와서 함께 쉬었다. 큰 가방을 메었으나 우체부도 아닌 것 같고 모자에는 붉은 테를 둘렀으나 경관도 아닌 것 같았다. 그는 곧 우리들의 이야기 친구가 되었으므로 우리들의 쉬는 시간은 늦추어졌다. 우리가 일어설 무렵에 그는 가방에서 연둣빛, 분홍빛 등의 예쁜 팸플릿을 한 권씩 나누어 주었다.

표지에는 '마태복음'이니 '누가복음'이니 하는 책 이름들이 큼직한 국문 글자로 찍혀져 있었다. 돈을 가진 이는 2전씩을 책값으로 내라고 했으나 2전을 가진 학생은 한 사람도 없었다. 그래서 우리는 책을 거저 받았다. 후일에 안 일이지만 그 사람은 구세군이었다.

나는 집으로 돌아와서 그 책을 읽기 시작했다. 괴상한 이름들이 많이 나오는데 글은 모래를 씹는 듯 맛이 없었다. 동정녀가 아이를 배었다느니, 떡 다섯 덩이와 물고기 두 마리로 수천 명을 먹이고도 부스러기가 열두 광주리나 남았다느니, 송장이 무덤 속에서 살아 나왔다느니, 십자가 위에서 죽었던 사람이 다시 살아나서 하늘로 올라갔다느니, 터무니없는 이야기가 군데군데 실려 있었다. 그것도 '옛날 옛날에 한 사람이 있었는데' 식으로 만들어 낸 이야기가 아니라 그 허황한 내용을 사실로 믿어야 한다는 것이다. 이는 나의 어린 이성에 심한 증오와 반발을 일으켰다.

이 책은 중국의 위인이 쓴 것도 아니며 영국이나 프랑스나 독일 등의 유명한 사람들이 쓴 것도 아니었다. 무당을 극단으로 미워하는 내 감정은 우리나라의 무식한 사람들을 현혹하는 서양 미신의 전파로 확신하였다. 나는 내 일생에 처음으로, 또 이 지방에 처음으로 보내어진 성경을 냉혹하게 대접하였다. 성경을 변소에 달아매고 마지막 장까지 휴지로 써 버렸다. 이것은 순진한 내 이성과 양심에 조금도 거리낌 없는 정당한 처사였다.

오늘의 나는 모든 사물의 판단을 성경의 정신에 비추어 결정하고자 노력하는 때가 많다. 그것이 지금의 나로서는 가장 건실한 삶의 방법이라고 믿게 되었다. 2천 년을 지나오는 동안에 쌓이고 쌓인 인위적 의식과 제도와 허무한 미신적 조작 등의 먼지와 껍질을 예수교로부터 제거해 버리고 소박한 젊은 예수의 가슴에서 직접 청신한 샘물을 마시려는 것이 한결같은 나의 자세이다. 내 이름이 교회 명부에 없고 내가 세례를 받지 않았으므로 기독교도가 아니라고 시비하는 친구가 있더라도 나는 그와 논쟁하지 아니한다. 나는 힌두교인으로 자칭하는 간디를 롤랑의 말과 같이 가장 자연스러운 기독교인으로, 진실한 예수의 친구로 인정하고 그를 존경하는 한 사람이다.

훗날에 내가 다시 오늘의 나를 바라보고, 마치 지금의 내가 열세 살 때 나의 이성과 양심의 유치함에 웃듯이 웃게 될지도 모른다. 그러나 오늘에 있어서도 나는 현재 지니고 있는 이성과 양심에 최대의 표준을 두는 수밖에 다른 도리가 없다고 믿는다. 내 평생의 경험에 비추어서 나만이 가장 옳다는 고집을 힘써 버리려고 노력한다.

우문현답愚問賢答

　다섯 자도 채 못 되는 키에 갓 뽑은 생사처럼 흰 머리카락은 어디에서도 누구나 곧 알 수 있는 세노 선생님의 특징이다. 금테 안경을 쓴 얼굴에 언제나 가득히 웃음을 띠고 학생들을 대한다. 일인에 대한 적개심이 강한 일제하에서 세노 선생님은 사립학교에서 교편을 잡고 있으면서도 미움을 받지 않았다. 내가 세노 선생님께 호감을 갖게 된 동기는 간단하다. 어느 날 영어 문법에 대해서 분명치 않은 것을 개인적으로 묻고 있는데, "군의 모국어와는 이런 점이 매우 달라요." 하고 설명 끝에 이렇게 덧붙였다. 지금은 그분에게 물어 본 내용이 무엇인지도 까맣게 잊었으나 '군의 모국어'라는 따뜻한 한마디가 내 가슴에 뜨겁도록 고맙게 느껴졌다. 일본 사람들은 누구나 '조선어'라고 하거나 또는 '선어'라고 한다. 그 당시에는 '선인', '선어'라는 말은 경멸의 의미가 담뿍 들어 있는 말로 쓰였었다. 그 후부터 나는 세노 선생님을 마음속에 높은 인품의 존경할 만한 선생님으로 모셨다.

어느 날 영어 시간이었다. 시간은 아직도 15분쯤 남았는데, 공부하던 과가 일찍 끝이 났다. 세노 선생님은 다음 과를 다시 시작하려던 참인데, 학생들은 아무것이라도 좋으니 유익한 이야기를 들려 달라고 일제히 졸라 댔다. 마음씨 너그러운 세노 선생님은 곧 응낙했다. 특별한 이야기의 준비가 없으니 무엇이든지 묻는 대로 대답하겠다는 것이다. 실상 학생들이 이야기를 해 달라고 조르는 것은 유익한 이야기를 듣자는 것이 아니라 시험 범위를 조금이라도 줄이자는 작전이었다. 학생들도 시간을 보내기 위해서는 그대로 있을 수가 없어서 몇 가지 신통치 않은 질문을 했으나, 우리들에게도, 세노 선생님에게도 아무런 흥미도 없는 시간의 낭비였다. 세노 선생님은 한구석에 조용히 앉아 있는 나를 웃는 낯으로 바라보았다.

"류 군, 자네는 아마 좋은 질문이 있을 듯하군 그래?"

"저는 별로 질문 거리가 없습니다."

"그럴 리가 있나. 자, 질문을 해 봐요."

재차 질문을 해 보라는 부탁이다.

"제가 질문을 한다면 너그러우신 선생님께서도 아마 노여워하실 겁니다. 그래서 못 하겠습니다."

반 친구들이 모두 웃었다.

"그래, 평범한 질문보다는 그런 질문이 좋지. 성을 내지 않기로 굳은 약속을 여러분 앞에서 하는 바이요. 자, 류 군 걱정 말고 해 봐요."

이쯤 되면 나도 질문을 안 할 수가 없게 되었다. 우리 민족 문제를 묻는 것은 선생을 쓸데없이 곤경에 빠뜨리기 쉽고 또 좋은 대답을 그 당시의 교실에서 기대할 수도 없는 것이며, 영어에 관한 질문은 너무도 고지식하다고 생각했다. 무엇인가 평범하지 않은 질문을 해야겠다고 생각했다. 나는 정색을 하고 일어섰다.

"선생님의 약속을 믿고 버릇없는 질문을 해보겠습니다. 선생님, 선생님께서는 무슨 까닭으로 머리카락은 백로같이 희신데, 수염은 까마귀처럼 그렇게 검으십니까? 이것은 저의 오랜 의문 중 하나이올시다."

학생들은 발을 구르며 교실이 떠나갈듯이 웃었다. 세노 선생님은 웃지도 않고 나를 한참 동안이나 바라보았다. 나도 입을 다물고 선생님을 바라보고 서 있었다. 얼마 후에 학생들은 웃음을 그쳤고 묵묵히 서로 바라보고 서 있는 세노 선생님과 나를 주시했다. 세노 선생님이 너무 웃지 않아 꾸지람이라도 하지 않을까 그러한 생각을 하는 모양이었다. 너그러운 세노 선생님이 공약을 무시할 리가 없다고 믿고 나는 선생님의 답변을 기다리고 서 있었다. 세노 선생님은 칠판을 향해 돌아서서 칠판에 분필을 댄 채로 말뚝처럼 서서 있었다. 아마 선생은 명쾌한 해답에 궁해 있는지도 모른다. 얼마 후에 분필이 움직이기 시작했다.

'My mustache is younger than my hair more than twenty years. (내 수염은 머리보다 20년 이상이 더 젊다).' 깨끗한 글씨로 써 나갔다. 머리털은 어머니 배 속에서 나올 때부터 있었던 것이나 수염은 스무 살이 넘어서야 뒤늦게 나온 것이므로 결국 수염이 머리털보다 20년 이상이 더 젊다는 것이다. 결국 수염이 머리털처럼 희려면 20년이 더 지나야 한다는 것이다. 학생들은 교실이 터질듯이 배를 쥐고 웃으면서 선생님의 기지에 크게 감탄했다. 세노 선생님은 얼굴에 웃음을 가득히 띠우고 나를 바라보면서 "류 군의 놀라운 발견이며, 나의 슬기로운 해명이다."라고 하여 다시 교실은 웃음으로 떠나갈 듯했었다. 지금은 세노 선생님께서 정성껏 가르쳐 주신 영어 교과서의 이름조차도 기억할 수가 없다. 그러나 오랜 세월이 흘러가도 이 시간에 일어났던 광경은 머릿속에 깊게 새겨져서 선하다.

'교사는 무엇을 가르치느냐 하는 것보다 어떻게 가르치느냐 하는 것이 더 중요한 문제이다.' 이러한 나의 신념은 한평생 변할 수가 없다. 교육이란 결국은 인생을 가르치는 것이다. 우리의 지식은 학교에서 완성되지 않는다. 필요에 따라 모두 새로 배우게 된다. 지식을 소매하는 것이 교육이라고 믿는 것은 인류의 타락이다. 교사를 지식의 소매상이라느니 지식의 행상이라느니 하게끔 된 것은 우리가 깊이 반성해야 한다.

나와 세노 선생님 사이의 우문현답에 있어서 나는 스승의 사랑에 젖어 있었던 것이다. 이 유머러스한 문답을 나와 자리를 같이하고 들었던 동기 동창들도 지금쯤은 거의 다 잊어버리고 있을 것이다. 그 까닭은 나만이 그 시간에 세노 선생님의 순수한 사랑을 누구보다도 느꼈기 때문이다. 아무리 능란한 교수법이라도 인격에서 솟아나오는 '아가페'와 '에로스'가 결여되었다면 길거리의 약장사와 크게 다름이 없다. 교육은 결국 순수한 마음과 마음의 연결에서만 이루어지는 것이다.

양 칼 선생

"당신이 이승에 태어나서 큰 보람을 느끼는 일이 무엇이오?"

이렇게 나에게 묻는 이가 있다면 "다행히 존경할 만한 스승들을 만났던 것이 그 하나요." 하고 대답하겠다.

"당신이 이승에서 가장 한스러운 일이 무엇이오?"

이렇게 또 묻는 이가 있다면 "스승의 뜻을 이어 쾌하게 살아 보지 못한 일이요." 하고 대답하겠다.

열여덟 살 때에 나는 양정고등보통학교에 입학했고 그때의 담임 선생님은 새로 부임한 김교신 선생님이었다. 입학식 때에 김 선생님도 신임 인사를 강단 위에서 했다. 이마가 유난히 번쩍거리고 키가 늘씬한 편이었으며, 옷차림은 여러 선생님들 가운데 가장 털털해 보이는 28세의 청년 교사였다.

"나는 교사로서 새로 입학하는 사람인데, 아는 것이 별로 없음을 부끄러워합니다. 그러나 전도가 양양한 여러분과 함께 열심히 공부해 보고

자 합니다."라는 요지의 인사가 있었다. 말투와 내용이 모두 극히 평범
하여 우리들의 특별한 흥미를 끌지 못했다.

'학교를 갓 나온 애송이 선생이 무엇을 안다고? 담임으로는 늙수그레
한 경험 많은 선생이 좋았을 터인데' 하는 불만이 없지도 않았다. 그러나
얼마 안 가서 김 선생님은 학생들의 뜨거운 신뢰의 대상이 되었다.

'양 칼'이라는 별명이 그에게 붙여진 것도 조금 후의 일이었다. 이 별
명은 단적으로 그의 성격을 잘 표현한 걸작 중 하나였다. 터럭만한 불의
도 그는 용납하지 않았다. 서리 같은 양 칼에 모든 불의는 잘려 나갔다.
불의에 대해서는 멀고 가까운 것도 없고, 골육도 친지도 없고, 높고 낮은
것도 없었다. 이 성격은 몇몇 헐렁이 학생들의 증오의 대상이 되기도 하
였으나 정의감에 불타는 학생들은 진심으로 존경하게 되었다. 우리들은
그 심장에 충만한 민족애를 잘 알게 되었으므로 사정없이 잘 드는 양 칼
을 좋아했다. 만일 그렇지 않다면 김 선생님은 냉혈한으로밖에 보이지
않았을 것이다.

양 칼 선생은 옳은 일에 대하여서는 버들가지가 봄바람에 예민하듯이
예민하였다. 착한 일에 대하여는 할 수 있는 존경을 다 바쳤다. '강철 같
은 의지에서 어떻게 저렇게 많은 눈물이 쏟아지나.' 하는 것은 선생에 대
한 나의 의문이었다. "물말이 밥이 맛이 없다고들 하나 눈물말이 밥이
제일 맛이 있다."라고 하신 말씀을 기억한다.

일시적 적개심만으로 민족을 구원할 수 없다는 것이 선생님의 변함없
는 소신이었다. 민족의 정신적 척추를 형성하지 않고서는 이 민족은 일

어서 볼 날이 없다는 것이 선생님의 한결같은 신념이었다. 우치무라 간조[18]의 문하이며 남강[19]의 동지답게 민족 교육과 종교 개혁을 실천에 옮겨 초인적 활동을 하면서 일생을 살았다.

다섯 해 동안을 담임했던 우리가 졸업한 다음 날 선생님은 교육에 실패하였다는 이유로 사표를 냈었다. 그렇게 뜨거운 정열 속에 자라난 우리들은 선생님을 실망시켰다. 다음 다섯 해 동안 연속 담임했던 반에는 선생의 참제자들이 있었다. 제1회 때와는 다른 의미에서 사표를 내도 좋다고 하였다. 그러나 공자가 가장 사랑했던 제자 안자처럼 아끼던 안 군이 요절하고 눈동자처럼 아끼던 김중면 군은 일제 때 감옥에서 중병에 걸렸는데, 해방 후에는 또 공산당에게 추방되었다니 살아 있을 듯싶지도 않다.

위대한 선생들의 가장 큰 행복은 위대한 제자들을 얻는 데 있다. 위대한 스승 밑에서 위대한 인물들이 배출되는 것도 사실이지만, 위대한 제자를 만나지 못하고서는 스승의 위대함이 제대로 드러날 수 없다. 이런 점에서 나는 내 은사를 불행한 분으로 믿는다. 그러나 스승이 주장한 진리가 참이라면 봄을 기다려 초목의 싹이 트듯이 내가 모르는 참제자들이 어디선가 훗날에 나설 것이다. 큰 포부를 품고 민족의 자유를 위해 싸우던 선생은 인생의 한낮인 45세에 해방을 눈앞에 보면서 거목이 하룻밤에 쓰러지듯 작고했다.

사람은 누구나 고립된 존재가 아니다. 아들이며 아버지며 제자이며 이웃이며 친구며 또 민족과 국가와 인류의 일원인 것이다. 이것을 발견할 때에 사람은 자기 자신에 대한 가치관이 달라져서 함부로 하지 못하게 되는 것이다.

인생을 다해 섬길 만한 스승을 발견하는 것은 크나큰 행복의 하나이다. 아비 없는 후레자식을 멸시하는 풍습이 우리나라에 있었지만 스승 없는 사람은 더욱 후레자식이 아닐 수 없다. 나는 이 세상에서 스승을 만난 행복한 사람이다. 그러나 제자 노릇을 변변히 못 한 진정 슬픈 사람이다.

우등생 폐업

예나 지금이나 졸업식에 참여하여 한결같이 느끼는 소감은 '졸업식'이 아니라 '우등생식'이라는 점이다. 한두 사람의 학생이 몇 번씩 강단 앞에 나와서 상도 타고, 송사나 답사도 읽고 한다. 몇 번씩 연습하여 기계처럼 움직이는 우등생을 보고 학생들도, 학부모들도 부러운 빛을 감추지 못한다. 내 맏딸 인숙이가 국민학교[20]와 중학교와 고등학교를 수석으로 졸업하였고, 도지사상도 번번이 받았다. 이번 대학 졸업에도 4개년간의 성적이 최고라 수석으로 졸업하게 되었고, 우리 대학에서 대통령상 후보자로 추천했다고 들었다. 집안 소제를 하고, 밥을 짓고, 닭 모이를 주고, 뜰에 풀도 뽑고, 때로 밭일도 하고 이렇게 집안일을 할 만큼 하고, 비교적 성적에 초연하면서 수석으로 졸업하게 되어 나도 다행으로 여기고 있다.

우등생이란 대개 영리하거나, 옹졸하거나 뼈다귀가 없어 남의 심부름 하기에 알맞은 사람들이 많고, 민족이나 국가나 인류를 위해 살아 보려는 포부를 품은 큰 그릇이 적다. 역량이 없는 반면에 쓸데없는 우월감을 버리지 못하고, 인생의 모험을 못 해 본다. 작은 일에 영리하고, 큰일에는 어리석다. 나는 내 교육 경험에 비추어 우등생에 무관심한 편이다.

나도 보통학교 6년 동안 우등상을 탔고, 첫째를 빼앗길까 봐 초조한 세월을 보낸 일이 있었다. 고등보통학교에 입학한 첫 학기에는 처음부터 1등을 단념했다. 두루마기에 고무신을 신은 촌뜨기가, 날고뛰는 듯 영리한 서울 학생들을 능가할 듯싶지가 않았기 때문이었다. 특히, 영어 시간에는 나는 A, B, C로부터 시작하는데, 다른 학생들은 벌써 '디스 이즈 어 북'을 알고 있어 그만 질려 버렸다.

1학기 성적에 나는 예상 밖으로 '2등'이 되었다. 1등은 C라는 시골 학생이었는데, 교과서 살 돈이 없을 정도로 어려웠다. 나는 그와 책상을 나란히 하고 의좋게 공부하면서 책도, 노트도 빌려 주곤 했다. 물론 내 책도 거의 다 걸레 같은 헌 책들이었다. 내 마음 속에 2등 할 바에는 1등을 해 볼 것이라는 결심이 생겼다. '서울 놈들이란 허세뿐이로구나!' 하는 생각이 들었다.

2학기에 C군이 또 1등을 했다. 낡은 옷에 교과서도 없는 C군은 힘 안 들이고 거듭 1등을 했다. 그래도 도무지 뽐내지를 않았다. 나는 호떡집에서 C군과 시꺼먼 사탕 꿀이 줄줄 흘러나오는 호떡을 함께 씹으면서 "C군, 3학기에는 내가 1등을 해 볼 생각일세. 한번 겨루어 보세." 하고 싸움을 걸었다. 내 딴에는 당당하게 싸워 보자는 것이었다. 담임 K선생이 "작은 모기도 앵 소리를 내면서 충분히 경고를 한 다음에야 사람을 무는 법이다. 간사한 사람들이란 모기만도 못한 것들이다."라고 하신 말씀이 어린 나에게 '만사는 버젓하게 할 것'이라는 소신을 갖게 했다. 그래서 나는 그를 호떡집으로 초청하여 내가 의식적인 경쟁자라는 것을 선언했다.

C군은 싱긋 웃으면서 "그까짓 것 1등이면 어떻고 2등이면 어떠냐? 그게 문제냐?" 하고 나를 바라보았다. 그 후에도 우리는 책상을 나란히 하고 여전히 의좋게 지냈다. 책도 빌려 주고 노트도 빌려 주었다. 그러나 나는 내 하숙 책상 앞에 붙여 놓은 일과표에 결사라고 붉은 피로 써 놓고 밤새워 공부했다. 3학기에 나는 1등을 했고, C군은 학비가 없어서 휴학을 했다. C군은 영영 학교에 못 오고 말았다. 몇 해 후에 그는 개벽사에서 일을 보고 있다는 말을 들었으나, 오늘까지 만나 보지 못했다. 나는 억센 경쟁자도 발견 못했으려니와 점수 경쟁이라는 것이 더없이 너절한 정력 소비라는 것을 알게 되었다. 내 책상 앞에는 결사라는 혈서가 사라지고 '우등생 폐업'이라는 붓글씨가 붙었다. 나는 점수 경쟁에서 해방되어 산으로 물로, 자연을 즐기는 버릇을 기를 수 있었고 톨스토이, 빅토르 위고, 칼라일, 루소, 에머슨 등을 마음에 가까이 할 수가 있었고, 세계 명저며 위인전기를 밤이 깊도록 탐독할 수 있었다.

한 점 두 점에 얽매여 넓은 세계를 바라보지 못하는 우등생들이 가엾어 보인다. 마치 거미줄에 얽힌 잠자리같이 보인다. 영리한 것은 언제나 작은 그릇에 담기나, 위대한 것은 어리석어 보여 작은 그릇에는 들어갈 줄을 모른다. 덴마크의 국민 고등학교의 교육에는 일체의 시험이 없고, 따라서 표창 제도도 없다. 인간이란 실상 숫자로 평가될 존재가 아닌 것이다.

나는 대통령상이니, 총장상이니 하는 따위가 장학에 효과가 전혀 없다고는 생각지 않는다. 그러나 젊은 독수리들의 날갯죽지가 울 속에 갇혀 저도 모르게 안이해지기 쉽다. 이 웅대한 젊은 의욕의 약화는 눈에 보이지 않아 우리가 잘 느끼지 못하는 크나큰 피해이다.

나는 우리 민족의 역사를 두 어깨에 짊어진 젊은이들이 거미줄에 사로잡히지 않고 높이 날기를 바란다. "군자君子는 불기不器[군자는 한 가지만을 담는 그릇이 되어서는 안 된다.]"라고 한 공자의 말씀은 씹을수록 맛이 난다.

'브나로드' 운동의 회고

    내가 보통학교 다닐 무렵에 이수홍이라는 청년이 이천군 송곡의 친척 집에서 묵고 있었다. 키는 작달막하고 얼굴은 희고 눈이 유난히 빛나는 잘생긴 청년이었다. 그는 나에게 "설움 받지 않고 사람 구실하면서 살려거든 공부 열심히 하고 정신 똑똑히 차려야 한다."라고 말했다.

    이 풍진 세상을 만났으니 너의 희망이 무엇이냐?
    부귀와 영화를 누렸으면 희망이 족할까?
    푸른 하늘 밝은 달 아래 곰곰이 앉아서 생각하니
    세상만사가 춘몽 중에 또다시 꿈이로다.[21]

    이 노래는 그가 나에게 가르쳐 준 그 당시의 유행가였는데 내가 이 세상에서 처음 배운 노래였다. 지금도 나는 이 노래를 즐겨서 부른다. 험난한 역사 속에 부귀영화를 바라는 것은 부질없는 희망이니 값진 포부를 젊은 가슴에 안고 살라는 뜻이다.

다음 해에 이수홍 씨가 그의 동지인 이천 사람 류택수 씨 형제와 함께 일본인에게 체포되어 사형당했다는 기사가 신문에 커다란 활자로 보도되어 읽고 놀라움을 금치 못했다.

그는 안성, 이천, 서울 등지로 귀신같이 출몰하면서 매국노들과 일인 경찰들을 쏘아 죽였던 것이다. 그는 중국 상해의 임시 정부에서 독립 자금을 모으기 위해서 들어온 청년이었다.

이수홍 씨는 어린 내 가슴에 민족정신의 귀한 씨를 심어 준 첫 인물이었다. 나는 1928년에 양정고등보통학교에 입학하였는데 훌륭한 선생님이 많이 계셨다. 김교신, 장지영 선생님은 수업 시간에 우리의 민족혼을 일깨우셨다. 우물 속에서 바다로 뛰어나온 느낌이 들었다. 1919년의 광주 학생 사건의 큰 물결이 휩쓴 다음에 남녀 고등보통학교 학생들의 민족 운동이 전국적으로 지하수처럼 바닥에 스며들기 시작하였다. 1931년에 동아일보사에서 민중 계몽 운동인 브나로드 운동을 전개하였다. 이 운동은 방향이 뚜렷하였으며 젊은 학생들이 대환영했다. 참으로 시기적절한 사업이었다. 동아일보사에서는 10여만 부의 한글 교본 교재를 인쇄하여 놓고 여름 방학 전 7월 10일경까지 학생들의 신청을 미리 받았다가 귀향할 때에 요구 부수를 배부하여 주었다.

'배워야 산다! 아는 것이 힘!'

이것이 브나로드 운동의 표어였다. 학생들은 이것이 곧 민족 독립운동의 기초 작업이라는 신념으로 참가하였다. 민중이 배워서 알아야 나라가 되살아날 수 있다는 것을 누구도 의심하지 않았다.

나도 서슴지 않고 이 운동에 참가하여 방학 날 몇 백 권의 교재를 싸서 둘러메고 곧 고향 송곡으로 돌아갔다. 그 당시에는 고등보통학교의 교복을 입은 학생은 한 군에 불과 몇 명에 지나지 않았다. 학생들은 누구나 민족의 운명을 등에 진 '엘리트'라는 의식이 꽉 차 있었다.

여름 방학에 내가 돌아왔다는 소문이 하루 동안에 온 동네 안에 파다하였다. 나는 석유 궤짝을 뜯어 대패로 밀고 먹칠을 해서 칠판을 만들었다. 그리고 40리 떨어진 이천 장터에서 남포등과 석유를 사 왔다.

여름철은 농한기가 되어 비교적 한가한 때이다. 나는 동네에서 가장 넓은 마당에서 청소년에게 씨름을 시켰는데 구경꾼들이 가득히 모여들었다. 씨름이 파할 무렵에 연설을 했다.

우리는 글을 배워야 무식을 면할 수 있으며 글이란 결코 어려운 것이 아니라고 역설했다. 세계에서 제일 배우기 쉬운 글, 세계에서 가장 훌륭한 글인 까닭에 아무리 둔한 사람이라도 배우려만 들면 며칠 안으로 이야기책도 읽을 수 있고, 편지도 쓸 수 있고, 치부책[22]을 기록할 수 있고, 신문도 읽을 수 있다고 했다. 그리고 교본도 거저 준다고 했다. 교본을 거저 준다는 것은 소년들에게 큰 매력이었다.

다음 날 밤부터 사랑방 안에서 수업을 시작하였다. 그러나 지원자가 너무 많아서 결국은 마당에 멍석을 깔고 계속하였다. 마당에 앉아 소리를 내어 읽으면서 배우는 것은 10대 소년들뿐이었고, 멍석 주위에는 한쪽엔 남자 어른들이, 또 한쪽에는 여자 어른들이 가득히 모여서 구경을 하였다.

그러나 따지고 보면 그들은 체면을 유지하기 위하여 구경꾼 행세를 하는 것뿐이지 실상은 모두 다 열렬한 학생들이었다.

나중에는 시험을 쳤는데 배운 아이들은 다 읽고 쓸 수 있게 되었다. 나는 백지와 연필을 사서 나누어 글쓰기를 익히게 하였다. 그런데 구경꾼 행세를 하던 마을의 젊은 아낙네들이 더 많이 배웠다는 것이다.

산수도 가르쳤다. 가감승제의 셈하는 법을 가르쳐 주었다. 다음에는 역사의 이야기다. 우리들은 일본보다도 훌륭한 민족이며 일본은 옛날부터 우리나라에서 모든 것을 배워 갔다는 것을 가르쳐 주었다. 그리고 생리위생에 관한 이야기도 해 주었다.

다음 해인 1932년에는 신문사에서 강습 예정자를 2만 명으로 잡고 15만 권의 교본을 인쇄하였으나 5만 부를 더 인쇄해야 했다. 조선일보사에서도 똑같은 사업을 뒤이어 착수하였다. 이 해에 동아일보사에 참가 신청한 학생 수는 천오백 명이라고 발표하였다. 그런데 흥미 있는 것은 다음 해부터는 나이 먹은 이나 부인들도 정식 학생이 되어 배우게 되었다. 브나로드에 참가하여 활동할 때에는 일본 경찰들이 몹시 귀찮게 굴었다.

1938년 내가 수원고등농림학교[23]에 입학한 후에는 조선인 학생들이 돈을 모아 각지에 학원을 세우고 농민 교육을 하고 있었다. 전문학교 학생다운 운동이었다. 우리 선배들은 이 운동을 하다가 경찰에 잡혀 가서 몇 해씩 감옥 생활을 하였다. 제1차 고농 사건이 바로 그것이었다. 선배들의 귀중한 사업을 우리가 중단할 수 없으며 이 사업을 더욱 발전시키는 것이 후배들의 확고한 전통 정신이었다. 선배들은 고된 실습을 마치고 밤중에 때로는 40리 떨어진 농촌에까지 가서 가르칠 정도로 열성이었다. 우리들을 감시하는 전담 경찰이 있었으나 학생들은 대단한 열성으로 돈을 모아서 이 사업을 계속하였다. 한 사람의 최저 부담은 한 달의 식비와 학비를 합한 정도의 적지 않은 금액이었다. 우리들은 또 한 번 탄압을 받아 투옥되었다. 제2차 고농 사건이 그것이었다.

심훈 작가의 소설 『상록수』의 여주인공 채영신의 모델은 수원서 서쪽으로 40리쯤 떨어진 화성군 반월면 천곡(샘골)이라는 마을에서 농촌 계몽을 하다가 세상을 떠난 최용신[24] 양이었다. 그분은 내가 농촌 교육을 책임지고 일할 때 우리와 함께 손잡고 일하던 인물이었다. 지금 한국 여성 단체 협의회에서는 용신상賞을 제정하고 일 년에 한 사람씩 선발하여 시상하고 있다.

나는 1939년에 최용신 양의 전기 『최용신 소전』(성서조선사 발행)을 썼고 나의 은사들과 친지들이 모금하여 출판하였는데 곧 4판까지 인쇄할 만큼 청년들에게 널리 애독되었다. 그러나 이 책은 성서조선 사건을 발단으로 일본 경찰에 의하여 전국적으로 압수되었고 나도 김교신, 함석헌, 송두용 선생들과 함께 서대문형무소에 투옥되었다.

브나로드 운동, 농촌 계몽 운동의 학생 운동은 참으로 귀중한 이 민족의 역사에서 싹터 나온 민중 운동이라고 하겠다. 외국의 것을 직수입한 허다한 운동이 있지만 학생들의 농촌 브나로드 운동은 참으로 우리의 역사 토양에서 싹터 뿌리내린 운동이라는 것을 우리는 기억해야 한다.

농촌과 도시를 막론하고 이 나라 민중을 위해서 학생들이 해야 할 과제는 얼마든지 있다. 시대를 따라, 민중의 민도民度[생활 문화 수준]에 따라서 학생 운동의 과제와 방법은 바뀔 수밖에 없지만 민족의 해방과 발전을 위해서 거름이 되고 제물이 되기를 주저하지 않던 선배들의 정신은 한국 학생의 자랑스러운 전통으로 이어져서 꽃피어야 하겠다.

근래에는 농촌 봉사 운동이 대학생들에 의해서 널리 실천되고 있다. 일제 강점기에 있어서 브나로드 운동에 참가한 학생이 농민에게서나 그 밖의 사회에서 지탄을 받은 사실을 나는 보지 못했다. 브나로드 운동, 농촌 봉사 활동 등의 학생 운동은 젊은이들의 신성한 민족애에 마르지 않는 기름이 되어야 할 것이다.

이 험난한 역사의 파도 위에서 자기 하나만을 생각하는 이기주의적 지식인이 있다면 몹시 천박한 동물이라고 할 것이다.

이상에 불타 보지 못한 젊음은 참으로 삭막한 젊음이다. 한국 학생의 브나로드의 전통은 우리 역사에 길이 피어 가는 가장 아름다운 꽃이 되기를 빈다.

농촌을 계몽하고 농민에게 봉사하고 또 농촌에서 역사적 과제를 발견하는 여름과 겨울 방학의 학생 운동은 앞으로 더욱 순수하고도 열성스럽게 전개되어야 한다. 그리고 언론 기관들도, 사회단체들도 이것을 건전하게 가꾸어 가야 한다.

사랑과 진실

빼앗긴 나라를 되찾기 위해 무엇보다 교육이 중요하다는 것이 그의 신념이었다. 커닝하는 학생을 용서하고, 학생이 불량해지는 이유를 스스로에게서 찾는 등의 일화를 통해 그의 교육 철학을 알 수 있다. 그의 철학과 인생관에 영향을 미친 일화들이 다수 등장한다. 삶과 죽음 그리고 사랑에 관한 그의 깨달음과 소회를 만나볼 수 있다.

종교와 철학은 물론 교육도, 문학도, 음악과 미술도 사람으로서 가질 수 있는 모든 귀중하고 심오한 것은 죽는 인생을 발견하고 느끼는 데서만 끌어낼 수 있다. 그러므로 모든 부화浮華[25]와 경박은 죽음이 망각된 세계에서만 떠도는 한갓 물거품이라고 할 수 있다.

냉수마찰

새벽 5시쯤 되면 내 집에서 묵는 R군이 벌써 일어나 아령 운동을 하고 나서 목욕실에서 냉수마찰을 한다. 그에게 냉수마찰을 권고한 장본인은 나인데, 나는 책을 읽다가 또는 글을 쓰다가 아침 시간이 바빠지면 냉수마찰을 자주 거르곤 했다. 그러나 R군은 여간해서는 거르는 일이 없다. 겨울 아침 김이 풍겨나는 얼굴에 미소를 띠며 목욕실에서 마찰을 마치고 나오는 그의 모습은 믿음직하고도 든든해 보인다.

사람이 높은 경지에 이르면 일체의 명예를 초월할 수 있지만, 사람은 스스로 자기의 명예를 힘들여서 만들고, 또 그렇게 만들어진 명예는 다시 그 사람을 만들어 간다. 내가 스무 살 되던 해 겨울의 일이었다. 내 숙소의 주인 L씨는 나이 많은 분이었는데도 날마다 첫새벽에 일어나서 냉수마찰을 하고 있었다. 나는 마음속으로 그를 존경하였다. 그 늙지 않는 마음과 튼튼한 의지가 귀하게 느껴졌기 때문이다.

나도 마찰을 시작했다. 냉수마찰은 시작하는 시기와 또 합리적 방법을 알아야 한다. 그러나 남에게 지기 싫어하는 내 성미에 따뜻해질 때까지 기다릴 수가 없어서 혈기만 믿고 시작했다가 감기가 들어서 단단히 고생했다. 그러나 한번 마음에 작정하고 시작한 일을 그대로 흐지부지 한다면 젊은 자존심에 쾌하지 않아 그대로 계속하기로 했다.

냉수마찰이 대단히 상쾌한 것은 사실이나 나는 마찰을 계속한 지 5, 6년이 지나서야 비로소 냉수마찰을 제대로 하게 되었고, 그 쾌미도 알게 되었다. 그때까지는 하기 싫은 것을 억지로 해 보는 의지의 시련뿐이었다. 바람 치는 겨울 새벽에 이불 속에 위축되어 있는 자신을 스스로 끌어 일으켜 벌거벗기고 냉수를 뒤집어씌우면 나 스스로가 나 자신을 이겨 내는 시원한 기쁨을 느끼게 한다. 사람의 몸뚱어리는 염치없는 고깃덩어리이다. 동짓달의 긴긴밤도 짧다고 한스러워하면서 따뜻한 온돌바닥에 낙지발처럼 눌어붙어 떨어지지 않으려 든다.

그러나 알고 보면 가장 추운 곳은 온돌방의 아랫목 이불 속이다. 이불을 뒤집어쓰고서 포플러 나뭇가지가 바람에 윙윙 우는 소리를 듣는 때가 제일 추운 때이다. 우물의 신선한 물을 길어 전신을 마찰한 후에 붉은 피가 온몸에 흘러넘쳐 뜨끈뜨끈한 가슴과 팔에서 무럭무럭 물김이 풍겨 오르는 것을 바라보는 때에는 심신의 무한한 상쾌함을 느낀다.

다시 옷을 갈아입고 깊은 숲 속을 산책하거나, 동산에 올라가 솟아오르는 아침 해를 바라보면 마음은 수정처럼 맑아지고, 몸은 용마처럼 날개가 돋아 창공을 날 듯하며, 시상은 흐르는 별처럼 머릿속을 스쳐간다. 나는 올해로 냉수마찰을 시작한 지 그럭저럭 29년째 접어들고 보니, 귀

찾을 때에 그만두려는 생각이 났다가도 짧지 않은 그 연조가 아까워서 그대로 계속해 가곤 한다.

1941년 겨울 일본군이 중국 대륙을 휩쓸어 가던 시절에 김교신 선생은 송도에 오셔서 송도고등보통학교에서 교편을 잡고 계셨다. 선생 댁은 내 집 가까운 곳에 있었는데, 날마다 새벽 4시쯤에 송악산 깊숙이 들어가 폭포가 떨어지는 층암절벽 밑에서 냉수마찰을 하고, 민족의 자유와 구원을 위해서 기도했다. 나도 캄캄한 어둠 속에서 선생을 기다리고 섰다가 모시고 폭포까지 가곤 하였다.

골짜기 아래 시냇물이 흐르는 느티나무 수풀 속에 6, 7명의 학생들이 이글이글 피어오르는 화톳불 주위에 모여 서서, 냉수마찰을 하는 것이 보였다. 선생을 사모하는 학생들이다.

아침 하늘 날빛 같은 송고[26] 송고야
비치어라 너의 빛을 해륙 동서에

젊은이들의 우렁찬 노래 소리가 산울림과 함께 동곡洞谷[골짜기를 뜻하는 옛말] 밖의 어둠 속으로 퍼져 갔다. 캄캄한 깊은 골짜기에 시뻘겋게 타오르는 화톳불과 벌거벗은 학생들의 마찰하는 모습과 산울림 치며 퍼져 나가는 장엄한 합창은 죽지 않는 민족을 상징하는 듯 신성하게 느껴졌다. 일본의 사나운 이빨에 물려 우리 민족이 존망의 위기에 허덕이고 있을 때 새벽마다 바라본 이 광경은 새로운 용기를 내 가슴 속에 북돋워 주었고, 한평생 지울 수 없는 깊은 인상이 되었다. 하늘도, 땅도, 숲도, 시내도 모두 다 저 타오르는 불가에서 추위에 정복되지 않고, 노래하며 마찰하는 젊음들을 위해서 태초부터 만들어진 듯했다. 이 광경은 그대로 생생한 시와, 노래와, 그림으로 느껴졌다(파월派越[27] 총사령관 이세호 중장, 합참의장 심흥선 대장 등이 다 이 냉수마찰 그룹이었다고 한다).

얼음이 풀리고 버들잎이 아련히 푸르러 가는 3월에 내 스승은 일인 경찰에 의하여 영어圄圉[28]의 몸이 되었고, 그 후에 얼마 동안은 나 혼자만이 그 골짜기 폭포 밑에 서서 민족의 해방과 스승의 건투를 빌었다. 폭포 밑에서 타오르는 불 주위에서 노래하며 마찰하는 학생들을 바라보는 것은 더욱 감격스러웠다. 나도 형무소로 스승의 뒤를 따르지 않을 수 없게 되었다. 그들의 냉수마찰은 그 후에도 꾸준히 계속되었을 것으로 믿는다.

냉수마찰은 한갓 피부를 튼튼하게 하는 보건법에 그치는 것이 아니라, 심신을 단련하는 정신 수양으로 더 큰 효과가 있는 것으로 생각한다. 정신 수양은 마음과 마음과의 투쟁에서뿐만 아니라, 마음과 육체와의 투쟁에서 날마다 승리를 계속하여 한 발자국씩 자신을 고지로 끌어올리는 일이라고 믿는다.

빨리 늙기 쉬운 이 나라에서 '노익장' 하는 늙지 않는 젊음을 지녔다고 생각할 수는 없다. 의지가 박약한 깡패 학생들이 늘어 갈수록 삼동 추운 겨울에 송악 깊은 골에서 냉수마찰하던 그 학생들의 기개가 그리워진다.

건전한 구국 운동은 가장 가까운 '극기'에서부터 시작해야 한다.

커닝하는 여학생

개성 호수돈여학교 교사로 부임해서 첫 번째로 한 노력은 '학생들을 정직하게 교육해 보자.'는 것이었다. 학생들의 질이 대단히 좋아서 나를 괴롭히는 심각한 문제는 거의 없었다. 사람이 하는 모든 부정행위와 선에 대한 무력은 거짓에서 나오는 마음의 잡초라고 생각했다. 이 소녀들을 우리 겨레의 튼튼한 토대로 기르자면 그들 스스로를 순결하고 정직하게 하여 꺾을 수 없는 정신적 용기가 자라나도록 해야 한다고 믿었다.

내 담당 학과만을 때때로 무감독으로 시험을 쳐 보았다. 학생들의 여론을 들어 보니, 선생님이 감독할 때보다 더 자숙하여 협잡이 없었다고 한다. 나는 학생들을 더욱 믿게 되었고, 따라서 학생들도 자기들을 믿어 주는 나를 고맙게 생각하고 있었다.

학교 당국은 시험 중에 부정행위를 발견하는 대로 모든 학과를 0점으로 하는 한편, 무기정학에 처하고 있었다. 선생님들 손에 벌써 몇 명이 걸려서 정학 처분의 공고가 게시판에 붙여졌다. 교사들은 서슬이 시퍼

렇고 또 새로 부임한 젊은 교사들은 점수가 몹시 박하여 낙제점을 수두 룩이 냈다.

어느 날 나는 시험지를 나누어 주고 밖으로 나와 돌아다니다가 시간 이 얼마 남지 않아서 교실 뒷문으로 들어가 책상 사이를 조용히 걷고 있었다. 그런데, 학생 X양이 깨알같이 연필로 써 넣은 꼬마 공책을 왼손바닥에 쥐고 보면서 열심히 베끼고 있었다. 나는 그의 뒤에 서서 그 꼴을 물끄러미 바라보고 있었다. 그러나 그 학생은 답안을 쓰는 데만 정신이 팔려서 내가 등 뒤에서 보고 있는 것을 모르고 있었다.

내 근처의 여러 학생이 그 꼴이 하도 우습고 또 민망해서 킥킥 웃기도 하고, 수군거리기 시작했을 때에 그 학생은 비로소 내가 뒤에 서 있는 것을 알게 되었다. 일순에 그 학생의 얼굴은 홍당무처럼 빨갛게 되었다. 그리고 그 꼬마 공책은 온데간데없이 사라졌다. 알고 보니 그 공책은 소매 속으로 들어간 것이었다. 공책은 팔뚝에 잡아맨 고무줄에 달려 있어서 소매 속에서 잡아당겨 꺼내 보다가 놓기만 하면 자동적으로 빨리 끌려 들어가게 된 교묘한 장치였다.

나는 웃음을 참고 시치미를 떼고 천천히 그대로 칠판 앞으로 갔다. 종이 친 다음에 답안을 모아 가지고 교사실로 돌아갔다. 그날 밤에 나는 곧 채점을 시작했다. 협잡을 했는데도 그 학생의 점수는 그리 좋지도 못했다. 나는 점수를 정하는 데 주저했다. 그 학생의 신원을 다시 조사해 보고 또 내 시험 문제들을 검토해 보았다.

사람이 막다른 골목에 다다르면 여간 현명하지 않고서는 앞뒤를 살

필 여유를 갖지 못하게 된다. 그러므로 무감독 시험 문제는 누구라도 낙제하지 않을 정도로 쉽게 내야 하는데, 이번 문제가 다소 어렵다고 생각했다. 그리고 그 학생은 운동선수인데, 시험 전에 운동 시합으로 많은 시간을 빼앗기지 않을 수 없었다. 채점을 마치고 내가 걸어온 학창 생활의 전 기간을 통하여 내가 시험 친 태도를 처음으로 반성해 보는 기회를 가졌다.

보통학교 6학년 때에 나도 협잡한 것이 기억에서 되살아났다. 또 그 협잡은 드러나지 않아서 문제 되지 않았었다. 나는 그 당시의 담임교사이던 Y선생이 서울 어느 국민학교의 교사로 계신다는 것을 알게 되어 고백의 편지를 써서 보냈다. 쑥스러웠으나 학생을 지도하고 있는 당시의 신념을 굳게 하기 위해서였다. 그리고 나는 그 학생 자신이 제힘으로 반성하고 스스로 심판하도록 하는 것이 교육적이라고 확신하고, 내버려두었다.

시험 점수도 그가 써 낸 답안과 출석률을 참작하여 다른 학생과 아무런 차별이 없이 주었다. 그 학생의 한 학기 성적이 전부 0점이 되고, 무기정학을 맞고, 1년 낙제를 하고, 품행은 '불량'이라고 기입되어 일평생을 따라다니고, 진학의 길이 막히고, 결혼에 지장이 되고, 이렇게 생각해 보면 그 처벌이 얼마나 가혹한지 짐작할 수가 있다. 이것은 교사들의 권력 행사일 뿐이지 권위에 의한 교육적 처사가 아님은 물론이다.

그리고 쉬운 것도 어렵게 가르치고, 시험 문제도 까다롭게 내고, 점수는 박하게 주고, 처벌은 엄하게 하는 것이 실력 있는 교사라는 관념이 어느 학교 교사에게나 있는 일반적 경향이었다. 더구나 미션 스쿨 계통의 학교에서 이처럼 너그러움이 없으면 모순이 아닐 수 없었다. 따라서, 나는 교사회의 결의와 수뇌부의 지시에 어긋나는 처리를 할 수밖에 없다는 결론에 도달했다.

장난꾸러기 X양은 얌전하고 착실한 학생으로 바뀌어 가기 시작했다. 직업 선수 같은 운동부에서 나왔고, 학업 성적은 현저하게 좋아져 갔다. 얼마 동안 나를 정면으로 보지 못하던 그는 내가 항상 태연하게 대해 주므로, 시간이 갈수록 부자연하지 않고 명랑해져 갔다.

내가 자기의 부정행위를 확실히는 몰랐을 것이라고 반신반의했는지, 또는 알고도 그대로 지나쳐 버린 것이라고 생각했는지, 또는 전혀 모르고 있는 것을 쓸데없이 걱정한다고 생각했는지, 그의 속을 확실히 알 수는 없었으나, 하여간 X양은 그 시험을 계기로 달라져 가는 것만은 틀림이 없었다.

시간이 흐르는 동안에 나는 X양의 커닝 사건을 깨끗이 잊어버리고 말았고, 이 학급은 다음 해 내 담임 반이 되었다. 나는 첫사랑을 이들에게 기울였다. 다시 1년이 흘러, 3월에 나는 개나리를 한 아름 꺾어다가 보일러실에서 빨리 피게 하여 졸업식장을 마음껏 장식해 주었다. 상품과 기념품 전달, 기념사진 찍기 등으로 어수선하게 낮 시간을 보내고 저녁에 나 홀로 책상에 남아 있노라니, 성장한 졸업생들이 대견스럽기도 하나 가슴 속이 텅 빈 듯 허전함을 느꼈다.

집으로 돌아오니 X양이 친한 친구 한 사람을 데리고 내 집에 와서 기다리고 있었다. X양은 2년 전에 무감독으로 시험 치던 때의 이야기를 자세히 했다. 불안과 초조와 번민과 새 생활의 결심에 이르기까지의 경과를 자연스럽게 이야기해 나갔다. 나의 추측 그대로였다. X양은 이야기를 끝내고 나서 자기는 당연히 낙제가 되어 1년을 더 공부해야 할 사람이므로 졸업장을 반환한다는 것이다. 자기는 1년을 더 다니더라도 즐거운 마음으로 나의 뜻을 받아 공부해 보겠다고 말했다. 나는 보통학교 때 커닝한 것을 X양의 사건이 계기가 되어, 비로소 편지로 고백한 사실을 말하고, X양이 나보다 훨씬 훌륭한 사람이라고 말했다. 그리고 내가 X양에게 바라던 그대로 X양은 문제를 X양 자신이 가장 현명하게 해결해서 오늘의 졸업의 영예를 얻은 것이니, 나는 더없이 만족한다고 했다. 그는 천진한 밝은 얼굴로 나를 바라보면서 한없는 고마움을 표시했다.

X양은 즐겁고 가벼운 마음으로 집으로 돌아갔고, 나는 내 미숙한 교육 생활에서 거둔 즐거움을 고마워했다. 교육에 있어서 가장 큰 문제는 언제나 학생들에게보다도 교사들에게 있는 것이다. 지난날에도 그러했고, 지금도 그렇고, 앞으로도 그럴 것이다. 학생들이 불량해진 책임을 혼탁한 사회로만 미루려는 심정을 내 스스로 꾸짖곤 한다. 인류의 역사는 결국 교육의 산물 이외의 것이 아니다. 그리고 교육의 효과를 너무 성급히 평가하려 드는 일은 어리석다고 생각한다.

임종의 밤

1940년인지 분명하지 않다. 어느 여름 날 오류동의 송두용 선생 댁을 방문하고 하룻밤을 지낸 일이 있었다. 송 선생 댁은 겨울마다 전국의 동지들이 모여 김교신, 함석헌 두 선생을 중심으로 조선 역사, 세계사, 교회사 등을 밤과 낮을 이어 공부하던 곳이다. 감시가 심하던 일제 강점기에 무허가 집회이었으며, 그 모든 뒷바라지는 송두용 선생 내외분이 도맡아 자기 집을 제공해서 하고 있었다. 인생은 무엇인지 알기 위한 공부는 역사 공부에서 시작하는 것이 가장 가깝고 확실한 길이다. 나 자신의 위치를 어렴풋이나마 역사 가운데서 발견한 곳이 여기였다. 오류동은 이렇게 내게는 인연 깊은 고장이다.

해질 무렵에 정거장 앞을 산책하러 거닐었다. 큰길가에 사람들이 빙 둘러 서서 무엇인가를 들여다보고 있었다. 도무지 심상치 않아 나도 거기까지 가서 어깨 너머로 넘겨다보았다. 칠십가량 되어 보이는 할머니가 인사불성이 되어 거적 위에 누워 있었다. 사람들을 헤치고 들어가 손목을 짚어 보니 맥이 아직 뛰고 있었다. 사람들의 말을 종합해 보면, 누군지 알 수 없는 이 할머니가 별안간 중풍으로 넘어져 있어서, 의사도 와서 보고 갔는데, 밤을 넘기기가 어렵다는 것이었다. 이 길바닥에 쓰러져 세상을 떠나려는 늙은 나그네를 위하여 대책을 생각하는 사람은 없는 모양이었다.

나도 일어서서 여러 사람과 같이 한동안 물끄러미 그 할머니를 바라보면서 생각했지만 객지에서 어떻게 할 방도가 없었다. 곧 송 선생님 댁으로 가서 송 선생님과 상의 할 수밖에 없었다.

"그것 참 안 됐는데…."

"좌우간 집으로 모셔다 놓고 대책을 강구합시다. 다른 방도가 없지 않소?"

고개를 갸우뚱하고 무엇인가 생각하는 송 선생에게 주저 없이 나오는 송 선생 부인의 의견이었다. 나는 송 선생 부인의 머리 주위에서 후광이 훤히 빛나는 것을 느꼈다. 송 선생과 나는 부인이 내어 준 몇 장의 담요를 들고 정거장 앞까지 나가서 그 할머니를 싸서 마주 들고 모셔 왔다.

방 아랫목에 할머니를 눕히고, 팔과 다리를 주물러 주고 머리를 고쳐 주고 했다. 맥박은 한결같이 뛰고 있지만 의식은 전혀 없고, 회복될 가능성은 하나도 없어 보였다. 여름밤은 무덥고 모기는 쉴 사이 없이 모여들었다. 우리는 우선 이 노인이 어디에 사는 누구인가를 알아서 그 자손들에게 연락하는 것이 가장 긴요한 일이라고 믿고 그 단서를 찾아내기에 여러모로 노심했다. 그런데 다행히도 그 노인의 치마허리 속에 찬 주머니에서 발견된 편지 봉투에 의하여 영등포 근처의 어느 공장으로 사람을 보냈다.

밤은 자정이 지나 점점 깊어 가고 노인의 증세는 아무런 차도도 없고 가냘프게 맥박만이 뛸 뿐이었다. 꾸벅꾸벅 졸고 있는 송 선생의 대머리에는 피를 빨아서 앵두같이 된 모기가 매달리기 시작했다. 나는 송 선생에게 두어 시간씩 번갈아 밤을 새우도록 제의해서 그를 침실로 보내고 부인에게도 주무시도록 권고했다.

깊은 밤에 만상萬象은 죽은 듯이 고요하다. 할머니의 곁에 앉아서 모기를 쫓으면서 기름이 잦아들어 깜박거리는 등잔불 같은 생명을 나 혼자서 지키고 있었다. 2시가 지나면서 맥박은 점점 고르지 못하고 가래는 끓기 시작하고 호흡은 몹시 곤란해졌다. 나는 손가락에 탈지면을 감아 목으로 깊이 집어넣어 몇 번이고 가래를 씻어 냈으나 도무지 멎지 않고 계속 끓어 나왔다.

별안간 이상한 큰 소리를 지르고 노인의 호흡이 끊어졌다. 풀어진 눈동자가 멍하니 천장을 향해 있었다. 아직까지 사람이 죽는 것을 본 경험이 없는 나는 무엇이 이 위급한 생명을 위해 최선인지 알 수가 없어서 답답했다. 다만 어느 누구도 어찌할 수 없는 이 할머니의 천명임을 직감적으로 느꼈다. 내 간절한 생각은 이 할머니의 마지막 소원이 무엇인가를 알고 싶은 것이었다. 한 마디 부탁의 말도 못 하고 세상을 떠나는 노인이 더없이 안타까웠다.

나는 머리를 숙이고 신에게 이 할머니의 영혼을 위해서 기도했다. 나는 할머니의 눈을 감기고 벌린 입을 다물리고 앉아서 할머니의 얼굴을 시간 가는 줄 모르고 바라보고 있었다. 흰 머리카락과 수많은 주름살과 여윈 두 볼에 인생의 풍상風霜이 세밀하게 조각되어 있는 듯했다. 이 노인이 생전에 무슨 좋은 일을 했는지, 무슨 그른 일을 했는지, 알 수는 없다. 그러나 사람은 분명히 죽으며 또 반드시 엄숙한 결산을 하는 날이 있다는 것을 느꼈다. 혈기가 왕성한 젊은 나 자신도 분명히 죽을 존재라고 느꼈다.

인생 칠십, 2만 5천 일 가량에 보람을 느끼는 날이 과연 며칠이나 될 것인가? 거지에게도, 제왕에게도 터럭만한 사정이 없는 냉엄한 죽음을 머리가 아니라, 가슴으로 느껴 볼 수 있었던 밤이었다. 죽음은 나에게도 분명히 올 것이라고 처음으로 깊이 생각해 본 밤이었다. 누구에게나 꼭 오는 죽음인데, 모든 사람은 이 중대한 사실을 다 잊어버리고 있는 것이다.

나는 할머니의 얼굴을 바라보고 또 바라보았다. 괴로움도, 슬픔도 없고 즐거움도, 노여움도 없이 그대로 무표정하고 여윈 소박한 늙은 얼굴이다. 모든 사특한 감정이 사라져 버린 얼굴은 신성해 보였다. 죽은 사람의 얼굴에는 아무런 인위적 거짓이 없다. 그대로 태초의 원형인양 순수하고 소박해 보인다.

긴급한 볼 일도 없이 마음의 벗을 찾아 송도로부터 여기 와서 하룻밤 정담하다 가려던 내가 꿈에도 생각지 않은 이 노인의 임종을 보게 된 것이다. 이 할머니도 이 집 아랫목에서 이승을 작별하게 되리라고 나와 다름없이 꿈에도 생각지 못했을 것이다. 이 노인은 죽기 위해 여기 왔고, 나는 이 노인의 임종을 위하여 여기 온 것처럼 느껴졌다. 불교적 사고로 한다면 전생에서 이 분과 내가 무슨 끊을 수 없는 인연이라도 있었는지도 모른다. 전생에서 다하지 못한 큰 인연인지도 모른다는 느낌이 내 가슴속을 스쳐 갔다.

어디서 와서 어디로 가는지 생명의 정체를 확실히 아는 이는 아무도 없다. 몇 분 전에 실낱같은 목숨이 붙어 있던 그때와 호흡이 끊어진 지금에 있어서 이 할머니에 대한 내 감정은 확연하게 다르다. 지금 이 할머니는 하나의 물체요 벌써 사람은 아닌 듯했다. 내가 인생의 엄숙함을 이때까지 가장 절실하게 느껴 본 것은 내 아내가 초산하는 것을 본 때였다. 그리고 누구인지도 모르는 이 할머니의 운명을 지켜보던 밤이었다. 생명체의 탄생과 사멸에서 가장 엄숙하게 인생을 느껴 본 것이었다. 이는 생명이 지극히 엄숙하다는 것을 이론이 아니라 가슴으로 직감한 것이었다. 새벽 4시가 거의 될 무렵에 곤한 잠에서 깨어난 송 선생이 뛰어나왔다. 할머니가 벌써 운명한 것을 알고 고요히 머리를 숙여 명복을 빌었다. 그리고 그런 어려운 일에 왜 자기를 깨우지 않았느냐고 나무라듯 말했다. 우리는 시체가 굳기 전에 그 할머니의 몸가짐을 바로잡아 주었다.

인생은 아무리 부정해 보아도 하나의 나그네임이 틀림없다. 아무리 호화로운 속에서 운명했더라도 세상에 왔다가 세상을 떠나는 일에 있어서는 가엾은 이 할머니와 조금도 다를 것이 없다.

종교와 철학은 물론 교육도, 문학도, 음악과 미술도 사람으로서 가질 수 있는 모든 귀중하고 심오한 것은 죽는 인생을 발견하고 느끼는 데서만 끌어 낼 수 있다. 그러므로 모든 부화浮華와 경박은 죽음이 망각된 세계에서만 떠도는 한갓 물거품이라고 할 수 있다.

봄철에 꽃이 핀 가지에서 내재한 죽음의 비애를 발견하고 늦가을 낙엽 진 쓸쓸한 나무에서 다음 해 봄을 감지하는 예지가 있어야 할 것이다.

「기원」이란 이름의 그림

　일제 강점기 때 선전 시대에 내 가슴에 깊은 인상을 끼친 그림 중의 하나는 「기원」이라는 월전月田 장우성[29] 씨의 추천 작품이었다. 이 그림은 제2차 세계 대전이 한창이며, 일본이 동양 대륙과 태평양을 휩쓸듯이 보이던 바로 그때에 그려진 것이었다. 글도, 그림도, 음악도 전쟁 찬미와 일본 예찬을 극도로 강요당하고 자유사상이나 민족적 감정은 티끌만치도 드러낼 수 없던 그런 시절이었다. 흰 옷을 입고 머리를 숙이고 서 있는 두 젊은 여성과 꽃다발을 한 아름 안고 꿇어앉은 한 여성을 큰 화폭에 그린 그림인데 「기원」이라고 화제가 붙어 있었다. 간소한 선과 담한 색채는 높은 기품이 서리어 있어, 그림 가운데 다루어진 젊은 여성들은 흰 눈 속에서 더욱 푸르른 소나무의 넋이 깃들어 있는 듯 느껴졌다. 우리나라 젊은 여성들이 저런 마음을 품는다면 우리 민족의 뿌리가 아주 사라져 버리지는 않을 것처럼 느껴졌다.

　이 그림을 그린 화가를 아직 만나 본 적이 없지만 이 그림을 깊은 생각에서 감상하는 나처럼 젊은이임에 틀림없다고 느꼈다. 일본 사람들은 이 그림이 일본의 승리와 일본 제국의 무한한 번영을 기원하는 것이라고 제멋대로 생각했을 것이고 우리나라 사람들도 대부분이 시국에 순응한 작품으로 지레짐작했을 것이었다.

나는 민족의식을 고취하는 악질 교사라는 죄명으로 서대문형무소에 갇힌 몸이 되었다가 나왔으나, 일인들의 감시가 너무 심하여 지방으로 전전하며 다녔다. 그 무렵 내가 여주에서 얼마 동안 지내는 사이에 우연한 기회에 「기원」의 작가 월전 화백이 북한강 기슭 마암馬岩 옆 외딴 집에서 살고 있다는 것을 알게 되었다.

내가 그를 만나서 「기원」이라는 그림의 행방을 물었더니 아직도 서울 친구 집에 맡겨 두고 있는데, 화폭이 너무 커서 실내에 보관할 수가 없다고 하였다. 월전은 「기원」의 사진 한 장을 내게 주었고 나는 얼마 후에 다음과 같은 제시題詩를 써서 답례로 보내 주었다.

「기원」에 제하여

님이시어
진리의 님이시어
우리 젊은 넋들이 바치옵는
이 꽃다발의 향기를 거두소서.

님이 우리를 이 땅에 보내실 제
친히 옥합에 담아 주시옵신 그 순결을
마지막 날까지 더럽히지 않도록
당신의 흰 깃 아래 품어 주소서.

우리가 이 땅에 오던 날
'의젓한 딸 되라'신 간곡하신 부탁
지금도 이 가슴 속에 아침마다 새롭습니다.
당신의 꺼지지 않은 등불로
우리의 걷는 영원의 오솔길을 비치소서.

님이시어
우리들의 구원의 님이시어
우리들의 순결은 담뿍 실은
이 꽃다발의 향기를 거두소서.

　이 그림과 시를 통해 서로 사귄 지 오래 되지 않은 두 사람 사이에 모든 무장은 해제되었고 일요일에는 찾는 이 없는 한적한 세종릉을 함께 참배하기도 하고, 달 밝은 북한강 기슭을 이슥하도록 거닐며 민족의 여명이 속히 트이기를 함께 기원하기도 했다.
　월전은 내 소청에 의하여 이 귀중한 그림을 내가 교편을 잡고 첫사랑을 바쳤던 개성의 호수돈여학교에 쾌히 기증하였고, 이 그림은 악랄한 황민화 교육에 짓밟혔던 이 나라 소녀들에게 청신한 민족심을 은근히 북돋워 주었다.

덧붙여 생각나는 것은 해방되던 그해 봄에 나는 복부에 수술을 받고 병실에 누워 있었는데, 월전이 「춘조」라는 그림 한 폭을 보내 주어서, 병실 벽에 걸어 놓고 있었다. 늘어진 꽃가지 아래 한복을 입은 여인이 거문고를 발아래 내려다보고 서 있는 것을 비단에 그린 족자였다. 문병하러 온 몇 친구들이 이 그림을 보고, 그림이 좋기는 한데 사쿠라(벚꽃)를 그려서 틀렸다고 하였다. 사쿠라는 일본의 국화로 일본의 상징이라 죄 없는 꽃이 우리의 미움의 대상이 되었던 까닭이다.

그러나 그림 속의 그 꽃나무는 사쿠라가 아니고 복사꽃이었다. 벚꽃은 꽃자루가 길고 헤식으며[30] 복사꽃은 꽃이 가지에 꼭 붙어서 야무지게 피는 것이다. 물론 나는 이것을 변명했거니와 복사꽃도 사쿠라로 보는 사람들 눈에 월전의 「기원」이 일본 전몰장병의 명복을 비는 작품 또는 일본의 승리를 기원하는 작품으로 보이는 것은 의심할 여지도 없었다. 그러나 월전의 제작 의도는 작품이 웅변으로 말해 주고 있다.

나는 「춘조」에 스며 있는 작품의 정신을 즉흥시로 읊어 보았다. 그리고 곧 월전에게로 보냈다.

「춘조」에 제하여

찬 서리 눈보라도 옛 꿈이 되어
물오른 가지마다 꽃눈이 텄네.
낡은 줄 갈아매고 새 가락 뜯세.
푸른 산, 맑은 물에 봄빛이 도네.

해방되기 직전의 4월이었으니 일본의 발악이 최고조에 달해 있었고 한편 자유의 서광曙光도 어리석지 않은 사람들의 가슴 속에는 어렴풋이 비치기 시작하는 시기였다. 봄노래를 준비하고자 꽃눈이 트는 가지 밑에서 거문고를 바라보고 새 노래의 악상을 가다듬는 이 그림은 함축성 있는 시이며, 하나의 예언적 작품으로 병상에 있는 나를 크게 위로해 주었다.

무릇 오해받지 않은 위대함은 없다. 그러나 순수한 예심이나 사상을 영구히 봉쇄할 수 있는 검은 구름은 존재할 수가 없다.

창조의 원천

　단테의 가슴을 영원히 점령한 가장 아름다운 존재, 깊은 사상과 시의 불꽃에 마르지 않는 기름이 되었던 존재, 그것은 누구나 다 잘 알고 있는 베아트리체라는 여성이다. 단테는 아홉 살 때에 여덟 살인 베아트리체를 처음 만나서 잊을 수 없는 깊은 인상을 받았다고 한다. 그로부터 7년이 지난 후에 피렌체를 고요히 흐르는 아르노강의 베키오 다리에서 단테는 열여덟 살의 활짝 핀 여인이 된 베아트리체를 또 다시 만나 잠깐 서로 눈인사를 하고 헤어진 것이 마지막이었다고 한다.

　그 후에 베아트리체는 시모네 바르디라는 사람에게 시집갔으나 불행하게도 1260년 6월 19일에 25세의 젊음으로 세상을 떠났다. 그리고 단테는 베아트리체를 한결같이 가슴에 안은 채 일생을 살았다.

　단테의 명작 『새로운 삶』에서 그는 베아트리체의 아름다움을 높이 찬양하였다. 그리고 다시 인류의 큰 유산인 장편시 『신곡』에서 베아트리체는 지옥과 천국으로 순례하는 단테의 길잡이 천사가 되어 동행한다. "오, 하나님의 참다운 기림이여! 베아트리체여!" 이렇게 단테는 그녀를 찬미하면서 그녀의 영광을 거듭 노래한다. 그녀가 세상을 떠난 지 10년 만에 단테는 그의 작품 『신곡』 속에서 그녀와 이렇게 다시 만나게 된 것이다. 나도 피렌체를 방문했을 때에 아르노강 베키오 다리에 서서 이 두 사람을 회상하면서 여성의 신비를 생각해 본 일이 있다.

단테와 베아트리체와의 사이에는 숨이 막힐 듯한 포옹도, 타는 듯한 뜨거운 입맞춤도, 꿀이 흘러내리는 속삭임도 없었다. 로미오와 줄리엣의 연정과는 너무도 다른 사랑이었다. 단적으로 말해서 단테의 바보스러운 짝사랑에 지나지 않았던 것이다. 그러나 그 사랑이 꿀처럼 달고 불처럼 뜨거운 사랑이었거나, 또는 바보스러운 짝사랑이었거나, 그런 것은 나에게 관심거리가 되지는 못한다. 다만 한 여인의 청순한 아름다움의 신비가 한 사나이의 가슴 속에 꺼지지 않는 불로 타서 위대한 사상과 예술을 인류 역사에 남기게 하였다는 그 사실이 중요하다.

여성의 아름다움의 신비롭고 놀라운 작용이 문제라는 것이다. 따지고 보면 베아트리체는 별로 두드러진 여성이라고 할 수가 없다. 25세에 요절한 평범한 미인이라고 해도 지나친 말은 아니다. 단테가 아니었더라면 베아트리체를 오늘날에 기억할 사람은 없을 것이다.

단테의 가슴 속에서 마르지 않는 기름이 되어 위대한 예술의 불을 밝힌 것은 결코 베아트리체라는 여성 개인이 아니다. 신이 창조한 걸작인 여성의 아름다움의 신비가 베아트리체를 통하여 어린 단테에게, 또 청년 단테에게 작용하여 큰 변화를 일으켰다고 믿는 것이 옳을 것이다. 단테가 베아트리체를 만나지 못하였을지라도 다른 어떤 여성이 반드시 단테의 가슴 속에 자리 잡고 신비롭게 불을 밝혔을 것이 틀림없다.

여성이 지닌 신비의 힘은 스스로 하는 데 있지 않고, 남에게 하게 하는 데 있다. 엄격히 말해서 정도의 차이일 뿐이지, 단테 아닌 사나이가 없고 베아트리체 아닌 여성이 없다. 결국은 모든 여성은 신비로운 힘을 지니고 있으며, 모든 남성은 그 신비로운 힘으로 움직이고 있다.

"사나이는 세계를 움직이고, 여인은 사나이를 움직인다."라고 옛사람은 갈파했다. 우리가 이 금언을 긍정한다면 인류사 위에 찬연한 모든 업적에 대한 공적을 여성에게 돌려도 좋다. 반면에 세계사를 뒤덮은 모든 죄악의 근본적인 원인이 되어 온 책임도 여성들은 면할 수가 없다.

사물을 보는 차원이 높다는 것은 무엇을 말하는 것인가? 사물을 깊게 생각한다는 것은 무엇을 말하는 것인가? 그것은 우리가 피상적인 현상에 사로잡히지 않고 모든 사물의 근원을 뚫어보는 눈과 예지를 뜻한다.

다음의 노래는 독일의 국가 제2절을 의역해 본 것이다.

독일의 여성, 독일의 충절

독일의 술과 독일의 노래

오래고도 올바른 울림이여

온 세계로 힘차게 울려 퍼지라

우리들이 살아 있는 한 한결같은 분발로

숭고한 이 길을 걷게 하라

독일의 여성, 독일의 충절

독일의 술과 독일의 노래

국가 가사에 제 나라의 여성을 첫 번째의 자랑으로 삼고 온 세계로 힘차게 울려 퍼지라고 노래하는 것이 잿더미 속에서 불사조처럼 되살아나는 독일의 힘의 비결이라고 하겠다. 부지런하고, 소박하고, 꾸준하고, 건강하고, 성실한 독일의 여성들! 독일을 여행하여 독일 가정에 접해 본 사람들은 독일 여성들의 건실성을 깊이 느끼게 된다.

우리나라의 여성들이 아름답다고 외국 사람들이 말한다. 그러나 그들이 말하는 우리나라 여성들의 아름다움이란 표면적인 맵시만을 말하는 것인지, 또는 내실적인 차원 높은 아름다움을 말하는 것인지, 우리는 스스로 살펴보아야 하겠다.

나는 1956년에 몹시 촌스러워 보이는 독일 수도의 밤거리에서 멀리 우리나라 명동의 밤거리를 머리에 그려 보면서, '우리도 독일처럼 서슴지 않고 우리나라의 여성을 첫째의 자랑으로 확신하면서 그녀들의 아름다움을 온 세계에 노래로 울려 보낼 수 있게 될지어다.' 하고 합장하고 빌었다. 이기주의의 찬바람이 강산을 휩쓸고, 허영의 홍수가 역사를 뒤덮고자 하는 것이 오늘 우리나라의 모습이다.

'청순한 여성들의 신비가 이 나라의 사나이들의 가슴 속에 살아 이 겨레를 위한 보람 있는 길을 걷게 할지어다.' 하고 빈다.

그리워지는 사람들

류달영이 인생에서 마주한 사람 중 깊은 인상을 남긴 이들을 소개한다. 이들의 공통점은 각박한 현실 속에서도 자기만의 색깔과 향기를 잃지 않았다는 것이다. 그들을 회고하는 류달영의 글에는 환희와 벅참 그리고 그리움이 담겨있다. 그의 인생을 비약하게 만든 참다운 사람들의 이야기를 통해 주변과 스스로를 돌아볼 수 있다.

참생명은 결코 죽지 않는 것이다. 이 정신들은 반드시 다른 가슴에 자리 잡아 보금자리를 치고 새끼를 까는 불사조들이다. 이런 생명들은 우리들을 절망에서 구해 주는 거룩한 횃불들이다. 우리 민족이 뿌리에서부터 몹쓸 것이라는 극론은 옳지 않다고 생각한다. 우리의 역사는 세상이 알지 못하는 이런 사람들에 의하여 지탱되고 또 발전할 것이다.

절도범 P

1932년 겨울 일본이 단말마斷末摩[31]적 발악을 하면서 대륙으로, 대양으로 전선을 확대해 갈 때에 나는 서대문형무소에 갇혀 있었다. 철창의 유리창이 여러 장 깨져 있었으나, 이것을 막을 물건조차 없어서 그대로 찬바람이 들이치곤 했다. 견디다 못 해 감방 사람들이 보리밥을 조금씩 모아 으깨어 물에 풀어 만든 풀로 휴지를 말려서 창을 막아 보았다. 그러나 힘없는 풀기가 얼었다 녹았다 하는 쇠로 만든 창틀에 오래 붙어 있을 수가 없었다. 시멘트 벽에는 성애가 가득히 끼여 하얀데, 할 일 없는 감방 사람들이 그것을 긁어모아 눈사람을 만들어서 벽 밑에 부처님으로 모셔 놓기도 했다.

모든 사람의 손가락과 발가락은 물론, 귀며 코끝까지도 동상을 입어서, 썩은 고구마를 삶은 것같이 보였다. 대젓가락을 부러뜨려 쪼개어 언 손가락을 찌르면 검붉은 피가 뚝뚝 흘러나오곤 했다.

혜산진 전투[32]로 들어온 H는 7년째 미결감未決監[33]에 있었는데, 예심에 걸려서 아직껏 검사의 심문도 못 받아 보고 고생하고 있었다. 백지 같은 가죽이 뼈에 맞붙었고, 꼬불꼬불한 푸른 정맥들이 지도 위의 강들처럼 보였다. 그런데 7년 동안을 한결같이 그의 애인이 면회를 오고 있었다. 아무리 결혼을 하라고 권해도 듣지 않는다고 한다.

판에 박아 주는 보리밥 덩이는 꼭 잉크병만 했다. 그것도 밥 넣어 주는 놈들이 밥덩이를 긁어 떼어 가므로 말이 아니었다. 소금에 절인 시래기 한 줄기와 끓인 소금물 한 공기가 우리들의 정식이었다. 럭비 선수가 들어온 지 일주일 만에 일어서다가 제자리에 거꾸러지곤 했다. 밤마다 삐거덕 문 여는 소리가 나는데, 이것은 죽은 사람을 내갈 때에 뒷문을 여는 소리였다. 이 감방에서도 언제, 누가 저 뒷문으로 나가게 될지 아무도 예측할 수는 없었다.

발진 티푸스의 발생으로 여러 감방이 차단되어 모두 전전긍긍하고 있었다. 이런 때에 요릿집 보이로 있던 청년을 졸라서 맛있는 음식 만드는 이야기를 듣는 것은 주린 사람들의 더없는 즐거움인 듯했다. 이야기 밑천이 떨어져서 똑같은 이야기를 되풀이해 주건만, 누구 하나 싫증을 내지 않았다. 입으로 못 먹는 요리를 귀로나 실컷 먹어 보자는 것이었다.

경성제국대학의 강사였던 김태준[34] 씨에게 속옷을 벗어 준 한인 간수가 구속이 되었다는 통신이 들려온다. 여운형[35] 씨가 지금 막 수감되었다는 통신이 온다. 감옥 안의 통신은 언제나 틀림이 없이 정확하다. 칫솔 자루로 옆방과 접한 벽을 두드리면, 그 두드리는 신호를 듣고 곧 알게 되며, 다른 방으로 다시 통신을 쳐 준다. 이 신호는 형무소에 들어가면 누구나 곧 습득하게 되는 통신 기술이다.

때때로 감시하는 간수의 지나가는 발소리가 나면, 모두 갑자기 자세를 바르게 하고 줄을 맞추어 앉는다. 그런데, 간수 중에 '고양이'라는 별명이 붙은 악질 간수가 하나 있었다. 키가 작고 빼빼 마른 사람인데, 이놈은 일부러 발자국 소리를 죽이고 고양이처럼 다니면서 살며시 감방 창을 들여다보곤 했다. 조금이라도 규칙에 벗어난 것을 발견하기만 하면, 곧 잡아내다가 실컷 때려 주는 것이 그의 취미였다. 아침부터 잘 때까지 마룻바닥에 줄을 맞추어 꿇어앉아 있으라는 것이지만, 간수가 지나갈 때에만 몸을 바로 잡고 줄을 맞추었다가 지나간 뒤에는 곧 편하게 앉는 것이 감방의 관례이다.

하루는 K라는 청년이 다리를 펴고 비스듬히 누워서 신세타령을 하며 여러 사람을 웃기고 있었는데, 고양이 간수에게 발각되고 말았다. 보통은 사슬로 허리를 묶이고 팔목에 수갑을 찬 사형수 S가 늘 창 앞에 서서 망을 보고 있어서 안전했었다. 사형수들에게는 간수들도 여러모로 관대하게 하고 있었기 때문이다. 그런데 그날은 S도 앉아 있었지만, 불행히도 사건이 발생한 것이었다.

고양이는 신이 나서 사무실로 달려가 감방 열쇠를 가지고 오더니 문을 열고 들어섰다. 그런데, 고양이에게 잡혀 나간 것은 장본인 K가 아니라 당치도 않은 절도범 P였다. 누구나 머리는 빡빡 깎았고, 얼굴은 여위어서 새하얗고, 또 똑같은 형무소 제복을 입고 있으므로, 구별하기가 쉽지 않아 잘못 끌려 나간 것이었다. 말라빠진 P는 아무 말도 않고 조용히 끌려 나갔다.

　얼마 있다가 "아이구! 아이구!" 하는 P의 비명 소리가 연하여 들려 와서 우리들의 몸에 소름을 끼치게 했다. 나중에는 아프다는 소리도 못 지르고 흐느끼는 소리와 '철컥! 철컥!' 하는 매질 소리와 '고양이'의 욕하는 소리만이 계속하여 들려 왔다. 발가벗겨서 수갑을 채워 창살에 달아매어 놓고, 냉수를 끼얹어 가면서 가죽 띠로 갈기는 것이었다. P는 반주검이 되어 감방으로 들어왔다. 사건의 장본인 K와 소리를 내어 웃던 친구들은 물론, 다른 사람들도 P의 등을 쓸어 주고 팔과 다리를 주물러 주었다. P에게 "참 안 됐네." 하고 K가 위로 겸 미안한 뜻을 표했다. P는 싱그레 웃으면서 "참 재수가 없지. 하필 고 놈의 고양이 놈한테 걸렸거든. 그래도 암실에 안 간 것이 다행이지 뭐야!" 했다. 암실에 갇히는 사람은 왼팔을 등 뒤에서 위로, 오른팔은 어깨 위로 넘겨서 뒤로하고, 양손을 맞잡아 수갑을 채운 후에 암실에 잡아넣고 감식을 한다. 하루 한 끼 또는 두 끼를 주는데, 던져진 밥도 엎드려서 입으로 주워 먹어야 하고, 똥, 오줌 누는 것도 이만저만한 고생이 아니라고 한다.

　나는 P를 물끄러미 바라다 보았다. 한 시간 전까지도 절도범이라고 은연중 얕보던 내 마음을 씹어 보고, 내 자신을 부끄러워했다. P가 간수에게 끌려 나갈 때에 다리를 뻗고 누웠던 것이 자기가 아니라고 한 마디만 했다면, 이렇게 무서운 추위에, 또 저렇게 쇠약한 몸에 혹독한 매를 맞지 않을 수 있었던 것이다. 그러나 P의 생각에 K도 그야말로 재수가 없어서 고양이에게 걸린 것이고, 자기도 재수가 없어서 애매하게 잡혀 나갔다고 체념한 것이었을 것이다.

공포는 언제나 실제보다 무서운 것이다. 죽는다는 공포는 죽음 그 자체보다 무서운 것이 사실이다. 고양이에게 맞는 매도 맞을 때보다 맞으려 끌려 나가는 순간이 더 무섭고 떨렸을 것이다. P는 그 면할 수 있는 고통을 스스로의 의지로 자기가 받은 것이었다. P는 감방의 가엾은 친구들을 대신하여 그 고통을 주저하지 않고 스스로 받은 것이다.

나는 마음속에 깔보고 있었던 일자무식의 절도범에게서 소박한 인간성의 숭고를 발견하게 되었다. 저녁 식사 때에 우리들은 보리밥을 조금씩 떼어 먹고, 소금에 절인 시래기 줄기를 반씩 잘라 모아서 그를 배불리 먹였다. P는 "나만 이렇게 먹으면 어떻게 해, 다 같이 배고프긴 일반인데." 하면서 달게 먹었다.

'내가 만일 고양이 간수에게 오인되어 끌려 나가게 되었다면, 과연 P처럼 저렇게 조금도 주저함이 없는 걸음걸이로 감방문을 나설 수 있을 것인가? 그래서 저 절도범이 맞을 무서운 매를 내가 대신해서 맞고 들어올 수 있을 것인가? 또 맞고 들어왔다 하더라도 저렇게 소박한 심정을 가질 수가 있을 것인가?' 하고 곰곰이 생각해 보았다. P의 행동은 결코 지식과 학문에서 나온 것이 아니다. 나는 살인 강도범도, 저 절도범들도 어느 한구석에 고귀한 인성이 들어 있는 것을 느끼고, 초연하고자 하던 교만을 버리기로 하였다. 그날부터 나는 마음으로부터 그들의 친구가 되었다. 그날 밤에 나는 그들에게 이야기도 들려주고, 글도 가르쳐 주었다. 일거일동을 이해의 저울에 달아 가면서 사람을 상대하는 허울 좋은 신사들에게서보다 참인간미가 이 절도범에게는 넘쳐흐른다. 이 절도범의 소박하고 따뜻한 심정이 내 가슴 속에 지워질 수 없는 불멸의 인상으로 남았다. 예수가 창기들과도 자리를 같이하고 그들의 친구가 되어 다니던 모습이 눈앞에 보이는 듯했다.

잊지 못할 여인들

이경숙 여사

망우리에 도산 선생을 모신 산소 아래 작은 비석이 서 있는 무덤이 있다. 그 비석에는 이러한 비문이 새겨져 있다.

소녀 시절엔 일정하日政下 민족애의 꽃
청년 때엔 정열적인 어린이의 스승
작년엔 크리스천 호움haulm[36]의 태양
이 나라 MRA[37] 운동의 개척자의 하나,
순수한 신앙과 착한 덕성의 30년 일생은
이 고장 여성의 영원한 거울.

이것은 1953년 11월 18일에 세상을 떠난 이경숙 여사의 무덤인데, 비문은 내가 쓴 글을 새긴 것이다.

이경숙 여사는 내가 20대의 청년 교사로 개성 호수돈 여학교에서 교편을 잡고 있을 때에 입학 당시로부터 졸업할 때까지 계속해서 담임했던 학생이었다. 우둥퉁한 체구에 근시 안경을 쓰고 말이 없는 이 소녀는 누구의 눈에도 그렇게 번쩍 뜨이지 않는 극히 평범한 여성이었다. 나는 가정 방문 때에 이 학생이 아버지도 안 계시고 오빠도 없는 가난한 가정의 한 사람인 것을 알았고, 그 얼굴에 윤택한 광채가 없는 것도 적막한 가정 환경의 까닭이라고 생각했다.

1년이 지나서부터 그분은 나를 꼭 자기 아버지처럼 믿어 주었고 나는 그분의 의젓하고 건실한 인격이 날로 자라 가는 것을 놀라운 눈으로 바라보고 있었다. 얼굴에는 언제나 화기가 돌고 빛나서 딴 사람이 되었다. 점수가 박한 선생들이 많이 있었던 그 시절에 평균 97점의 놀라운 성적으로 졸업했건만 스스로는 재주 없는 둔재로 늘 생각하였다. 나의 중매로 내게 사숙하고 있던 G라는 청년과 나의 주례로 극히 간소한 예식을 거쳐서 결혼했다.

'이 겨레를 위해서 나의 모든 것을'

이것이 젊은 이 여사의 한결같은 신념이라는 것을 나는 알고 있었다.

"저는 제 아내를 사랑하고 또 존경합니다."

G군의 이 말은 솔직한 고백이 아닐 수 없다. 한때는 시골 농촌에서 교사 노릇을 하면서 불쌍한 어린이들을 진정으로 사랑하고 가르쳤다. 가끔 교육에 관한 과제를 가지고 상의하러 우리 집을 찾아오기도 했다. 개성시의 큰 학교에서 데려 가려고 몹시 애를 썼으나 응하지 않았다. 그의

심정은 페스탈로치와 다름없었다.

시어머니인 G군의 자당慈堂[남의 어머니의 존칭]은 나도 잘 아는 분으로 완고하고 미신을 믿는 노인이다. 기독인이고 지성인인 며느리와 잘 융합할 리가 없는 것은 뻔하다. 며느리 다루는 것은 의식적으로 가혹한 편이었다. 그러나 몇 해 안 가서 시어머니는 착실한 크리스천이 되었다.

"제 며느리는 성인이죠. 이 하늘 아래 그런 사람은 또 없어요. 나도 그 착하고 어진 마음씨에 결국 항복하고 말았어요. 선생님!"

G군의 자당은 내게 이렇게 말했다. 진심으로 아껴 주고 받들어 주는 진정이 있을 뿐이다. 수단을 부릴 줄 모르는 이 여사다.

하루는 G군이 부인과 함께 우리 집을 찾아왔었다. 머리를 지져서 파마를 하고, 또 옷차림도 평소보다 화려해 보였다. G군이 싱글싱글 웃으면서 말했다.

"선생님 제 아내도 모양을 내니까 꽤 예뻐 보이죠?"

이 여사는 천진한 얼굴에 싱그레 웃음을 띠우면서 자기를 유심히 바라보는 우리 내외를 보았다. 보살처럼 배광이 훤히 빛나는 듯했다.

언제나 의식적으로 검소한 생활을 하는 그분이 이만큼 모양을 내게 된 사연은 이렇다고 했다. G군은 어느 사람들의 부정한 행위가 사회적으로 미치는 영향이 클 것을 염려하고, 이것을 밝히려고 들었다. 그러나 G군은 그 악질배들의 음모에 의하여 무고하게 경찰에 구속됐었다. G군에게 공산 분자라는 누명을 씌운 것이다. 일부 지방 신문도 그들의 작용으로 대대적으로 선동했었다. G군이 근무하던 여학교의 학생들은 들고 일어나 연명하여 검찰청에 진정을 했고, 양심적 청년 유지들이 또한 일어나 결국 시비는 밝혀지게 되었다. 이 여사가 모양을 낸 것은 검찰청, 법원, 학교를 찾아다니며 남편의 무죄함을 호소하고자 함이었다. 결국 시비가 명백해져서 그 신문은 규탄을 받았고, 모든 일의 옳고 그름은 명백히 밝혀졌다. G군은 해방 후에 나와 개성고등학교에 있었는데, 가장 철저하게 적색분자들과 투쟁한 교사였다.

"무명옷을 입고 쪽을 찌고 권력 기관을 찾아다니면 급수가 높아서 알아보질 못할까봐 파마와 비단옷으로 급수를 낮추어 가지고 찾아다닌 거랍니다."

G군이 유쾌히 웃으면서 이렇게 해명했다. 이 여사는 부정도, 긍정도 안 하고 그저 웃고만 있었다. 고약한 놈들이 G군을 공산당으로 본 것을 몹시 분개했으나 이 여사는 오히려 나를 진정시켜 주었다.

G군은 어느 큰 신설 회사의 간부로 들어가 사장의 유일한 팔이 되어 일했었다. 그런데 사장이 너무 자기 인척 관계 사람들을 많이 끌어들이므로 사업의 장래를 위해서 좋지 않다고 충고했으나, 사장은 듣지 않았다. 그는 집에 돌아와 사직원을 쓰고 있었는데, 남편이 사직원을 쓰는 것을 본 이 여사는 그 사유를 남편으로부터 자세히 들었다. 그리고 중대한 일은 흥분한 때에 처리하면 실수하기가 쉬운 것이니 하룻밤 둘이서 충분히 생각해 보고 가장 타당한 방도를 강구하자고 주장했다. 밤 동안 이 여사의 생각한 결론은 이러했다.

사직하자는 목적은 결국 회사를 바로잡자는 데 있는 것인데, 만일 지금 당장 그만두면 회사는 반드시 큰 동요를 면하지 못할 것이고, 사장도 그 처지가 어렵게 될 것이므로, 우선 앞으로 1년 동안에 회사를 궤도에 올려놓으면서 떳떳하게 사유를 말해보고 부득이하면 사직하는 것이 사업과 친구를 진정으로 구하는 일이 될 것이라는 것이었다. G군은 결국 이 의견대로 했는데 결과적으로 매우 좋았었다.

1·4 후퇴[38] 때의 일이다. 피난으로 앞뒤를 가리지 못할 혼란 속에 이 여사는 서울로 올라왔다. 자기가 아끼는 친구 W여사의 안부를 염려한 까닭이었다. W여사의 남편 R군에게 가족의 피난 대책을 물었을 때 R군은 분명한 대답을 못 했다. 책임감이 남달리 강한 R군은 자기가 근무하는 기관 일의 수습으로 철야하고 집에도 못 가 보고 있었다. 그때에 이 여사는 정색을 하면서, "남의 귀한 따님을 아내로 데려다 살면서 생사의 기로에 선 이때에 아내에 대한 대책이 아주 없으시다니 어찌된 까닭입니까?" 하고 R군을 쏘아보는데, 언제나 너그럽고 부드럽고 말하기 어려워하는 이 여사의 얼굴에서 그렇게 엄숙하고 날카로운 표정을 보는 것은 잊어버릴 수 없는 깊은 인상이었다고 R군은 말했다. 이 여사는 R군의 사정을 알고 나서 만삭된 W여사와 그의 아이들을 데리고 바닷가로 나가서 미리 준비한 배로 제주도로 피난하여 극진히 보호했다.

추도회 때에 Y라는 분이 눈물만 흘리고 방 한 모퉁이에 앉아 울고 있었다. Y는 피난지에서 G군 내외가 피나게 모은 적지 않은 돈을 꾸어다가 시작한 사업에 실패하고 조금도 갚지를 못한 사람이다. 이 여사는 남편 G군에게 이렇게 말하였다는 것이다.

"친구의 돈을 갚지 못하는 Y씨의 마음이 돈을 받지 못하는 우리보다 몇 갑절 딱하고 괴로울 것이오."

이 여사는 남편과 같이 가끔 Y씨를 찾아가서 너무 미안해하지 말고 사업에 성공하도록 노력하라고 격려해 주곤 했다는 것이다.

이것들은 모두 내 친구들이 눈물을 흘리며 말해 준 이야기들 중의 몇 토막 추억담들이다.

화장터에서 화부들은 이 여사의 뼈에서 큰 '사리'가 나왔다고 떠들썩했고 G군의 자당은 며느리의 거룩한 재를 공동묘지 한구석에 묻어 두기 싫으니 강에 뿌리자고 했다. 나는 망우리의 한 모퉁이를 변통하여 묻어 주었다. 이 여사의 어린이들이 장성해서, 또 그의 친구들이 이 무덤을 찾을 때마다 그 아름다운 인격을 추억하는 계기를 만들도록 하자는 노파심에서였다.

이 여사는 내가 본 가장 아름답고 숭고한 여성이었다. 나는 지금도 그의 인격을 사모하고, 또 존경한다. 내가 이 나라에서 이 여사를 만나 본 것만으로도 이승에 태어난 보람은 크다고 믿는다. 공중에 떠다니는 비눗방울 같은 여성들을 우두커니 서서 바라볼 때마다 나는 이 여사를 그리워한다.

이 나라의 썩은 끄틀[39]에 새로 돋아날 희망의 움이 있다면 그것은 가정에서 구해야 할 것이다. 사나운 탁류를 막아 내어 민족의 생명을 건지는 마지막 방파제가 있다면 그것도 건전한 가정에서 찾아야 할 것이다. 나는 이경숙 여사의 짧은 일생에서 내가 가슴에 그리는 이 나라 여성의 영원한 거울을 발견하였다고 믿는다.

박정숙 여사

박정숙 여사도 내가 4년 동안 담임했던 학생으로 이경숙 여사와 동기 동창이고 또 매우 가까운 사이였다. 내가 감옥에 있는 동안에 결혼했다고 들었다. 나는 이분을 학생 때에 집으로 가끔 방문했는데, 어머니를 일찍 여읜 이분은 집안일이 언제나 바빴다. 추운 겨울에 앞 시내에서 빨래하는 것도 자주 보았고, 물에서 건져 낸 듯 땀에 젖어 보리와 콩을 도리깨로 떠는 것도 보았다.

박 여사의 혼례식은 송도에서 행해진 혼례식 중에 가장 간소한 것이었다고 한다. 신랑 신부가 수수한 한복을 입고 몇 사람 친구들 앞에서 목사의 축복으로 행해졌다고 한다. 남편 K는 집안이 부유한 편인데, 자기 집에서 뚝 떠나서 평양 근처 중화에서 소작농으로 간소한 초가에서 살림을 시작했다고 한다. 바닥에서부터 스스로의 힘으로 살림을 일구어 보자는 것이었다. 농촌이 무지와 빈곤으로 꽉 차 있던 그 시절에 염소를 길러 젖고 짜고, 일년감(토마토)과 꽃도 심고, 밤에는 이웃의 아이들과 부인들을 모아 계몽 교육도 하면서 자기들의 꿈꾸는 농민 운동의 출발점에 서게 되었던 것이다. 박 여사가 일찍 어머니를 여의고 계모님 밑에서 억척스레 자기의 몸과 마음을 훈련한 것은 참다운 생을 영위하면서 불쌍한 농촌 계몽의 선구자로서의 자격을 얻는 데 큰 도움이 되었다.

호수돈여학교에서 첫째로 졸업하고 고아를 위해 일하다가 단벌옷으로 죽은 방애인 양이며(성방 애인이라고 불리었다), 원산루씨여학교를 첫째로 졸업하고 수원에서 농촌 계몽을 하다가 별세한 최용신 양(소설 『상록수』의 주인공) 등의 귀한 생명들이 박 여사의 가슴에도 자리 잡아 컸을 것으로 믿는다. 내가 이 여성들의 이야기를 들려 주었기 때문이다.

어느 날 알지 못하는 한 청년이 우리 집에 찾아와 실컷 울다가 갔다. 그는 박정숙 여사의 남편인데, 박 여사가 첫아이를 낳다가 불행히도 세상을 떠났다는 것이다. 그와 나는 서로 말 한 마디 못 하고 울었다. 우리는 울다가 아무 말도 못 하고 헤어졌고, 헤어진 그 뒤로 오늘까지 서로 만나지 못했다. 여성 지도자가 별 따기처럼 귀한 일제하에서 얼마나 기막힌 일인가?

오늘도 이런 여성들이 없을 리가 없다. 참생명은 결코 죽지 않는 것이다. 이 정신들은 반드시 다른 가슴에 자리 잡아 보금자리를 치고 새끼를 까는 불사조들이다. 이런 생명들은 우리들을 절망에서 구해 주는 거룩한 횃불들이다. 우리 민족이 뿌리에서부터 몹쓸 것이라는 극론은 옳지 않다고 생각한다. 우리의 역사는 세상이 알지 못하는 이런 사람들에 의하여 지탱되고 또 발전할 것이다.

송도에서 만난 도산 안창호 선생

　도산 안창호 선생이 춘원[40]과 함께 송도에 찾아온 일이 있었다. 이것은 나와 도산의 첫 만남이었다. 모든 일의 기본적인 것을 포착하는 현명과 자기를 버리고 다른 이를 위에 모시려는 넓은 아량을 가진 도산을 나는 존경하고 있었다. 망명 시절에 우리 동포들을 만주와 중국에 튼튼하게 뿌리박아 살게 하자는 것은 독립운동의 장구한 계획을 세우고자 하는 뜻이며, 또 강서 청태에서 민족의 새로운 생활의 봉화를 든 것은 민족의 먼 앞날을 바라본 데 연유한 것이라고 생각했다.

　도산이 찾아온 것은 그의 조카딸의 전학 문제 때문이었다. 여러 학교를 다니며 보았지만 그 아이를 이 겨레의 딸로 길러 달라고 마음 놓고 맡길 수가 없었다고 도산은 한숨지으면서 말씀하였다. 그런데, 그가 최종적으로 선택한 학교가 송도의 호수돈여학교라는 것이었다. 송도 여성들의 검소하고 규모 있고 참을성 있고 또 지조 있음을 거듭 찬양하면서 그의 두 눈은 무슨 새로운 희망이나 발견한 것처럼 환희로 빛났다.

가족들과 친지들의 반대와 비방을 무릅쓰고 사립 여학교의 교사로 와 있는 내가 여기서 도산을 만난 것은 백만의 원군을 얻은 듯한 느낌이었다. 도산은, 건전한 여성 교육은 우리들의 살 길의 기초라고 했다. 그리고 자기의 조카딸을 맡길 데가 여기밖에 없다고 하는 것이었다. 나는 이 거성을 만나 젊은 가슴의 벅참을 느끼었다. 나는 도산의 신뢰에 접하여 이 겨레의 여성 교육자로서의 자부심을 더욱 굳게 할 수가 있었다. 나는 도산이 맡기고 간 K라는 소녀를 4년 동안 지성껏 가르치기에 힘썼고, 또 이 소녀를 볼 때마다 도산을 생각했다. 이 세상에서 참사람을 만나 보는 일처럼 즐거운 일은 없다. 생명의 가장 큰일은 참사람들을 만나 보는 일이다. 참사람을 만나 볼 때마다 우리의 인생은 비약하는 것이다.

춘원은 도산을 곁에 모시고서 일언반구도 말이 없었다. 우리는 존경하는 사람들을 만나서 많은 말씀을 듣지 않아도 좋다. 한 말씀도 듣지 않아도 좋다. 참말씀은 가슴에서 가슴으로 소리 없이 통하는 것이다. 존경하는 사람을 만나서 그 곁에 있기만 해도 문제를 해결하는 말씀들이 저절로 내 가슴에 들어와 자리 잡는 경우가 많다. 글과 말로는 완전한 표현을 할 수가 없는 것이다. 어느 스승은 "글줄 사이를 읽으라."라고 했다. 목소리 없는 말씀을 듣고자 하는 자세는 진리를 배우는 사람들의 힘쓸 일이라고 믿는다. 참말씀은 겸허와 진실의 수신기에만 감응되는 것이다. 묵묵히 도산을 모시고 섰던 춘원의 모습도 잊을 수가 없다.

한정혁 경위

　누구를 막론하고 남의 약점을 찾으러 다니는 것을 직업으로 하는 사람들은 불행한 사람들이다. 사람이 세상을 사는 맛은 자기를 믿어 주는 사람들이 주위에 있기 때문인데, 만나는 사람마다 자기를 경계한다는 것은 견딜 수 없는 고통이 아닐 수 없다.

　몇 해 전 일이다. 중년쯤 되는 금줄 두른 제모를 쓴 경관 한 사람이 내 서재에 아무런 소개도 없이 찾아왔었다. 그가 '한정혁'이라는 지서 주임인 것을 그가 내주는 명함을 보고서 비로소 알게 되었다. 나는 중학교 때부터 일인 경찰에 자주 끌려 다닌 경험이 있어서 경찰이 나를 찾아오기만 하면 '또 무슨 트집을 잡으려고?' 하는 의심과 반감을 무의식중에 갖게 되었다. H 선생께서는 경찰은 결코 두려워할 것이 아니며, 그런 생각을 갖는 것은 잘못이라고 늘 말씀하셨는데, 이것은 옳은 말씀이었다. 한 경위와 마주 앉은 나는 "용무를 간단히 말씀해 주시오." 하고 단도직입적으로 빨리 할 말을 하고 가라는 듯이 퉁명스럽게 말했다. 한 경위는 자세를 단정히 하고 "저를 경찰로 대하시지 말고 한 사람의 인간으로 대해 주십시오." 하면서, 나의 저서 『새 역사를 위하여』[41]를 읽고 찾아왔다는 것이다. 이 책의 내용은 교육과 협동조합 운동으로 덴마크가 농민의 낙원을 이룩하게 된 경로와 우리 국민의 분발을 호소한 것이다. '정열적인 과격한 어휘로 가득 찬 이 책이 아마 무슨 시빗거리가 되었나보다.' 하는 경솔한 선입감을 가지고 "무슨 충고하실 말씀이라도 있나요?" 하고 묻자 그는 당황해서 "아이, 원 천만에 말씀을." 하면서 웃었다. 내 말이 당치 않다는 태도이다. 그는 수원서 멀지 않은 화산 입구의 안녕리에 있는 지서의 주임이었다. 6·25사변으로 살벌해지고 피폐한 마을 사람들에게 살 길을 열어 주어야겠는데, 자기에게는 그러한 힘이 없으나 내 저서를 읽고 용기를 얻게 되어서 무슨 일이든지 시작해 보아야겠다고 결심했다는 것이다. 나는 실상 반신반의의 심정으로 한 경위를 대하였고, 우리 둘은 아무런 구체적 토론도 없이 헤어졌다. 그 후에 서점에 들렀다가 한 경위가 적지 않은 부수의 『새 역사를 위하여』를 사 가지고 갔다고 들었다.

몇 달 후에 그는 또 나를 찾아왔다. 안녕리에 성인 학교가 설립되었고 공동 가축 사육장, 공동 묘포 등이 시작되었다고 보고했다. 기술을 지도할 인물이 없다고 해서 나는 우리 대학생 중 두어 사람을 보내어 협조하도록 했었다. 그러나 나는 한 경위를 그때까지도 꼭 믿을 생각을 가지지 못했었다. 내가 사람을 보는 눈이 얼마나 어두운가를 후일에 스스로 뉘우치게 되었다.

그 후에 나는 교환 교수로 미국에 가 있다가 스칸디나비아 일대를 돌아서 귀국했었다. 화성군에 2억 5천만 원의 특별 예산으로 협동조합의 '파일럿 프로젝트'를 시작하게 되어, 나는 지도 위원의 한 사람으로 추천이 되었다. 한 경위의 안녕리 계몽사상에 대하여 잊어버리고 있었던 나는 이 기회에 안녕리에 대하여 다시 검토해 보고자 결심하고, 한 경위의 소식을 누구에게 물었더니, 한 경위는 올봄에 세상을 떠났다는 것이다.

한 경위는 경찰의 본직보다 농민 계몽 사업에 분주해 있었으므로, 몇 번을 좌천당해서 변두로 변두리로, 자리를 바꾸며 전전하게 되었다고 한다. 가는 곳마다 그는 같은 사업을 착수코자 했으나, 시간이 짧아 뜻을 이루지 못하였다. 그는 서울의 어느 대학에 입학하여 졸업하였는데, 약질인 그가 너무 무리를 했으므로 중병에 걸려서 세상을 떠났다는 것이다.

"선생님 저는 제가 할 일을 발견했습니다. 이 일에서 제가 손을 떼지는 못할 것입니다."라고 결심을 말하던 한 경위의 모습이 내 눈 앞에 선히 떠올랐다. 나는 나의 어리석은 선입관으로, 이 애국 동지에게 무장을 해제하고 손을 잡고 따뜻한 동지로서 대해 주지 못한 것이 생각할수록 한스러웠다.

지금 안녕리 협동조합의 사업은 한 경위가 시작한 싹이 자라서 눈부시게 자라나고 있는 것이다. 나는 이 안녕리를 특별히 추천하여 시범 협동조합으로 지정하게 하였고, 이즘에는 인근의 네 부락이 각각의 조합을 자진 해체하고 화산 조합으로 크게 뭉치게 되어, 우리나라 협동조합의 새로운 시험대 위에 올랐다.

　나는 덴마크에서 내 손으로 촬영한 황무지와 농촌과 교육 기관과 협동 사업 등의 천연색 사진을 환등기[42]로 비춰서 농민들에게 보이면서, 이 마을 농민들에게 이렇게 호소했다.

　"한정혁 씨는 죽어서 장사지냈습니다. 그러나 눈에 보이지 않아도 한정혁 씨는 결코 죽지 않고 살아 있습니다. 옳게 살다 죽은 사람은 죽은 뒤에는 더 무서운 힘으로 일하는 것입니다. 오늘 안녕리가 시범 조합으로 지정되어 양양한 장래를 갖게 된 것도 죽어서 일하는 한정혁 씨의 힘인 것을 알아야 합니다."

　내 말을 듣는 순박한 농민들은 모두 깊은 감개에 차 있었다. 동리 사람들은 바윗돌을 동리 앞에 굴려다가 한정혁 씨의 이름을 새겨서 기념하겠으니, 비명을 써 달라고 나에게 부탁해 왔다.

　나는 사람이 아주 죽는다고 믿지 않는다. 수천 년 전 사람들이 지금 내 가슴 속에 생생하게 살고 있는 것을 나는 부정할 수가 없다. 앞으로 펼쳐질 생명의 발전을 생각한다면 진리를 믿고 걸어가는 현실의 고생은 문제도 안 되는 것이다. 한정혁 씨가 1년 동안 안녕리에서 활동한 미완성의 사업은 큰 역사적 뜻을 가지는 것으로, 장구한 동안 완성을 향해 진전할 것을 나는 의심하지 않는다. 이 마을은 미국의 존슨 대통령이 방문할 정도로 자라났다.

사토 교수

1933년 봄에 나는 양정고등보통학교를 졸업하고 서울대 농대의 전신 수원고등농림학교에 입학하게 되었다.

일제하 식민지 백성으로서 그 가혹한 천대를 덜 받고 살려면 의사가 되는 것이 가장 무난한 길이라고 생각하고 의전에 입학 원서를 냈었다. 나를 귀여워해 주던 영어 교사 미국인 한 분이 졸업 후 미국 유학을 보장하겠다고 하였다. 실력 있는 의사가 되기만 한다면 아무리 교만한 일본인들이라도 찾아와서 굽실거릴 것이고 또 군색한 생활도 면할 수가 있는 것은 틀림이 없었다.

그러나 어쩐지 이러한 타산적 사고는 나 하나만을 위한 이기주의에서 나왔기에 비겁하게 느껴졌다. 그래서 농업 방면으로 바꾸어 버렸다. 나라 없는 이 민족의 운명이 농민에 의해서 결정될 수밖에 없다고 믿었기 때문이었다. 그런데 수원고농에는 제1차 고농 사건이 일어나 학생들이 투옥되었고 또 그 주동자들이 사립 고보 출신이 많았던 관계로 나의 입학은 실질적으로 불가능한 실정이었으나 나는 그 사정을 전혀 모르고 있었다. 조선인은 5명 가량의 내규 정원에 2명은 무시험 입학이었으니 전국 경쟁에서 사립학교 출신인 나는 무모한 지원을 한 셈이었다.

더구나 일어 시험 과목인 작문에서 나는 정월 초하룻날 일본인 의사를 찾아가서 병든 개를 고쳐 달라고 강요하다가 매정하게 거절당하게 되어 때려 주었다는 이야기를 썼었다. 그런데 이 작문을 맡아서 채점한 이가 '사토 도쿠지'라는 철학 교수였다. 입학식이 끝나고 개강한 지 며칠 되지 않아서 나는 도서관장실로 사토 교수가 오라고 해서 찾아 갔었다. 박박 깎은 머리의 뒤통수가 툭 솟아 나온 거대한 체구의 호걸스러운 풍모를 지닌 인물이었다. 보통내기는 아니구나 하는 첫인상이었다. 그는 호탕하게 웃으면서 내 작문이 가장 특색 있어 최고점을 주었다는 것이었다. 1점으로 급락이 결정되는 입시 경쟁에 있어서 나는 작문에서 뜻밖에 많은 점수를 받아서 합격했을지도 모른다.

양정에 입학하던 해로부터 졸업 때까지 담임을 해 주었고 또 나의 평생의 스승 김교신 선생을 찾아뵙고 '사토'교수의 이야기를 했더니 그분의 인물에 관한 말씀을 자세히 해 주었다.

사토 교수는 일본의 수재들만 모이는 제일고등학교를 거쳐 동경 제국 대학 철학과를 나온 분으로 일본의 세계적 거인 '우치무라 간조' 문하라는 것이었다. 그러고 보면 그분은 김교신 선생과 한 스승의 문하가 된다.

우치무라 간조는 러일 전쟁을 혼자서 반대하였던 반전론 평화주의자였고, 제일고등학교 교수 시대에 천황에 대한 불경 사건으로 전국 매스컴의 극렬한 공격을 받았으나 혼자서 끝까지 대항하였던 사람이다. 자유 신앙, 순수 복음을 주장하는 제2의 종교 개혁 주창자로서 세상에서는 그를 무교회주의의 창시자라고 부르고 있으며 그 문하에서 각 방면으로 수많은 인재를 배출한 사람이다. 일본의 조선 식민지 정책을 신랄하게 비평하였고 일본의 태평양 전쟁에 생명을 내걸고 끝까지 반대한 분으로 전후에 동경 대학 총장이 되었던 '야나이하라' 교수도 그 문하의 한 사람이었다.

그러한 흐름 속에서 사토 교수도 남다른 뜻을 품고 졸업하자마자 조선으로 건너왔다. 그러나 그의 수원 시절은 불운의 시대였다. 독선적 정의감이 강한 그는 자연히 많은 적을 스스로 만들게 되었다. 총독부 관리들은 처음부터 그를 인간 취급하지 않았고 교수 중에서도 미워하는 이들이 적지 않았다. 더구나 조선인의 아픈 데를 서슴지 않고 지적하는 관계로 좌익 계열의 조선인 학생들 중에는 그를 총독부의 스파이일지도 모른다고 중상하는 사람까지 있었다. 그는 조선인은 비록 경제적으로는 뒤지더라도 윤리적으로는 일본인 위에 설 수 있는 실력을 길러야 앞날이 열릴 것이라고 주장하였다.

그 당시 우리나라의 럭비는 보성전문학교와 수원고농이 언제나 서로 패권을 다투고 있었는데 그 럭비 팀을 만들어서 육성한 분이 바로 사토 교수였다. 큰 체구에 박박 깎은 머리, 티셔츠에 팬츠를 입고 운동장에서 학생들과 함께 달리는 모습은 보기에도 호쾌하였다.

사토 교수는 매주 하루씩 도서관장실에서 단테의 『신곡』을 나 한 사람을 상대로 가르쳐 주었다. 그는 나를 단순한 농업인으로서가 아니라 정신적으로도 충실한 인간으로 길러 보고자 지성스러운 노력을 한 것 같다. 사토 교수는 화랑도에 대하여서도 큰 흥미를 가지고 있었다. 화랑도에 관한 기록이 남았다면 『플루타르코스 영웅전』[43]을 능가할 수 있을 것이라고 하였다.

그 당시 고농에는 과수 원예에 권위 있는 교수가 없었다. 내가 그것을 아쉬워하자 농업 시험장의 과수 전담 기사로 미국 캘리포니아에서 과수학을 전공하고 돌아온 '소노다' 기사를 자기 관사로 초청하여 나와 함께 저녁 식사를 대접하면서 나를 잘 지도해 줄 것을 부탁하였다. 그 후부터 나는 3년 동안 시험장 과수원에 가서 과수 원예 개인 지도를 받기로 했다.

일본이 만주를 삼키고 관동군의 세력이 날로 강성해 갈 무렵, 『신곡』 강의를 하던 사토 교수는 일본 군부의 횡포를 비난하면서 일본군이 중국의 어디까지 짓밟을 것 같으냐고 물었다. 나는 북지 일대까지는 손아귀에 넣으려 들지 않겠느냐고 되물었더니 사토 교수는 고개를 가로 흔들면서 전토를 짓밟을 것이라고 하였다. 그리고 그는 일본은 그 결과 망할 것이라고 덧붙였다. 강대한 군사력은 언제나 그칠 줄을 모르며 그칠 줄 모르면 결국 망하기 마련이라는 것이다. 그리고 일본의 어용학자들은 군인 이상으로 딱한 존재들이라고 탄식했다. 나는 속으로 일본이 중국 전토를 짓밟을 것이라는 데 대해서는 반신반의하는 심정이었으나 제 2차 세계 대전의 결과를 보고서 사토 교수의 앞을 내다보는 놀라운 식견에 감탄하였다.

총독부 관리들이 우리 민족성을 말살하기 위한 동화 정책을 강력히 추진해 갈 무렵 어느 날이었다. 사토 교수댁을 방문했더니 서재 한구석에 일본의 조상신인 천조대신의 위패를 넣은 오동나무 상자(가미다나)가 거꾸로 내던져져 있었다. 내가 오히려 걱정이 되어 "가미다나를 저렇게 다루어도 좋습니까?" 하고 물었더니 그는 쓴 웃음을 지으면서 "천조대신을 믿지 않는 우리와는 관계가 없는 물건이 아니겠느냐?"라고 하였다. 그러면서 "저것이 다 일본이 망할 징조"라고 하였다.

과수 원예를 개인 교수하던 크리스천 소노다 기사는 어느 날 귀엣말로 나에게 이렇게 말했다.

"나도 신사에는 될 수 있는 대로 안 가요. 또 가더라도 우리는 거기서 하나님께 기도하면 될 것이오. 하나님은 어디에나 계시니까. 끌려가게 되면 거기 가서 더 열심히 기도하면 될 것이오."

나는 사토 교수의 주선으로 좋은 분과 사귀게 된 것을 깊이 감사했다.

하루는 내가 사토 교수와 그의 서재에서 이야기하고 있는데 장난꾸러기로 생긴 그분의 아들이 잉크가 줄줄 흐르는 만년필을 들고 와서 잉크를 어떻게 넣는 것이냐고 아버지에게 물었다.

"그것쯤은 혼자서 생각해 보아도 쉽사리 알게 된다. 가지고 가서 한번 성공해 봐라."

이렇게만 대답하고서는 잉크투성이가 된 손이나 옷에 대해서는 한 마디도 말이 없었다. 얼마 후에 그 어린이는 "됐어요, 됐어요."소리를 치면서 만년필을 들고 뛰어 들어왔는데 손과 옷에 잉크가 묻어서 차마 볼 수가 없었다. 다다미 바닥에도 잉크가 여기저기 떨어지곤 했다.

"거 봐요. 생각해서 해 보면 되지 않나."

사토 교수는 유쾌한 듯이 껄껄대고 웃었다. 지금도 나는 이때의 광경을 잊을 수가 없다.

내가 고농을 졸업하던 그날 오후 사토 교수는 나 한 사람을 위해 자기 집에서 축하 만찬을 베풀어 주었다. 음식은 모두 부인이 손수 만든 것이었다. 이 자리에는 서울에 계신 김교신 선생도 초청되었다. 우리는 즐거이 식사를 나누면서 졸업 후 내가 할 일에 대해서 상의하였다.

우리 민족이 실력을 가지자면 무엇보다도 먼저 여성 교육을 해야 한다는 것이 나의 소신이었고 김 선생과 사토 교수도 찬성했다. 그리하여 나는 그 해 봄에 개성의 호수돈여자고등보통학교에 교사로 부임하게 되었다. 나의 전임은 양인성 씨인데 그분도 우치무라의 제자였다.

언제인가 사토 교수는 김 선생과 개성으로 나를 찾아 주신 일이 있다. 당시 사토 교수는 경성제국대학 예과 교수로 전근해 있었는데 단독으로 입원하여 몇 번이나 사경에 빠졌다가 다행히 회복되어 퇴원하자 곧바로 나를 찾아온 것이었다. 빈사의 지경에서 회생하니 류 군이 보고 싶다고 김 선생께 연락하여 같이 온 것이라고 김 선생께서 귀띔해 주셨다. 나는 속으로 울었다.

우리 집에서 식사를 하고 선죽교의 피다리를 찾아 산책하였다.

"사람이 소신대로 살다가 죽는 것이 가장 행복한 일이 아니겠는가? 정포은(정몽주)은 가장 행복한 사람이라고 할 수가 있겠지."

나는 사토 교수의 이 말씀을 소신껏 살다가 죽으라는 교훈으로 들을 수밖에 없었다. 나는 졸업 당시 교육 과목의 큰 전집을 비롯하여 적지 않은 서적을 선물로 받았다.

사토 교수는 그 후 일본의 수재들만이 모이는 제일 고등학교의 생도 주사(학생과장)로 영전榮轉하여 갔고 김교신 선생과 나는 서대문형무소에 투옥되었다. 사토 교수는 다시 문부과학성의 교학관으로, 사회 교육 국장으로 중직을 맡아 일하다가 끝내 중환으로 7년의 투병 생활을 했으며, 아홉 번의 수술을 받았다. 여섯 개의 늑골도 잘라 냈다. 빈곤과 병고와 줄기찬 싸움을 하면서 나라와 인류를 걱정하며 깊은 사색의 귀중한 시간을 보내면서 살았다.

내가 동경대학 부속 병원으로 문병을 갔을 때에는 면회 사절이었지만 내가 온 것을 안 사토 교수는 끝내 우겨 나를 만나 보았다.

몇 해 전 '국민운동'의 책임을 맡고 있을 때에 나는 일본의 쯔시 시로 병상을 방문하였었는데 사토 교수는 소설을 하나 쓰고 있는 중이라고 하였다. 여인 삼대를 모델로 해서 백 년간의 일본 여성들의 생활상을 그린 『여인의 투쟁(女のいくさ)』이란 작품이었다. 이것은 노년의 첫 작품이었는데 친구인 문학가 한 사람이 읽고 깜짝 놀랐다는 것이다.

이 소설은 일본문학 최고상의 하나인 나오키상을 받게 되었고 곧 베스트셀러가 되어 놀라운 발행 부수를 올렸다. 5개월 동안에 14판을 찍는, 그야말로 선풍적 인기였다. 극으로, TV드라마로 상영되었고 영화사끼리 싸움이 일어나기까지 하였다. 그는 하루아침에 일류 작가가 되어 있었다. 노벨 문학상을 받은 '가와바타' 씨는 사토 교수와 일고 동기였다고 하는데 그도 이 작품을 극찬하였다. 사토 교수는 기자들과 인터뷰 때에 화제가 우리나라에 있던 시절에 미치자 내 이야기도 나왔다고 어느 일본인이 전해 주었다. 그분은 괴로울 때나 기쁠 때나 나를 기억하고 있는 것이다.

내가 김교신 선생 추도 문집의 원고를 청탁한 일이 있었는데 그 분은 위암의 선고를 받고 수술실로 들어가기 직전에 떨리는 손으로 쓴 회답을 보내 왔었다. 그렇게 훌륭한 김교신 선생이 일찍 별세한 것은 결국 일인들의 탓이라고 하였다.

1965년 봄에 나는 사토 교수가 좋아하는 김을 소포로 보냈었다. 그런데 천만 뜻밖에도 부인으로부터 사토 교수가 2월 5일에 별세해서 김을 그분의 사진 앞에 며칠 동안 놓아 뒀다가 아들과 딸들에게 골고루 나누어 보냈다는 회답이 왔었다.

나는 일본으로 댁을 방문하고 조문하였다. 사토 교수의 큰 따님은 일생을 독신으로 지내면서 아버지의 시중을 들어 왔으며 지금은 홀로 남은 어머니를 모시고 살고 있다.

전 동경대학 총장 야나이하라 씨는 나를 보고 "당신의 은사는 훌륭한 인재이면서도 불운의 연속 속에 일생을 보냈다."라면서 탄식하는 것이었다.

내가 가장 미워해 온 일본 민족, 그 일본인 중의 한 사람을 내가 은사로 모시게 된 것은 생각할수록 야릇한 아이러니라고 하지 않을 수 없다.

그러나 이 세상에 나서 지기知己 [서로 마음이 잘 통하는 친구를 뜻하는 지기지우知己之友의 준말]를 가질 수 있는 일은 인생의 더없는 축복이며, 마음으로부터 사모하고 배울 수 있는 은사를 모실 수 있는 것은 더없는 행복이다.

그런 의미에서 볼 때에 모시고 배울 은사를 찾아 내지 못하는 생애보다 더 안타까운 일도 없다. 오늘에 가장 안타까운 것은 스승의 기근, 제자의 기근이라고 하겠다.

위대한 헬렌 켈러

　내가 청소년 시절에 뱀보다도 싫어하고 마귀보다도 미워한 부류의 인간은 시각 장애인이었다. 그들은 점을 치기도 하고 경을 읽기도 하면서 민중들을 더욱 어리석게 만들고 요행심을 길러 주기 때문이다. 시골서 자라난 나로서는 너무도 많이 그런 광경을 보았다. 예수교조차 현대적 미신으로 증오하던 어린 나로서, 눈 먼 사람들이 우리 민족을 정신적으로 좀먹어 들어간다고 생각했고 그들이 우리 민족을 일본이 삼키도록 한 놈들인 것처럼 착각하기도 했다.

　이 무렵에 나는 은사의 충고로 소설 읽는 정력을 전기 읽는 데로 돌리게 되었다. 전기는 무릇 누구의 전기라도 좋았다. 전기로 쓰일 정도의 인물의 생애에는 인생을 북돋는 귀중한 요소가 들어 있다고 생각해서 전기라면 손에 잡히는 대로 읽었다. 수원에서 공부할 시절에 나는 종로 어느 서점에서 우연히 발견한 허름하게 제본된 헬런 켈러의 자서전 한 권을 사게 되었다. 헬런 켈러가 어떤 인물인지 전혀 알지 못하고 있었으나 그 책이 자서전인 까닭만으로 산 것이었다.

집에 돌아와 몇 줄 읽어 가노라니 주인공이 미국 여자이며 눈이 보이지 않았고 게다가 귀도 안 들리고 말도 못했다. 책장을 덮어서 내던지려다가 '위대한 교육의 힘'이라는 머리말의 한 구절이 내 손을 정지시키고 더 읽어가게 했다. 눈도 안 보이고 귀도 안 들리고 말까지 못하는 인간에 대한 나의 호기심은 동정심으로 바뀌었고 다시 경이의 감격으로 뜨거워지기 쉬운 젊은 나의 가슴을 메웠다. 특히 기계같이 돌아가는 학창 생활에 대한 소감과 종교에 대한 사상은 나의 심금을 연달아 울려 주었다.

나는 이 알지 못하는 삼중고의 위대한 동지를 발견한 것이었다. 이로부터 시각 장애인에 대한 나의 관점은 180도로 바뀌었다. 시각 장애인들은 그들이 훌륭한 교육을 받지 못한 까닭으로 불운하게 보내는 것을 알게 되었다. 그 책임은 결국 우리 겨레 전체에 있다고 느꼈고 지금까지의 나의 깊이 없는 생각을 눈물로 참회하였다.

'나라는 인물은 이렇게 한 겹 속도 못 들여다보는 피상적 사람인가?' 하고 스스로를 불쌍히 여겼다. 그 다음부터는 지나가는 시각 장애인들을 동정심으로 바라보곤 했다.

1937년에 뜻밖에도 헬렌 켈러가 일제의 독아에 물리어 허덕이는 우리나라를 찾아오게 되었다. 신문의 보도로 이 사실을 알게 된 나의 기쁨은 컸었다. 일본의 시각 장애인 학자로 유명한 이와바시 교수도 동행한다는 것이다. 그는 청년 시절에 미술가가 되려고 했었는데, 천만 뜻밖에도 눈이 멀게 되어서 문을 걸어 닫고 자살하려고 했었다는 것이다.

"눈은 사람의 값의 전부가 아니다. 눈을 내놓고서라도 사람이 활동하고 값진 삶을 전개할 길은 얼마든지 남아 있다. 눈 하나를 잃어버린 것으로 생명 전체를 포기한다면 얼마나 어리석은 일인가?"

이렇게 호소하는 어머니의 말씀에 확연히 깨달은 그는 자살하려던 찰나에 칼을 내던졌다고 한다. 그는 간사이 대학 교수로서 일본의 우수한 철학자이며, 많은 청년으로부터 존경을 받고 있다. 이 두 사람이 우리나라를 방문한다면 우리 민족에게 크나큰 정신적 격려가 되리라 생각했다. 그들은 불행한 환경을 이겨 낸 인생의 용사들인 것이다.

나는 이와바시 씨의 제자인 친구를 통하여 내가 있는 송도로 그들을 초청하고자 노력했었으나 이미 그들의 여정이 짜여 있어서 시간을 변통할 수가 없다고 했다. 나는 한 걸음 물러나서 그들을 서울 강연회에서 만나 보려고 마음을 먹고 기다렸다. 그런데 서울 강연회에는 이미 입장권의 배부가 끝나서 나는 우리나라까지 찾아온 그들을 전혀 만날 수 없었다. 헬렌 켈러의 진기한 연설을 듣는 권리를 누구나 포기하려고 하지 않아서 나는 그를 서울서 만나 보는 희망을 단념할 수밖에 없었다.

나는 헬렌 켈러의 전기를 밤새도록 뒤적거리며 읽고 붉은 줄 그은 데를 되씹어 읽곤 했다. 그런데 그를 만나보고 싶은 간절한 집념을 아무리 해도 버릴 수가 없었다. 서울에서의 헬렌 켈러의 강연은 라디오로 중계하기로 했는데 갑자기 중지해 버렸다. 나는 미국인 선생 미스 다이아에게 청을 하여 헬렌 켈러에게 '송도의 한 젊은 교사가 당신의 자서전을 읽고서 당신을 존경하는 생각이 간절하여 꼭 만나 보기를 원하니 만나 볼 수 있는 기회를 만들어 달라.' 이러한 내용의 편지를 보내게 했다. 편지를 보낸 지 며칠 후에 회답이 왔다.

'평양으로 가는 도중에 개성역에서 특급 열차가 1분간을 정거하게 되니 거기서 만나자.'

이러한 내용이었다. 7월 15일 오후 4시 40분 차를 맞으러 나는 학생들과 몇몇 유지들과 역으로 나갔다. 많은 일본 군인들이 만주로 가느라고 경계는 엄중했다. 경관의 간섭이 참으로 시끄러웠으나 기어이 플랫폼까지 들어가기에 성공했다.

달려오는 열차가 멀찍이서 보였다. 헬렌 켈러와 그의 비서 톰슨과 이와바시 교수가 벌써 1등실 전망대에 나와 서서 손을 흔들고 있었다. 열차가 도착하는 순간 헬렌 켈러는 자기의 얼굴을 잘 보이게 하기 위하여 모자를 벗었다. 오른쪽에 톰슨이 헬렌 켈러의 오른손을 쥐고 섰고, 왼쪽에 검은 안경을 쓴 이와바시 교수가 얼굴에 가득히 웃음을 띠우고, 마치 내 얼굴을 보기나 하는 듯이 반가운 표정을 하고 있으며, 뒤쪽으로 그의 부인이 침착한 태도로 남편을 거들고 있었다.

헬렌 켈러는 즉시 빠른 속도로 강연을 시작했다. 톰슨이 불분명한 발음을 깨끗한 영어로 다시 말하면 이와바시 교수는 일어로 유창하게 통역하였다. 톰슨의 손가락들은 기계처럼 빠르게 헬렌 켈러의 손바닥을 두들겨 신호를 해 주는 것이었다. 이것으로 헬렌 켈러는 자기 눈으로 보는 듯이 주위의 정경을 알고 있는 것이다. 헬렌 켈러는 톰슨의 목에 가볍게 손을 대고 입술의 움직임과 목의 진동과 그 변화를 감지함으로, 자기의 말이 톰슨에 의하여 정확히 전달되는가의 여부를 확인하였다. 빠른 속도로 말하는 헬렌 켈러의 얼굴은 신념과 기쁨과 또 동정의 빛이 역력히 보였다. 나는 준비한 수첩을 꺼내어 강연을 속기하였다.

"여기 모인 젊은 나의 친구들, 이 인간 사회의 무서운 암흑면을 개척할 사람들은 바로 당신들 자신이다. 우리가 매일 한결같이 옳은 일을 향하여 정진한다면, 위대한 이 사업은 성취된다. 여러분, 힘을 모아 굳게 뭉쳐라. 그 앞에 이루어지지 않는 일은 없을 것이다. 여러분, 이 세상은 빛을 요구한다. 이 어둠을 환히 비칠 광명이 되어라. 이 세상을 향상시키는 것은 오직 사랑뿐이다. 사랑이 없는 사회는 퇴보뿐이다. 멸망뿐이다. 당신들은 이 암흑의 사회를 두려워하고 있는가? 결코 두려워 말라. 우리는 알고 있다. 우리들의 앞과 또 뒤에 사랑과 정의의 신이 지키고 있다."

화평의 빛이 넘쳐 빛나는 헬렌 켈러의 얼굴에는 이 세상의 어떠한 권력도 누를 수 없는 힘이 숨어 있는 듯이 느껴졌다. 1분간의 정차 시간은 몇 분인가 지났다. 역의 직원들이 헬렌 켈러의 열변과 이와바시 교수의 유창한 통역에 도취해서 자기 자신들의 일을 잊고 있었던 모양이다. 차가 고요히 움직이기 시작했다. 헬렌 켈러는 손을 계속하여 흔들었다. 그의 열변은 그대로 계속됐다.

"여러분, 두려움은 없다. 신을 믿는 사람들에게 두려움이란 잊을 수 없다. 그렇다. 두려움이 있을 리 없다."

차는 멀어져 가는데, 그들은 계속해서 외쳤다. 우리는 알아들을 수가 없었으나 손을 높이 흔들어서 '그렇다.'는 뜻을 표시했다. 우리가 헬렌 켈러에게 준 기념품을 이와바시 교수 부인이 소중하게 들고 근엄한 얼굴로 서 있는 것이 보였다. 아직도 그들은 계속해서 외쳤다.

북으로 달려가는 이 열차에는 만주와 중국을 삼키려는 일본의 음흉한 고급 장교들이 많이 타고 있었다. 그 날카로운 눈초리, 딱딱한 움직임은 이 천사들과 좋은 대조임을 느끼게 했다. 전쟁의 마신들과 평화의 천사들이 한차로, 한 방향으로 달리고 있다. 이 양자들은 육체적으로나, 정신적으로 양극에 서 있는 사람들이다. 푸른 하늘에 빛나는 태양이 우리들을 보고 싱그레 웃으면서, "너희들 생각엔 누가 마지막 승리자일 듯싶으냐?" 하고 묻는 듯했다.

나는 헬렌 켈러의 자서전에서 읽은 말들을 집으로 돌아오면서 되씹어 보았다.

"나는 심히 자유롭지 못한 몸이다. 그러나 나도 다른 사람들처럼 아름다운 세계에 부딪칠 수가 있다. 암흑과 침묵 속에도 행복은 있다. 나는 나의 경우에 만족하는 사람이다."

누가 나에게 성경에서 얻은 최대 최고의 지식이 무엇이냐고 묻는다면, 서슴지 않고 눈에 보이는 것은 잠깐이며, 눈에 보이지 않는 것이야말로 영원한 것이라고 대답할 것이다. 이 말은 헬렌 켈러의 신념과 심경을 단적으로 표현한 말로 생각한다.

고루거각高樓巨閣[높고 크게 지은 집]에 사치스러운 생활에도 깃들지 못하는 행복이 눈도, 귀도, 입도 온전치 않은 헬렌 켈러의 가슴 속에 깃들었다고 하니 신기한 노릇이다. 내 자신이 광명을 보지 못한다고 가정해 보자. 내 자신이 귀가 안 들린다고 가정해 보자. 또 내 자신이 말을 못 한다고 지금 가정해 보자. 그 암흑이 어떠할 것인가? 이 삼중고의 가슴에도 봄바람이 불고 또 태양은 드높이 빛나니 신의 기적이 아닐 수 없다.

내 담임반 교실에는 개성 역에서 우리를 격려하던 헬렌 켈러 일행의 사진이 걸려 있었다. 이 사진은 어떠한 학생들에게도 자포자기의 구실을 허락하지 않을 것이었다. 또한 교사인 나로 하여금 어떠한 학생에게라도, 또 어떠한 악평을 듣는 소년 소녀에게라도 이들을 교육할 때에 희망을 포기하지 않을 경계가 되었다.

내 눈은 볼 수 있고 내 귀는 들을 수가 있지 않은가? 그리고 내 입은 자유롭게 말할 수 있지 않은가? 신은 우리에게 '실망'이란 있을 수 없다는 것을 실증하기 위하여 헬렌 켈러를 보냈고 일제하의 우리들에게까지 먼 여행을 보낸 것이다. 세네카의 말과 같이 운명은 강한 놈에겐 더욱 약하고, 약한 놈에겐 더욱 강한 것이 틀림없다.

수난의 반생

류달영은 생애를 거쳐 격동의 역사를 지나왔다. 일제 강점기에 민족정신을 고취했다는 이유로 유치장에 갇히고, 광복 후 전쟁을 겪으며 다시 민족과 나라의 기틀을 마련하기 위해 바삐 움직였다. 그 험난한 역사 속에서 믿음을 가지고 희망을 향해 나아갔던 류달영의 숨 가쁜 기록이 펼쳐진다.

자기가 무엇이며, 또 무엇을 향해 가고 있는가를 분명히 알지 못하면 아무리 열성을 다해 일해도 자기와 또 남에게 뜻하지 않은 큰 해를 입히기 쉽다. 자기가 하는 일이 무엇인가를 알지 못하는 데서 우리가 보람 있는 일을 바랄 수는 없다.

문명병 우자愚者[44]

비가 후드득후드득 내리는 밤에 나는 수원역에서 터덜거리는 구식 택시에 몸을 싣고 집으로 돌아오면서 "나도 문명병의 환자다." 하고 입 속으로 되뇌었다. 농부들이 타는 듯한 폭양 아래 온 종일 김을 매고 나서 그 품값이 오백 환[45]인데, 나는 20분만 걸으면 넉넉할 곳을 삼백 환을 내고 이렇게 타고 가는 것이다. 인도의 비노바 바베[46]가 지주들에게 토지를 분할하라고 권고하기 위하여 찌는 더위에 그 큰 인도 대륙을 걸어서 한 바퀴 돌아온 기사를 「타임」지에서 본 기억이 있다. 사람에 따라 사고의 방식이 다르기는 하겠으나 나는 비노바 바베의 그 끈기와 지성스러움을 존경하는 한편 기계에 정복되지 않은 위대한 혼을 우러러본다.

나의 고등보통학교 시절의 이야기다. 어느 학생 한 사람이 친상을 당한 전보를 받았었는데, 폭우로 끊어진 버스 길이 트이기를 사흘이나 기다리다가 결국 장례에도 참례 못 했다는 이야기를 들었었다. 이 학생은 자기 다리로 걸을 수 있다는 사실을 잊어버렸던 것이다. 백여 리 길이니 하루만 부지런히 걸으면 갈 수 있는 간단한 사실을 생각 못 하고 한결같이 버스가 가게 되기만 기다렸다. 걷는 것을 잊어버린 것은 그 학생뿐만이 아니다. 세상 사람들은 점점 편리한 기계의 노예가 되어 가고 있다.

독일에서 '베토벤의 집'에 가려고 길을 물었더니 여행 안내소 사람이 "10분이면 갈 수 있다. 걸어가는 것이 가장 좋다."라고 일러 주었다. "걸어가는 것이 가장 좋다."라는 이 말은 내가 독일에서 얻은 가장 귀중한 선물의 하나이다.

벌써 30년 가까이 되었지만 찰리 채플린의 걸작 「모던 타임즈」라는 희극 영화는 지금도 잊을 수가 없다. 채플린이 음식 먹여 주는 기계에 앉아 식사를 하는 장면이 나온다. 의자에 앉아 있으면 음식 접시가 차례차례로 기계를 타고 앞에 와서 정지하고 자동식으로 포크가 여러 가지 음식을 입으로 날라다 주고 냅킨이 입까지 씻어 주는 것이었다. 그런데 그 편리한 기계가 그만 고장이 나서 음식 접시들이 얼굴을 사정없이 후려치고 포크가 볼을 찌르고 야단법석이 나는 요절할 장면이 나온다. 그 다음에는 기계의 벨트 속으로 휩쓸려 들어가서 천장으로 끌려 올라가기도 하고, 바퀴 속으로 끼여 돌아가기도 하면서 버둥대는 우스운 채플린의 꼴은 아직도 눈앞에 선하다. 인류가 기계 문명의 노예가 되어 가는 비극을 신랄하게 풍자한 것이었다.

버스 한 정거장 사이 걷기를 주저하는 도회지 사람들을 생각해 보라. 그들은 편리한 문명병에 중독된 비참한 사람들이 아닌가? 곰곰이 생각하면 오늘의 문명병처럼 더 위험한 것은 없다. 사람이 기계를 만들고 그 만들어진 기계들은 다시 사람을 저희들의 기계로 부리게 되는 것이다. 그리하여 사람들은 편리한 기계의 노예 노릇을 하다가 가엾게도 죽어가는 것이다. 문명병에 공포를 느끼는 나의 이 술회가 사람들의 비웃음거리가 될는지 모르지만, 진정으로 그렇게 걱정하고 있다.

모든 편리한 기계들은 사람에게서 인간의 가장 존귀한 것들을 거세해 가면서 노예로 만들고 있는 사실을 부인할 수가 없다. 편리가 극에 달한 기계 문명의 날에 이르렀을 때에 과연 사람들의 하는 일이 무엇일 것이며, 또 마음에 평안을 지니고 인생을 노래할 수 있을 것인가? 과연 사람마다 다 흐뭇한 행복을 느끼면서 살 수 있을 것인가?

얼마 전에 어느 미국인 한 분이 나를 만나 보자고 전화로 연락해 왔었다. 나는 사실 새벽부터 밤 10시가 지나도록 스케줄이 짜여 있어서 10분 동안도 시간을 낼 수가 없었다. 내가 그 사정을 말하였더니 그러면 자기가 수원에서 쉬겠으니 다음 날 만나 주겠느냐고 요청하여 그대로 약속을 했다. 다음 날 M이라는 초면의 미국 신사 한 분을 내 집에서 만나게 되었다.

그가 이렇게 나를 만나 보기를 바라는 동기는 「사상계」[47] 5월 호에서 나의 「간디론」을 읽은 까닭이라고 한다. 그와 나는 시간이 흐르는 줄을 모르고 죽마의 친구처럼 담화했다. 이 소박한 차림의 M씨는 한국을 도우러 온 농학자의 한 분이다. 그와 나의 공통된 점은 현대 기계 문명에 대한 태도였다. 재즈의 광란과 자동차의 홍수 속에도 이러한 혼들이 소수이긴 하나마 미국에도 살고 있음을 알게 된 사실은 나의 큰 발견이었다. 원자의 새 시대의 막이 열린 오늘에 있어서, 문명병에 대한 반성과 검토는 우리의 절대 과제라고 믿는다. 나는 나와 내 가족과 또 내 주위의 청년들에게 부단히 스며드는 문명병의 위력을 아프게 감지하는 때가 많다.

감방

일제 때 서대문 경찰서의 유치장은 특유한 구조로 되어 있었다. 원통형을 세로로 반을 쪼개어 세워 놓고, 다시 허리를 막아 아래위 이층으로 한 구조이다. 그리고 원통의 원심에서 중앙으로 반대편에 우뚝한 탑이 있어 그 위에 순사가 올라앉아서 한 눈으로 위아래 두 층 여러 감방을 두루 감시하게 되어 있다. 감방은 원통형의 횡단면의 원심에서 방사선으로 벽을 여러 칸으로 막은 구조이다. 그러므로 자기 감방에서 건너편 감방을 건너다보게 되어 있다.

Y라는 깍짓동만한 순사는 우리나라 사람인데, 나이는 50을 넘은 코밑수염을 기른 뚱뚱이였다. 별명은 '사베르[51]'로, 규칙밖에 모르는 사나이였다. 수감된 사람들이 "센세이(선생님)!" 하고 부르면 "센세이? 당치 않게 무슨 센세이여, 은급이 붙은 지금에도 겨우 별이 하나여." 제 손가락으로 제 어깨의 별을 가리키면서 스스로를 비웃는 일이 종종 있는 괴짜다. 별 하나는 순사로서는 최하의 계급이다.

"너희들은 나가기만 하면 그래도 상당한 사람들이다. 그런데 나는 나가나 들어가나 요 조그만 별 하나뿐이고 별 장래도 없어. 여기서나 큰 소리 치지." 하고 자기를 조롱하는 친구다. 그러다가도 별 둘짜리 순사 부장만 들어오면, 빼빼마른 조그만 일인 놈들 앞에 동산만한 체격으로 차려를 하고 거수 경례를 엄숙한 표정으로 올려붙이는 꼴을 보면, 참으로 인생의 희극과 역사의 비극을 보는 듯하다.

여름 감방 속은 찌는 더위와 똥오줌 냄새와 그 밖의 가지가지 악취와 끔찍하게 많은 빈대가 들끓는 그대로 생지옥이다. 밤이 되면 모든 수감인들이 곤드레가 되어 자는데, 감시탑 위에 오똑하게 곰처럼 올라앉은 뚱뚱이 사베르는 땀을 줄줄 흘리면서 턱으로 기어 올라오는 빈대들을 몽롱한 졸음 속에 반사적으로 갈겨 버리고 또 떼어 버리곤 한다. 그러다가 순간적으로 잠이 깜박 들면 고개가 수그러지는 바람에 모자가 벗겨져 데구루루 아래로 내려 구르기도 한다. 그런 경우에는 "에이 꼬라~시요가나이(제기랄 할 수 없군)." 하면서 어정어정 걸어서 내려와 모자를 주워 쓰고 다시 탑 위로 기어 올라가 앉는다. 시간마다 별 두 개 단 부장들이 번차례로 들어와 감시하는 별 한 개짜리 순사를 또 감시하고 간다. 만일 졸면 다음 날 아침에 시말서를 써내야 하고 그것이 근무 성적에도 관계가 되는 것은 물론이다.

어느 여름 날 깊은 밤중에 Y 순사는 졸음의 마귀와 결사적 투쟁을 하고 있었다. 찌는 더위와 악취와 빈대에 몸과 마음이 극도로 시달리는 중에 유달리 뚱뚱한 몸집은 마의 졸음을 이겨 낼 수가 없는 모양이었다. 유치장 문이 열리면 언제든지 곧 일어서서 거수경례를 하고 "이상 없습니다." 하고 소리를 쳐야 하는 것이다. 그런데, Y는 고개가 푹 수그러져서 잠이 들었고 문 밖에는 순사 부장이 걸어오는 구두 소리가 뚜벅뚜벅 들려오는 것이었다.

이 사베르 같은 녀석은 내 방에서도, 함석헌 선생 방에서도 천신만고해 얻어 들여 온 이 닭는 소금도 몰수해 간 놈이다. 그리고 함 선생께서 심심풀이로 휴지를 찢어서 만든 장미꽃을 반칙이라고 소리를 지르며 감방 문을 열고 들어와 빼앗아 간 놈이다. 그러나 2층 감방에 드러누워서 그의 처량한 꼴과 몇 초 후에 닥쳐올 그의 비운을 생각하니 가엾기 짝이 없다. 그래서 그의 이름을 큰 소리로 "노베오카!" 하고 불렀다. '노베오카'는 그의 일본식 창씨다. 정신이 번쩍 나서 고개를 드는 순간에 유치장 문이 덜컥 열리면서 가장 까다로운 순사 부장이 들어섰다. Y는 기계처럼 벌떡 일어서면서 거수 경례를 하고 "이상 없습니다." 하고 소리를 치는 것이었다. 나는 어찌나 우스운지 배를 움켜쥐고 겨우 참았다. 순사 부장은 나가고 Y는 모자를 벗고 서서 희멀건 눈으로 나를 바라보면서 "아리가도오(고맙소) 헤헤헤." 하고 고마워했다. "정신 좀 차려요. 시말서 써요." 하고 농담을 하니 "혼또다요(정말 그래요)." 하고 싱그레 웃었다.

몇 분 뒤에 이 뚱뚱이는 또 꾸벅꾸벅했다. 나는 그 후에도 위기일발의 찰나에 "노베오카!" 하고 고함을 몇 번인가 쳐 주었다. 그 후부터 뚱뚱이는 우리들의 감방을 뒤지는 일이 없었다. 6개월 만에 유치장에서 형무소로 떠나갈 무렵에 사베르는 무슨 생각을 했는지 여러 사람들을 보고서 "함석헌, 류달영, 지쓰니 에라이(참 훌륭해)." 하였다. 나는 모두가 싫어하는 이 사베르가 간사한 데가 적고 우직한 것을 오히려 마음속으로 사랑했었다. 이 규칙밖에 모르는 사베르에게서 배운 것은 자기를 진정으로 생각해 주기만 한다면, 나를 적대시하는 사람은 없다는 사실이었다.

나는 6개월 동안 유치장 속에 있었지만 Y는 주름이 잡히도록 유치장 생활을 했을 터이니 얼마나 가엾은가? 그야말로 종신형을 받은 죄수가 아니고 무엇이겠는가? 그는 감방 밖에 있고 우리는 감방 안에 있었으나, 이것만으로 어느 것이 정말로 갇힌 것이고, 정말로 풀린 것인지 단정할 수는 없다. 나는 감방에서 이런 시를 읊어 보았다.

회상

감방 찬 마루에 가을이 짙어 간다.
귀뚜리들은
돌돌돌 돌돌돌
은실을 푸는구나.
돌돌돌 돌돌돌
풀리는 실 따라서 가노라니.
서른 세 해 구비구비

내가 걸은 길이구나.
구비구비 길목마다
사랑도 설움도 넘쳤구나.

자유

아득히
태초 전부터 영원 끝까지
가이 없는
우주의
마지막 언덕까지
날되
자유롭구나.
철장 안에 누워서도

이 도둑놈들 봐라

　용수[49]를 쓰고, 푸른 죄수의 옷을 입고, 일본 지푸라기 조리를 신고, 두 팔목에 고랑을 차고, 청어처럼 기다란 밧줄에 여러 사람이 무리무리 허리를 엮어서 감옥 문 밖으로 끌려 나왔다. 서대문형무소에서 독립문이 서 있는 거리를 지나서 검사국으로 끌려가는 길이었다.

　용수 틈으로 보이는 세상은 별스럽다. 함석집, 판잣집은 물론이고 높은 벽돌집들도 허무하게 느껴졌다. 거리를 지나가는 사람들과 우리들을 구경하는 사람들이 모두 다 도깨비처럼 보였다. 이렇게 세상이 거품처럼 보이기는 처음이었다. 이것이 진상을 보는 것일지도 모른다. 무섭게 푸른 하늘만이 한결같이 한없게 깊고 또 엄숙하게 느껴졌다. 우리들을 구경하고 서 있던 길가의 어린이 하나가 "이 도둑놈들 봐라!" 하고 크게 소리를 질렀다. 콧구멍에서 흘러서 빠져 내려오는 누런 코를 후룩후룩 들여 마시면서 이 아이는 괴상한 표정으로 우리들을 바라보았다.

　"이 도둑놈들 봐라!" 하고 외치는 소리에 내 가슴 속이 찡하고 울리던 것을 잊을 수가 없다. 이 천진한 어린이의 외치는 소리는 신의 소리처럼 내 가슴에 울려 들어온 것이다. '바로 써야 할 인생의 시간을 되는 대로 허비하는 것은 도둑이다. 꼭 필요하지 않은데 귀중한 돈을 쓰는 것도 도둑이다. 남의 것을 욕심내는 것도 도둑이다. 실력에 맞지 않는 감투를 찾아 헤매는 것도 도둑이다. 내실 없는 합당하지 않은 명예를 가지고 있는 것도 도둑이다….' 다른 이들은 어떻게 이 어린이의 꾸지람을 마음속으로 처리했는지 모르지만, 나는 여러 날을 두고 감방에 앉아서 되씹어 보았다. '도둑이 없는 나라' 이것은 우리들의 이상이다. 유사 이래로 감투 쓴 도둑놈들 때문에 부지런하고 정직한 민중들이 받은 피해는 이루 헤아릴 수조차 없다. 절도나 날치기 따위를 가지고 '세상이 바로 됐네, 거꾸로 됐네.' 하고 떠드는 따위와는 서로 이야기할 흥미조차 없다. 이따위 도둑들은 새발의 피다. 모든 명예를 독차지한 허울 좋은 도둑놈들이 정말 걱정거리다.

신의 계시나 신의 말씀이란 꼭 초자연의 신비스러운 소리로만 들리는 것은 아니다. 저 아이들이 "이 도둑놈들 봐라!" 하고 외치는 것도 분명히 신의 목소리인 것이다. 모든 사람이 도둑질하지 않게 된다면 세상은 진정 아름다울 것이다. 나를 면대해 놓고 "이 도둑놈 봐라!" 하고 외쳐 줄 사람이 또 누구일꼬? 그 어린이는 사람이 아니라, 신이었을지도 모른다. 우리가 신의 목소리를 이런 곳에서 듣도록 노력하는 것은 인생을 살아가는 옳은 태도일 것이라고 믿는다.

"이 도둑놈들 봐라!" 하고 외치는 소리를 지금도 잊을 수가 없다.

8 · 15에 받은 선물

    일본이 연합국에 무조건 항복을 하고 우리가 일본의 독아로부터 벗어나게 된 것을 알게 된 감격의 8 · 15날 저녁에 남궁숙경 노인이 때 묻은 종이 뭉치 하나를 들고 내 집을 찾아왔다. 남궁숙경 노인은 뉴욕의 남궁 총영사의 누님이며, 고故 남궁억[50] 선생님의 따님이다. 노인은 눈물이 글썽한 눈으로 나를 바라보면서 말씀하셨다.

    "아버지가 살아 계실 때에 이것을 주시면서 부디 잘 보관하였다가 믿을 만한 진실한 사람을 만나거든 전해 주라고 하셨기에, 오늘 이 기쁜 날에 이것을 선생님께 전해 드리러 온 것입니다."

    노인의 태도와 또 그 하시는 말씀으로 미루어, 이 때 묻은 종이 뭉치가 보통 물건이 아니라는 것을 느낀 것은 물론, 한평생을 소중히 지녀 온 선친의 이 유품을 하고많은 사람들 가운데 나를 찾아서 전해 주는 마음씨에 나도 치받쳐 올라오는 감격을 누를 수가 없었다. 일제 말기에 모든 사람들이 이중인격으로 굳게 무장을 하고 서로가 의심을 하면서 가까이

하기를 꺼린 적이 있어, 외로움이 뼈에 스며드는 것을 느꼈었다.

어느 날 혼자서 아카시아나무 밑을 걸어가는데, 바로 내 머리 위의 가지에 앉아 있는 까치 한 마리가 나를 내려다보면서도 날아갈 생각도 않는 것을 보았다. 나는 그 까치가 나를 의심하지 않는 마음씨에 따뜻한 기쁨을 느꼈었다. 자신이 남에게 신임을 받을 수 있고, 내가 믿을 만한 친구를 가지고 있다면 우리는 참된 삶의 보람을 느낄 수가 있다.

남궁 노인의 얼굴을 물끄러미 바라보는 나는 한없는 감사 속에 민족의 얼을 느꼈다. 이 때 묻은 종이 뭉치는 남궁억 선생이 노년에 강원도 홍천 모곡에 들어가서 학원을 세우고, 향촌 자제들에게 민족의 얼을 심을 때, 골방에서 청년들에게 강술한 우리나라 역사였다. 남궁숙경 노인은 빈번한 일본 경찰의 가택 수색을 당하게 되므로, 자기 배에다 이 조선 역사를 처매고 지내 왔다고 말씀했다.

나는 그날 밤으로 이 책을 통독하였는데, 특히 최근세사에 이르러서는 3·1운동 때에 잡혀 갔던 청년들과 여성들의 술회까지 상세하게 기술하였으며, 합병 전후의 민족 수난의 모습을 눈으로 보는 듯 하였다.

독립 협회의 일원으로 민권 확장을 위하여 일제와 투쟁하다가 보부상 폭도들의 습격을 받아 죽음을 겨우 면하기도 하고, 일본과 러시아의 조선 분할 음모를 폭로하여 세상을 들끓게도 한 분이다. 황성 신문사 사장으로 있을 때의 나라를 구하기 위한 정치 평론은 일세의 경종이었다. 1933년 백발의 선생이 강원도에서 일본 경찰에게 묶여 서울로 올 때에는 전 민족의 피가 끓었었고, 전국의 변호사들이 총동원하여 이 민족의 노투사를 위하여 변호했었다. 엄동의 찬바람에도 국산 아닌 모자는 쓰지 않겠다고 낡은 농립모를 쓰고 다니던 일은 남궁억 선생의 면모가 잘 드러난 일면이라 하겠다. 다음 찬송가는 남궁 선생이 작사한 것으로, 지금도 청년들이 즐겨 부른다.

일하러 가세

삼천 리 반도 금수강산 하나님 주신 동산
이 동산에 할 일 많아 사방의 일꾼을 부르네.
곧 금일에 일 가려고 누가 대답을 할까.
일하러 가세 일하러 가.
삼천 리 강산 위해
하나님 명령받았으니
반도 강산에 일하러 가세.

남궁숙경 노인으로부터 조선 역사 꾸러미를 받은 다음 날 개성당開城堂한 형과 힘을 합해서 이것을 정성껏 등사하여 교육자들과 청년들에게 나누어 줄 수가 있었다. 이것은 해방 후 우리나라에서 출간한 최초의 국사 책이었을 것이다.

이 귀중한 선물을 받아 이 민족 투사의 심부름을 할 수 있었던 일은 8 · 15 때마다 되새기는 기쁜 추억이다.

수난의 반생

1·4 후퇴 때에 우리 대학의 몇몇 교수들이 수원역 화물차 꼭대기에 올라앉아서 움직이지도 않는 차 위에서 하루 밤을 새웠다. 잠업 시험장 일대는 퇴각하는 영군이 건물마다 불을 질러서 불길이 어두운 밤을 밝히고 뽕나무밭 속에서는 어느 쪽에서 터뜨리는 것인지 모르나 붉고 푸른 신호탄이 하늘 높이 날아 올라가 공포 분위기는 점점 더해 갔다. 기관차에 잔뜩 매달렸던 피난민들이 열차와 충돌하여 플랫폼을 삽시간에 선혈로 물들여 버렸다. 헤드라이트를 켠 군용 트럭의 물결이 어두운 밤중에 수없이 인천 방면에서 미친개처럼 몰려와서 남쪽으로 내려가고 있었다.

5일 오전 10시 반쯤에 차에 오른 우리는 사흘만에야 겨우 부강역에 머무르고 있었다. 열차 꼭대기에는 짐이 산처럼 쌓였고, 그 짐 위에 올라앉은 사람들이 어둡고 추운 밤에 떨고 있었다. 이 모든 사람의 똑같은 오직 하나의 소원은 죽지 않고 사는 것뿐이었다. 함께 타고 오던 아내가 차에서 떨어져 행방을 모르지만 어찌할 길이 없어 흐느끼는 남편이 있는가 하면, 철모르는 아이들은 소풍이나 가는 듯이 콧노래까지 부르면서 좋아했다. 밤바람은 맵도록 찬데, 칠흑 같은 어둠 속에 별들은 유난히 반짝이고 있었다.

별안간 서울 쪽에서 열차가 기적을 울리면서 달려오고 있었다. 기다란 화물 열차 지붕 위에 사람들이 콩나물시루같이 빽빽이 타고 있었다. 기관수도, 차장도 "아이고, 큰일이야!" 하고 소리를 질렀다. 두 열차의 충돌은 피할 길이 없었다. 사람들은 모두 기가 막혀 돌처럼 굳어 있었고, 몇 여인은 앉은 자리에서 기절해 버렸다. 그 순간에 별안간 불이 타 올랐다. 어느 용감한 청년이 뛰어 내려가 짚더미에 불을 지른 것이었다. 달려오던 기차는 앞의 열차를 발견하고서 아슬아슬한 정도의 간격을 두고서 급정거할 수가 있었다. 모든 사람들이 긴 숨을 내쉬었고, 이쪽과 저쪽 열차의 기관수와 화부와 차장들은 서로 부둥켜안고 등을 두들겼다.

"꼭 다 죽는 줄로만 알았어. 어이, 무서워!"

똑같은 말을 서로 되풀이했다. 참으로 감격적인 순간이었다. 열차에서 뛰어내려 불을 지른 청년이 누구인지 지금도 알 길이 없다. 천국이 있다면 거기서 신의 최고의 훈장이 그 청년의 가슴에 빛날 것이다.

두 열차에 타고 있던 수많은 사람들은 모두가 다시 얻은 영생의 주인공들이다. 오늘날 그 많은 사람들은 다 무엇을 하고 있는지 모른다. 이 사람들이 만일 자기 자신들이 부강역에서 죽은 것이라고 치고, 이 민족을 위해서 생명을 던질 결심을 한다면 이 사람들의 힘만으로도 이 썩은 사회는 일변할 수가 있었을 것이다. 그런데 부강역에서 죽었을 자기 자신들이 덤으로 지금 살아 있다는 사실을 완전히 잊어버리고서 턱없는 욕심에 사로잡혀 있는 이가 많을 것이다. 생각할수록 너 나 할 것 없이 한심한 일이다.

6·25 난리에 겪은 값비싼 수난의 교훈이 지금쯤 깨끗이 지워져 버린 듯한 인상을 이 민족에게서 받는 것은 무엇보다도 슬픈 일이다. 이 무서운 시련이 그대로 짐승들이 받는 고생처럼 의미 없는 것으로 되어 버린다면, 우리는 신에게 버림받을 민족이 될 수밖에 없을 것이다.

세계 모든 민족의 흥망의 역사는 스스로 받은 수난을 잘 살렸느냐, 못 살렸느냐에 따라서 결정되었었다. 이것은 인류 역사의 뚜렷한 실증이다. 개인도, 민족도 흥망성쇠의 원리에서는 다름이 없다. 슬플 때에도, 즐거울 때에도 나는 6·25 때에 나와 내 가족과 내 민족이 겪은 수난을 회상하고 스스로를 교훈하고자 묵묵히 노력한다.

도강자渡江者[51]는 총살

1·4 후퇴 때에 열차 꼭대기에 앉은 채 부강역에서 죽음의 고비를 넘기고 나흘 만에 김천에 도착한 우리는 별안간 MP(헌병)에 의해서 모조리 차에서 내리게 되었다. 그런데 우리는 낙동강만은 어떤 일이 있더라도 건너고 볼 일이라고 생각하고 있었다. 6·25 때의 경험으로 그렇게 결심한 것이었다.

우리는 낙동강이 생사를 결정하는 선이라고 생각하고 있었다. 영어에 능한 조 교수는 신부의 소개장까지 가지고 있어서 MP와 교섭하여 그 가족을 다시 차 안으로 편안히 들여앉힐 수가 있어서 우리와 작별하게 되었다.

나는 내 딸을 앞세우고 몇몇 친구들과 이 생소한 도시에서 지게꾼의 안내를 받아 어느 초가집 건넌방에 들어가 다리를 펼 수가 있었다. 다음 날도 다음 날도 눈과 비가 연달아 내리고, 앞길이 막힌 이곳에는 계속하여 밀려 내려오는 피난민들로 대혼잡을 이루고 있었다.

우리는 영어가 서툰 것을 한스럽게 여기면서 역으로 나가 MP와 교섭을 시작했다. 서울대학교 본부가 있는 부산으로 우리들을 보내 달라는 것이었다. 그러나 MP들은 코대답도 안 했다. 전란 중의 대학 교수라는 것이 몇 푼짜리 안 되는 존재라는 것을 처음으로 발견하였다. '누구를 위한 전쟁이냐?' 하는 의문이 가슴에 치솟았다.

우리 일행은 11일에 이 지방 지리에 밝은 친지 한 분을 만나서 어떠한 어려움이 있더라도 감천강을 건너서 대구로 가기로 결심하고 떠났다. 감천강과 평행한 큰 길의 가로수마다 '도강자는 총살', '피난민은 성주로'라는 표어가 붙어 있었다. 그리고 군데군데 헌병들이 모여 서서 공포를 쏘면서 갈 길을 몰라 헤매는 피난민을 위협하고 있었다. 그런데 우리 손에 쥐여진 신문에는 성주 지방에 공산당의 게릴라 부대가 출몰하고 있다고 보도되어 있는 것이 아닌가? 6·25 때에 신용이 땅에 떨어진 정부인만큼, 이런 경우에는 콩으로 메주를 쑨대도 믿지 않는 것이 피난민들의 심정이었다. 가슴에 불덩이처럼 치밀어 오르는 분노를 누를 수가 없었다.

'이놈들이 제2의 한강 다리를 끊을 셈이로구나!' 하는 생각이 들었다. 나는 기운깨나 쓰는 이 교수와 헌병에게로 가서 그 중의 한 사람을 끌고 나와서 따졌다.

"강 좀 건넙시다."

"무어요? 저 나무에 써 붙인 것 못 보슈?"

"설마 그것쯤이야 못 보겠소."

"그러면 무슨 여러 말이오?"

"그렇다면 우리도 좀 알아봅시다. 도강자는 왜 총살이오? 알고도 모를 일이 아니오?"

"우리는 모르오, 상부의 명령대로만 하는 것이오."

"상부의 명령이면 백성이 다 죽어도 좋소? 대관절 누굴 위해서 당신들이 전쟁을 하고 있는 것이오?"

헌병은 만만하지 않은 항의자의 정체도 알 수가 없고, 또 양심에서 나오는 분명한 대답도 발견할 수가 없었겠으나, 헌병으로서의 위엄을 어떻게 유지할 것인가를 생각하기에 당황한 모양이었다. 나는 신분증명서를 보이고 내 정체를 밝히고 나서 말했다.

"여보 헌병, 이러다가는 우리 민족은 다 죽어요. 사람들을 다 잃어버린 다음에야 이 산천이 무슨 소용이오. 당신이 지금 무엇을 하고 있는가를 똑똑히 알고나 하시오. 우리 민족에게 플러스 되는 일인지, 우리 민족에게 손해가 되는 일인지 똑똑히 생각해 보면서 일을 하시오. 지금 모든 사람들을 공산 게릴라가 들끓는 성주 방면으로 보내는 것은 민족을 죽이는 일이오. 내 추측에 이 강을 못 건너게 하는 것은 국도에 사람이 많으면 군용차의 통행에 방해가 된다는 외국 군인들의 단순한 생각에서 나온 것뿐이오."

헌병은 그제서야 꿈에서 깨인 듯이 명랑한 표정으로 우리에게 사정을 토로했다.

"저는 선생님의 말씀으로 깨달은 바가 있습니다. 그런데, 저로서는 선생님들을 건너드리고 싶으나 여기 모인 헌병들이 서로 사이가 좋지 못해 의견을 통일할 가망이 없습니다. 남쪽으로 5리만 더 가시어서 C라는 헌병에게 말씀해 보시기 바랍니다. 그러면, 틀림없이 강을 건너실 수 있을 것입니다."

우리는 세상에 물들지 않은 순진하고 솔직한 젊은 군인의 무훈을 빌면서 남으로 5리쯤 되는 지점까지 갔다. 여기는 다리가 놓여 있는 '배다리'라는 길목이었다. 우리들은 C헌병을 찾아 똑같은 문답을 되풀이했다. C헌병 중사는 우리의 말을 듣고 잠에서 깬 듯 했다.

"어느 학교를 나왔나?"

"XX농업 재학 중에 입대하였습니다."

"오, A선생, B선생, C선생이 계시겠다."

"네, 네, 네."

"그 선생들이 모두 내 제자들이야. 그러니까 C헌병은 내 손자뻘이로군 그래, 허허허."

C헌병도 벙글벙글 웃으면서 마치 자기의 은사를 대한 듯이 황송해서 차려를 하고 서 있었다.

"선생님, 저 집에 들어가셔서 염려 말고 쉬십시오. 꼭 건너 드리겠습니다."

우리들은 주막집에 들어가 다리를 뻗고 누워서 흐르는 강물을 바라보고 있었다. 강물이래야 겨우 허벅지밖에 안 차 보였다. 얼마 뒤에 C헌병이 찾아와서 우리를 보고 저 아래쪽 얕은 곳으로 건너가면 묵인하겠다고 말했다.

"나는 싫소. 강을 못 건너는 일이 있더라도 그렇게는 안 건널 것이오."

C헌병도 도로 가서 헌병 회의를 여는 모양이었다. 해질 무렵에 우리 일행은 물론, 그 밖의 많은 사람들이 배다리를 건너 대구로 향해서 눈이 쌓인 길을 걸었다.

내가 헌병들을 설복한 것은 결코 우리가 건너기 위한 방편만은 아니었다. 그것은 확실히 우리의 보는 바와 생각하는 바를 가르쳐 준 것이었다. '네 자신을 알라.'고 가르친 소크라테스는 참으로 현명한 온 인류의 영원한 스승이라 하겠다.

자기가 무엇이며, 또 무엇을 향해 가고 있는가를 분명히 알지 못하면 아무리 열성을 다해 일해도 자기와 또 남에게 뜻하지 않은 큰 해를 입히기 쉽다. 자기가 하는 일이 무엇인가를 알지 못하는 데서 우리가 보람 있는 일을 바랄 수는 없다. 도회지 거리에 우글거리는 불량 청소년의 무리들을 보고 이것이 네 자신을 알라고 가르쳐주지 못한 여러 선배들의 죄값이라고 지적한다면, 지나친 말이 되겠는가?

자아의 탐구

류달영 스스로에 관한 탐구를 넘어서서 우리나라와 우리 민족의 정신적 기반과 토대를 어떻게 만들어 나가야 하는지 고심한 흔적을 엿볼 수 있다. 그는 민족이 겪은 수난을 통해 교훈을 얻고 나 자신을 넘어 민족의 자아를 찾아 새로운 시대를 개척하고자 하였다. 고통스러운 현실 속에서도 넓은 시야를 가지고 나아간다면 이전과는 다른 역사를 써 내려갈 수 있다는 믿음은 그가 생을 바쳐 헌신한 재건국민운동의 원동력이 되었다.

우리가 한 가지 분명히 알아 두어야 할 것은 우리 민족이 유사 이래 처음으로 두드러지게 세계사 위에 큰 의미를 지니고 등장한 사실이다. 그리고 그 반면에 우리 민족의 정신적 기반이 준비되어 있지 않다는 점이다. 우리는 분명히 새 역사의 출발점을 떠나 있다고 의식해야 한다.

기생 백화

오십 마리의 닭과 돼지 두 마리와 개까지 합치면 우리 집 식구도 상당한 수이다. 팔십에 가까운 노모와 우리 부부와 여섯 명의 아이들과 집안이 온통 벅적거린다. 앞뒤로 좁지 않은 정원과 수백 평의 채소밭까지 합하면 우리 집 주부가 맡은 일의 분량도 세계 수준에 달한다고 할 것이다. 우리 집에는 우리 대학의 학생들은 물론이고 서울 여러 대학의 학생들도 아는 사람 모르는 사람까지 해서 방문이 잦은 편이다. 식모를 두지 않은 우리 집이라 내 아내의 휴식 시간은 잠자는 짧은 시간뿐이라고 해도 과언이 아니다.

어느 가을 일요일, 오래간만에 아내와 어린 것 하나를 데리고 들로 나섰다. 아내를 위로하는 특별 봉사 시간이었다. 우리는 산길을 걸으면서 4H[52] 클럽의 소년 소녀들이 심어서 자라나는 어린 솔포기를 대견스러워하기도 하고 콩밭에 탐스럽게 고개 숙인 수수 이삭을 마치 우리 집 농사처럼 흐뭇하게 여겨 보기도 하고, 산들바람에 금물결 치는 수리 조합

구역의 기름진 들판 길을 상쾌한 기분으로 거닐면서 만족한 소풍을 즐겼다. 일월지 수리 조합의 물에서 우리들은 손을 씻고 내 어린 것은 메뚜기를 손에 들고 저녁 별이 반짝이는 풀숲 길을 걸어 대학 뒷마을로 접어들었다.

"류 선생님! 류 선생님!"

젊은 여자의 부르는 새된 목소리가 뒤에서 들려 왔다. 우리 셋은 걸음을 멈추고 서서 소리 나는 쪽을 바라보았다. 붉은 입술과 진하게 화장한 흰 얼굴에 웃음을 담뿍 싣고 손가락에는 연기가 모락모락 오르는 양담배를 끼운 손을 흔들면서 나를 부르고 있는 여자였다. 그 여자는 우리 쪽으로 걸어왔다. 분명히 아는 얼굴인데 기억이 몽롱하다.

"선생님, 어디를 그렇게 재미나게 갔다오셔요? 그렇게 불러도 못 들은 척하시고."

생글거리면서 참으로 반가운양 인사를 한다. 그 여자가 백화라는 기생임을 겨우 기억해 냈다. 내가 참석했던 어느 연회 자리에서 술시중을 들던 기생이었다. 술도 못 마시고, 담배도 별로 피우지 않고, 안주만 모조리 먹어 치우는 나에게 여러 가지 음식을 정성스레 시중하던 그 기생이었다. 나는 남들이 술 먹는 대신에 안주 먹고 이야기하는 것으로 시간을 보냈었다.

"오, 백화로군! 이 마을까지 웬일이여. 어느 농사꾼 총각한테로 시집을 왔나?"

"선생님도, 그랬으면 팔자가 늘어졌게요 원, 호호호."

백화는 이 동리의 환갑집에 불려 온 것이라고 한다.

"아는 사람은 하나도 없고, 하도 답답해서 여기를 막 나와 보니 글쎄 선생님이 걸어가고 계시지 않겠어요?"

"그것참, 사람을 알아보는 재주가 비상하군 그래."

"선생님이 하도 점잖으셔서 한 번 뵈었어도 똑똑히 기억이 되었지 뭐예요."

"참 고맙군."

아내와 내 어린 것은 우리 둘의 이야기를 무표정하게 들으면서 멀찍이 서 있었다. 우리는 그 여자와 헤어져서 다시 대학 연습림 길로 접어들어 걸어갔다.

"그 여자가 누구예요?"

아내가 궁금해서 물었다.

"보고도 몰라요, 기생이 아니요?"

아내는 기생이라는 말에 싱그레 웃었다.

"나는 그 여자가 혹시 여학교 시절에 당신이 가르친 제자나 아닌가 했어요. 그 여자가 당신의 제자가 아니라니 참 다행이오."

아내는 그 해괴한 차림의 여자가 내 제자가 아닌 것만이 참 다행인 듯이 여기는 표정이었다. 내 어린 것이 또 질문을 했다.

"아버지, 그런데 그 여자는 왜 담배를 피울까?"

"아마 담배를 퍽 좋아하는 버릇이 있는 게지…."

"아버지는 남자래두 안 피우시는데 체, 참."

기생 백화   **155**

못마땅한 모양이다.

멀리 칠보산 밑의 마을마다 저녁연기가 올라오고, 언덕 밑 초가집 지붕 위에 널어놓은 고추가 유난히 빨갛다. 언덕 위에 앉은 우리들은 벌써 아까의 일을 잊어버리고 농사 이야기가 화제의 중심이 되었다.

나는 아내의 순결을 믿고 아내는 나의 순결을 믿어 준다. 우리 부부는 지금까지 둘 사이에 비밀을 가져 보지 못했다. 나는 이것을 행복으로 생각한다. 나의 청년 시절에는 나의 주위에 유혹이 아주 없던 것도 아니었으나 이겨 내기 어려운 문제들은 아니었다. 나는 내 지조가 특별히 높거나 의지가 굳어서 주위의 유혹을 물리치고, 내 아내의 의심을 조금도 받지 않고 오늘에 이른 것이라고는 생각지 않는다. 여성의 강한 유혹은 왕관도 벗어 버리게 하고, 나라를 잃어버리게도 한다.

나는 내 자신이 감당하기 어려운 유혹을 만나지 않고 축복 속에 살아온 것을 감사한다. 부부끼리 한 몸처럼 지내는 것은 크나큰 행복이다. 이것은 남편과 아내가 서로 자신과 상대방의 순결을 확신하게 되지 않고서는 불가능하다고 생각한다. MRA 운동의 사대 생활신조 중에 큰 기둥 하나가 절대 순결이다. 그것이 인류의 번영과 가정 평화의 큰 토대가 되기 때문이다.

달마를 찾아간 사나이

    나의 학창 시절에 들은 철학 강의 중에 달마와 혜가의 이야기처럼 인상적인 것은 없었다. 이 이야기에서 나는 영원한 인류의 거울이 될 만한 사제의 모습과 진지한 구도의 정신을 느꼈기 때문이다.

    신광이라는 청년 학자가 있었다. 수많은 책을 읽고 고명하다는 사람들을 많이 찾아가 만나 보았으나 가슴 깊은 곳의 갈망하는 바를 채울 길이 없었다. 공맹의 가르침도, 노장의 이치도 가슴에 광명을 가져오지 못하였다. 그가 찾는 것은 철학적 이론이 아니었다. 생명의 깊이와 넓이를 진지하게 탐색하여 눈이 뜨인 그는 한없는 공허에 직면하여 불안과 초조를 진정시킬 수가 없었던 것이다.

    그는 추운 겨울 깊은 눈 속에 위나라의 낙양 근처의 숭산 소림사로 더듬어 올라가고 있었다. 이 깊은 산 속 낡은 암자 소림사에는 인도에서 와서 아홉 해 동안 벽만 바라보고 앉아 있는 달마가 있었다. 그는 남인도의 향지국의 셋째 왕자로 태어나서 일곱 살 때에 그 탁월한 바탕이 반야다

라존자에게 발견되어서 그의 제자로 40년 동안 도를 배워 그의 후계자가 된 위대한 불승이었다.

여러 차례의 박해에도 죽지 않고 살았는데 이가 전부 빠져서 한 개도 남지 않았으므로 '결치노호缺齒老胡'의 칭호를 받게까지 된 이다. 이 불승이 인도를 떠나서 중국으로 온 것이다. 그가 첫 번째에 만난 이가 불법을 장려하기로 이름이 난 양나라의 무제였다. 그의 비위를 조금만 맞춰 주면 이 황제의 도움 아래 화려한 사원을 몇 군데 창건할 수 있었다.

달마는 이 좋은 기회를 버리고 양나라를 떠나서 위나라의 숭산 깊은 속에서 구년면벽의 고적하고 곤고한 어려운 길을 스스로 택했다. 법을 물으려 오는 사람들에게 한 마디도 대답한 일이 없었다. 9년 동안 벽만을 바라보고 앉아 수선도, 습선도 아니하며 그저 앉아 있었다. 이 기나긴 면벽 생활은 사람이 싫어서 도피해 있는 생활이 아니라 여생이 멀지 않은 대사가 간절하게 훌륭한 계승자를 기다리는 열렬한 모습이었다.

신광은 불타는 구도의 정열을 품고 인적 없는 눈 깊은 산길을 죽기를 무릅쓰고 걸어 소림사에 이르렀다. 그러나 달마가 만나 주지 않아서 그는 암자 밖에 서서 눈을 맞으면서 한밤을 새웠는데 눈이 쌓여 무릎을 지났다고 한다. 긴 밤이 지나가고 동이 밝아온 다음 날 아침에야 달마는 비로소 입을 뗐다.

"네가 오랫동안 눈 속에 서서 있었구나. 대체 무엇을 구하는 것이냐?"

"스승님, 자비의 문을 여시어서 널리 중생을 건지시옵소서."

신광은 엄숙한 이 거인의 목소리에 응하여 피나는 목소리로 부르짖었다.

"제불諸佛이 무상無上의 묘도광겁妙道曠劫에 정근精勤[쉬지 않고 부지런히 힘씀]하여 행하기 어려움을 능히 행하고, 참기 어려움을 능히 참았거늘 너의 소덕小德[작은 덕], 소지小智[작은 지혜], 경심輕心[경박한 마음], 만심慢心[거만한 마음]을 가지고서 어찌 진승眞乘[진실한 깨달음]을 얻겠다고 하느냐? 쓸데없는 수고로움이 있을 뿐이리라.[53]"

현명한 신광은 냉혹한 달마의 말 속에 뜨거운 격려가 들어 있음을 놓치지 않았다. 생명을 바쳐서라도 이 스승에게 길을 배워야겠다고 결심했다. 그는 허리에 찬 칼을 뽑아 왼 팔뚝을 후려 갈겼다. 팔뚝은 붉은 피와 함께 햇빛에 반짝이는 눈 위에 떨어져 뒹굴었다. 결심을 보인 것이었다.

"제불이 처음 도를 구할 때에 법을 위해서 형을 잊었었다. 네가 지금 팔뚝을 잘랐구나. 물어 보아도 좋겠다."

"제가 스승으로부터 제불의 법인法印[진실과 영원불변함]을 얻어 들을 수가 있겠습니까?"

"흥, 법불의 법인은 사람에게서 얻을 수 있는 것이 아니다."

달마의 목소리는 차고도 엄숙했다. 진리는 결국 자기 스스로가 발견해야 한다는 것을 명쾌하게 지적한 것이었다. 맑고도 찬 샘물을 여기저기서 길어다 웅덩이에 채워 담아 놓을지라도 그것은 얼마 안 가서 웅덩이 속에서 썩은 물이 될 것이고 처음 길어온 샘물과는 딴 것이 된다는 말이다. 솟는 샘물은 스스로 제 가슴 속을 파서 얻어야 한다는 뜻을 가르친 것이었다. 한동안 침묵했던 신광은 소리를 높여 부르짖었다.

"제자의 마음이 심히 불안합니다. 스승님, 제발 저를 안심시켜 주십시오."

처음에 일체 중생을 건질 길을 제시하라고 큰 문제를 던졌던 신광은 제불의 법인을 보이라고 했다가 마지막에 앙천부지仰天俯地[하늘을 우러러 보고 땅을 굽어봄] 당당하다고 믿어 왔던 제 자신에 대해서 절망의 비명을 울리게 된 것이었다.

그런데 달마는 더욱 기괴한 소리를 질렀다.

"네 마음을 이리로 가지고 오너라. 그러면 내가 너를 편하게 해 줄 수 있을 것이다."

신광은 막다른 골목에 다다랐다. 절대 절명에 다다른 그는 비통하게 부르짖었다.

"아무리 제 마음을 찾아내고자 하나 도무지 찾을 길이 없습니다. 스승님!"

달마가 비로소 부드러운 목소리로 이렇게 말했다.

"내가 너를 위해서 이제야 안심하겠다."

『금강경』의 유명한 "과거심過去心도 불가득不可得이오 현재심現在心도 불가득이오, 미래심未來心도 불가득이라."라는 가르침을 신광이 그때까지 보지 못했을 리가 없다는 것이다. 머리로 기억하고, 입으로 몇 만 번 외우는 염불이 그대로 가슴에 살아 신념이 되는 것은 아니라는 것이다.

신광은 여기서 달마에게 "마음을 찾을 길이 없다."라고 고백한 스스로의 말에 전광을 맞은 듯이 놀랐을 것이다. 신광의 가슴 속 하늘에 모든 구름이 활짝 개인 것이었다.

신광은 그 후 8년 동안 달마에게서 법심을 단련하고 마침내 그의 법사가 되었다. 중국 선종의 제2조 혜가 대사가 곧 신광이다.

생명을 걸고 가르치고, 생명을 걸고 배우는 사제와 오늘의 선생과 학생을 대조해 보라. 편리할 대로 편리해진 이 시대에 인생의 깊은 것은 나오지 않는다. 여전히 찬연한 정신적 별들은 수천 년 전 옛 하늘을 연연하면서 바라보아야 하는 까닭이 대체 무엇이겠는가? 이것은 이 시대의 사람들이 너무도 인생을 안일하게 걷고자 하기 때문이다. 구도 정신의 진지성이 결여되었기 때문이다. 엽서 한 장으로 평생을 지도할 사표가 되어 달라고 부탁하는 사람들이 수두룩한, 편리하고도 값싼 걷기 쉬운 인생의 시대인 것이다.

대학이라는 공장으로부터 부란기에서 깨고 나오는 병아리들처럼 쏟아져 나오는 학사, 박사들이 소음 속에서 바퀴같이 눈부시게 돌아가는 이 형식 속에서 달마와 신광처럼 참을 찾는 사제의 진지성이 과연 이루어지겠는가? 현실을 객관하면 물질문명은 무서운 속도로 진보해 가도 정신문화의 발전은 달팽이 걸음처럼 지지한 것이 조금도 이상하지 않다. 케케묵은 듯이 보이지만, 옛날 구도자들이 사제의 도에서 그 진지성을 배우고자 하는 현명이 있어야 한다. 인생의 참을 배우려는 진지하고 엄숙한 마음의 태도에 있어서는 결코 고금의 차이가 있을 수 없다.

질식하는 석가와 예수

　나는 원효 대사에 대하여 아는 바가 매우 적다. 춘원의 소설 『원효 대사』를 젊어서 읽었으나 그것은 역시 춘원이 그려 본 소설적 인물이지 원효 그대로는 아닐 것이다. 그러나 원효라는 인물이 좁은 울타리 안에서 안일했거나 굳은 껍질 속에서 만족한 사람이 아니었고, 누구의 비평을 두려워하거나 죽은 계율 아래 허덕이던 사람이 아닌 바탕이 큰 사람이었던 것만은 분명하다. 어느 누구도 그가 자기 가슴 가운데서 파낸 진리를 그대로 행하면서 자유롭게 살고 간 자유의 혼이었음을 부정할 수 없을 것이다. 이 파계승의 위대한 사상이 동으로 일본에, 서로는 중국에 국경을 넘어서 다른 민족 속으로 스며 간 것은 우리 민족 역사에 드문 일로 자랑스럽고 유쾌하게 여겨진다.

　나는 미신의 요소가 다분히 들었다고 경멸해 오던 신약 성서를 스무 살 적에 병상에서 비로소 빈 마음으로 읽어 보았다. 나는 하나님의 노성한 아들을 신약에서 발견한 것이 아니었다. 고루한 율법에 사로잡히지 않고 생생하게 움직이는 사랑과 정의의 젊은 자유혼을 거기서 발견했다.

수천 년 후인 지금도 풀리지 않고 굳은 유대인들의 율법주의를 바라볼 때에, 젊은 예수의 새로운 사상과 신념은 실로 자유분방한 파천황의 것이었다. 이방인과의 사이의 두꺼운 울타리도, 때 묻은 수많은 율법의 질긴 줄도, 젊은 예수를 묶어서 포로로 할 수는 없었다. 그는 실로 내 친구요, 내 영혼의 스승인 것을 느꼈다. 나는 26세 때 내가 기독교인이라는 자각을 갖게 되었다. 그 후부터 나는 30대의 젊은 예수를 한결같이 내 가슴 속에 사모하면서 모셔 왔다.

나는 일본과 타이의 여러 불교 사원에 들어가 본 일이 있다. 그 화려하고 찬란하고 복잡하게 꾸민 사원 속에서 석가가 견디어 내지는 못할 것 같다고 생각했다. 그 속에서 탈출하지 못한다면 석가는 틀림없이 질식한 채 앉아 있을 것이다. 29세에 왕궁을 탈출해서 거지 옷을 바꾸어 입고 산으로 간 석가가 다시 왕궁 같은 사원으로 들어가 호화스러운 옷을 입고 호사스러운 생활을 할 리가 없다.

모든 사원들은 그대로 답답한 왕궁이다. 왕궁으로 돌아간 석가는 이미 석가가 아니다. 사람의 힘이 아닌 예지와 용기로 통쾌한 출가를 한 젊은 석가가 불전 안에 졸고 앉아서 공양을 받고 있을 리가 없다고 나는 직감한다. 사원 안에 허다한 불상은 아무리 교묘한 설명을 붙이더라도 사람들이 만들어 놓은 편리한 우상들임에 틀림이 없다.

프랑스와 이탈리아의 웅장한 대사원 안에서 나는 예수를 만나 본 적이 없다. 생명의 혁명가 예수는 영원히 늙지 않는 젊은이다. 지금도 바닷가로, 거리로, 마을로 쉬지 않고 젊은 예수는 돌아다니고 있을 것이다. 어부와 창기와 세리稅吏[세금 징수를 맡았던 관리]와 농부와 또 거지들과 더불어 쉬지 않고 이야기하고 있을 것이다. 저 컴컴한 대사원 깊숙한 속에서 깜박거리는 올리브기름 불을 바라보면서 은은한 향내를 맡으면서 합창대의 라틴어 찬미가를 들으면서 수염을 쓰다듬고 만족하면서 앉아 있는 예수를 나는 도무지 상상할 수가 없다.

복잡한 의식과 찬란한 꾸밈은 모두 예수를 우려먹는 성직자들과 세상 권세를 휘어잡은 자들의 요긴한 이용물에 지나지 않는다고 나는 생각한다. 예수를 그리워하거든 대사원에 찾아가기보다 콜로세움으로, 카타콤 지하 기지로 가 보는 것이 좋을 것이다. 예수는 이 소박한 대중의 가슴 속에 들어가 그들과 함께 죽어서 다시 살아 활동하고 있다.

예수는 인류의 죄를 대속하기 위하여 십자가 위에서 죽었다고 하지만 결코 그것만이 아니다. 예수를 속죄의 어린 양으로만 생각하는 것은 피상적이다. 그는 또한 그 무서운 율법주의를 폭파하기 위하여 십자가 위에서 육탄이 되어 폭발하여 죽은 것이라고 함석헌 선생은 갈파했다. 이것은 참으로 놀라운 영감에 의한 발견이라고 믿는다. 형식주의, 율법주의는 이렇게 완강하게 인성 깊이 뿌리박은 괴물이다.

이 대자연은 신의 성전이다. 소박한 사람들의 모든 가슴도 다 신의 성전이다. 모든 인위적 거짓 속에 하나님의 아들은 살지 않을 것이다. 대도시 한복판을 흐르는 강물은 아무리 도도하게 흘러가도 수많은 사람들에 의해서 더러워질 대로 더러워진 마실 수 없는 물이다. 청신한 물을 마시고자 하는 사람들은 솟아나는 샘물을 찾아 물의 근원으로 갈 것이다. 바위틈에서 솟아나는 신선한 물을 첫 턱에서 마셔야 할 것이다.

그리스도교의 생명은 신학에 의해서 오늘까지 전해진 것이 아니다. 목수의 아들 예수가 가르친 새 계명은 단순하고 소박한 민중의 가슴 속에서 지하수가 땅 속에 흐르듯 전해져 내려왔다. 마치 한국 민족의 마음의 줄기가 몇천 년 동안 시련 많은 역사 속에 미천한 농민들 가슴속에 남겨져서 내려온 것과 다름이 없다고 하겠다.

나는 치열한 신학 싸움에 아무런 흥미도 느끼지 못한다. 신학 싸움은 우리나라 사색 싸움과 큰 차이가 없다. 높은 산 위에서 흐르는 시냇가에서, 또 아득한 바닷가에서, 신이 창조한 일그러지지 않은 자연과 접하면 하나님의 말씀은 가슴속으로 순조롭게 들어와 꽃핀다. 일본의 가가와 도요히코는 미국인들이 인도의 간디와 대등하게 생각했다는 『파브르 곤충기』를 읽음으로써 신앙의 위기를 극복했다고 하였다. 천진한 어린이들과 소박한 농부들과 또 순정의 여성들과 이야기해 보면 신이 그들의 가슴속에 살아 있음을 곧 느끼게 된다.

무릇 이단이라는 낙인이 찍히지 않은 참그리스도교인은 별로 없었다. 예수 자체가 가장 큰 이단이었다. 그리스도교사를 읽어 보라. 하나님께 충실한 종이며 거룩한 사도로 자부하는 성직자와 제왕들의 손에 수많은 민중들이 참살당한 것을 보고 이것이 참진리의 길이라고 쉽게 이해하는 사람들은 없을 것이다. 참을 그리워하는 자유의 생명을 이단이라는 이름으로 십자가에 달거나 불태워 죽이는 것을 기뻐하는 예수를 성경에서 발견해 낼 사람은 없을 것이다. 나는 지옥 속에 떨어질지라도 자유로운 이단으로 젊은 예수의 친구로 살기를 희망한다. 예수교의 교도가 아니라 해도 별로 충격을 받지는 않을 것이다.

무릇 종교를 막론하고 그 종교에 인간적 세력이 커지기만 하면 그 종교는 반드시 썩어 버리게 마련이다. 어느 종교이건 간에 그 생명이 가장 청신한 때는 교조教祖[어떤 종교나 종파를 처음 세운 사람]들의 시대이며 그 종교의 생명력이 가장 왕성한 때는 진리의 적과 싸우는 순교 시대이다. 고귀한 생명은 언제나 시련 속에서 꽃핀다. 인간적 허세를 자랑하는 종교의 실상은 껍데기일 뿐이다. 석가는 우리나라에 와서 왕과 귀족들의 후원으로 세워진 사찰 속에 질식해 죽었다. 공자는 궁전과 서원 속에서 허다한 번문욕례繁文縟禮[번거롭고 까다로운 규칙과 예절]를 남기고 또한 질식해 죽었다. 다음은 허황한 미신과 복잡한 신학 싸움과 수많은 교파 싸움을 남겨 놓고 예수가 예배당 속에서 죽을 차례가 된 것이다.

종교는 구경에 영혼의 자유를 찾기 위해서 있는 것이다. 자유의 정신이 없는 곳에는 아무리 훌륭한 종교일지라도 생명 속에 살아서 자리 잡지는 못할 것이다. 그러므로 결국 시간문제이지 오늘에 화석처럼 되어 가는 모든 종교들은 새로운 개혁 없이 그 청신한 생명을 발전시켜 갈 수는 없다.

분명히 지적하고 싶은 것은 종교개혁은 결코 루터에 의해서 완성된 것이 아니라는 점이다. 종교의 청신한 생명을 더럽혀 가는 인간적 요소를 끊임없이 제거하는 개혁 운동은 인류 역사와 함께 계속되어야 한다. 새 역사에 등장하고 있는 이 민족이 삶을 개척하는 길도 사원 속에서 해방된 청신한 자유혼의 종교로 튼튼한 '백보운(척추)'을 만들어 가는 데 있다고 생각한다.

경건하고 뜨거운 미국의 크리스천 시인 히티아가 "교단을 부숴라. 성직자들을 쫓아내라, 그리고 우리에게 대자연의 가르침을 다오." 하고 부르짖은 마음을 어렴풋이나마 짐작할 수가 있다.

영국의 대시인 브라운의 「소년과 천사」라는 시도 참신앙이 무엇인가를, 신에게 통하는 찬미의 노래가 무엇인가를 감명 깊게 읊었다. 그 시의 줄거리는 이렇다. 하늘의 신의 옥좌에는 아침저녁으로 부지런히 일하면서 부르는 소년 데오크라이트의 찬미 소리가 언제나 아름답게 들리었다. 그러나 그가 분발하여 법황이 되어서 성 베드로대성전에서 웅장한 대합창으로 신에게 찬송을 드릴 때에 날마다 하늘에 들려오던 그 신묘한 음악은 중단되었다. 그래서 신은 다음과 같이 탄식하였다고 한다.

"God said in heaven, 'Nor day nor night now brings this voice of my delight.'(신께서 천국에서 말씀하시기를, 이제 낮에도 밤에도 내 기쁨의 목소리가 들리지 않는다.)"

하나님의 심정은 필연코 이와 같으리라고 믿는다.

아브라함 링컨은 내가 가장 존경하는 위대한 인물의 하나이다. 그의 허식 없는 큰 인간성을 나는 우러러본다. 그는 평생을 교회에 소속하지 않고 지낸 진실한 크리스천이었다. 그의 다음과 같은 술회는 우리의 관심을 끌지 않을 수 없다.

"나는 어느 교회에도 소속하지 않고 있다. 교회 신자들의 신조를 표명하는 번거롭고 긴 교리 진술에 정상적으로 보류함이 없이 응낙할 수가 없다. 다만 어느 교회든지 율법과 복음의 진수를 그대로 압축한 그리스도의 말씀인 '네 심정을 다하고 힘을 다하여 너의 하나님을 사랑하며, 또 네 이웃을 네 몸과 같이 사랑하라.'는 말씀만을 교회원의 자격으로 한다고 교단 위에 써 붙이는 교회가 있다면 나도 심정과 성품을 다하여 참가할 것이다."

링컨의 인간성을 아는 사람으로서 누구나 그를 교회 파괴자나 무신앙의 인물로 생각할 수는 없을 것이다.

벤저민 프랭클린은 과학자로, 또 미국 독립사상 위대한 공적을 세운 자로서, 그리고 필라델피아 대학의 설립자로서 오늘의 지성인치고 모르는 사람이 없는 거인이다. 그의 교회에 관한 의견이 이러했다.

"목사의 설교는 자기 교파의 독특한 교리의 이론이나 해설에 치중하여 나에게는 무미건조한 것이었다. 도덕의 원칙은 역설하지도 않고 행하지도 않으니, 그들은 우리를 좋은 시민으로 만들기보다 차라리 장로교인으로 만들기에 힘쓰는 것 같았다."

그래서 이 거인도 교회 밖에서 크리스천답게 살았다. 에머슨도 그러했다. 칼라일, 밀턴, 크롬웰, 테니슨, 단테, 키에르 케고르 등 모두 교파에 사로잡히지 않고 교회 밖에서 자유로운 신앙 속에 산 사람들이다. 교파에 사로잡혀 허덕이는 것은 교파교에 지나지 않는다. 어느 교파에 자기의 적이 있다고 해서 그가 반드시 교파적 사람이라고 할 수는 없다. 교회의 안에 있거나 밖에 있거나 그 사람의 심적 태도가 문제이다.

무교회주의로 자처하는 사람일지라도 편협한 사람이라면 무교회라는 이름의 교파주의를 더 하나 만들게 될 뿐이다. 교파를 초월하지 않고서는 그리스도의 마음에 바로 접촉할 수 없다. 예수의 가슴에 그대로 안길 수가 없다. MRA 운동도 이런 견지에서 깨끗한 젊은 학생들을 중심으로 출발한 것이었다. 예수의 가르침을 생활화하자는 종교 운동이었다.

사람은 스스로 의식하거나 못 하거나 간에 종교적 동물이다. 건전한 종교가 없는 곳에 줄기찬 문화의 발전이 없다는 것은 세계 문화사의 특징이라고 하겠다.

깊은 사원과 사찰 안에 석가와 보살과 예수와 베드로를 질식시키지 말아야 한다. 오늘의 종교계의 치열한 싸움은 인간적 세력권의 유지 확충에 있는 것이고, 종교의 중심 진리에 관계가 없는 경우가 많다.

수백 년 당파 싸움의 앞뒤를 헤아리지 못해 온 우리 민족은 교파 싸움으로 예수와 석가를 또 다시 죽여 버릴 소질을 많이 가지고 있음을 크게 경계해야 한다.

앞으로 이 민족의 새로운 정신적 토대는 아전인수의 근성에서가 아니라, 무종교인들이 보더라도 그리스도교일 수밖에 없는 역사성을 지녀야 한다. 이런 의미에서 그리스도교계의 부패는 크나큰 민족의 문제가 아닐 수 없다.

재발견된 한반도

"우리는 어찌 해서 이렇게 답답한 골짜기에 태어났을까요? 참 지긋지 긋하지 않아요?"

어느 청년이 경부선 열차 속에서 나에게 이렇게 호소했다. 생각해 보면 이 강산은 고난의 골짜기임에 틀림이 없다.

1년 사철 꽃피는 환락의 하와이를 동경하는 사람들이 적지 않다. 1년 사시 여름인 와이키키 해변에서 감미로운 기타에 맞추어 밤을 새워 춤 추고 노래하는 젊은 남녀를 상상해 보라. 그곳은 눈물이 없고 웃음과 즐 거움만이 영원히 계속되는 도원경桃源境[무릉도원처럼 아름다운 경지]처럼 느껴 질지도 모른다. 그런데, 독일을 여행하는 도중에 차 안에서 하와이가 고 향인 미군 하나를 만나 이야기하게 되었다.

"하와이는 참 살기 좋은 곳이라죠? 나는 아직 못 가 보았어요."

하와이 이야기를 듣기 위해서 이렇게 말문을 열었다. 그가 기나긴 하 와이 예찬을 늘어놓을 것을 예측하고 있었다.

"하와이는 잠깐 지나가는 사람에겐 참 좋습니다. 그러나 몇 해만 살아 보면 싫증이 납니다. 언제나 똑같은 기후와 똑같은 풍경으로 참 진력이 납니다. 변화 없는 자연은 매력이 없습니다. 나는 어떻게 하면 이 변화 없는 좁디좁은 섬을 탈출하나 하고 늘 생각합니다. 이렇게 넓은 천지에 나오니 가슴이 시원합니다."

그는 창 밖에 검푸르게 울창한 침엽수 인조림을 바라보면서 뜻밖의 소회를 이야기하여 참으로 놀랐다. 나는 이탈리아의 열차 속에서 친구의 화첩에 "나는 여기서 내 조국을 다시 발견하였다." 이렇게 써 주었다. 세계의 20여 개국을 거치면서 신이 최선의 국토를 우리에게 주었음을 발견했다.

'이 지구상에서 이만한 면적의 국토를 네 마음대로 선정해 보라.'는 특권을 신이 우리에게 준다면 우리는 과연 지구 위에서 어느 곳을 골라잡을 것인가? 세계를 두루두루 돌아다니다가 결국 제자리로 돌아와서 "결국 여기밖에 없다. 여기가 제일이다."라고 부르짖게 될 것이다.

만주, 한반도에 걸쳐서 차지했던 우리 옛 국토는 동양의 확고한 위치를 차지할 수 있는 모든 요소를 지니고 있었다. 현재의 우리 국토 한반도의 크기는 이탈리아보다 다소 작고 일본의 본토와 거의 같으며, 영국의 본토보다 크고 그리스의 거의 2배나 되고, 덴마크, 스위스, 네덜란드, 벨기에 등과는 비교도 안 된다. 인구는 남한만으로도 3천만이니 결코 적지 않은 수이며 독일, 영국, 프랑스, 이탈리아에 버금하는 수이다. 덴마크를 합한 스칸디나비아 전체의 인구도 2천만이 못 된다.

산과 들과 강의 균형 잡힌 조화의 아름다움은 세계 유일의 산천임을 누구도 부정할 수 없을 것이다. 무슨 산이 어떻고, 무슨 들이 어떻다고 늘어놓을 것까지도 없다. 헐벗은 산에 나무만 무성하면 어디나 절경이다. 김교신 선생은 「조선 지리 소고」라는 논문에서 "우리는 서대문의 독립문이 빈약함을 부끄러워할 법은 있어도 반도의 산악이 높지 못한 것을 회한할 것은 없다. 더구나 산세와 평야의 배열 균형의 미를 논할진대 거장 레오나르도 다빈치의 성화에나 비할까, 뉴욕 부두에 높이 솟은 자유의 여신상에다 비할까."라고 예찬했다.

우리 국토의 가장 큰 자랑은 동양의 심장처럼 바다에 솟아나온 반도에다 특수한 해안선을 붙인 점이다. 수많은 항구와 다 헤아릴 수 없는 섬의 다도해는 우리 민족의 바다로의 진출을 웅변으로 말한다. 충무공의 충의와 지략의 놀라운 임진왜란 때 해전은 사람과 자연의 위대한 하모니의 결과라고 할 수 있다. 그리고 우리 문화의 일본 진출과 장보고의 해상 활동은 작은 시험에 불과하였다고 생각한다.

인류 문화는 온대 지방의 반도에서 꽃피었고, 좋은 항구를 가져 바다로 진출한 국민들은 결국 세계를 지배했었다. 러시아에 좋은 부동항이 있었더라면, 인류의 역사는 오늘과 다른 양상을 빚어냈을지도 모른다.

세계의 유례가 없는 우리 해안선은 결국 '조선식 해안선'이라고 이름 붙일 수밖에 없다고 김교신 선생은 역설했다. 이 천혜적 기후와 위치와 아울러 이런 점들을 생각해 보면 그리스반도와 이탈리아반도와 유틀란트반도를 합쳐 놓아도 우리를 당하기 어려울 것이다. 바다의 산물과 지하의 자원도 그만하면 대견스럽다 할 수밖에 없을 것이다.

이 천혜적 국토를 지긋지긋한 골짜기로 느끼면서 살게 된 젊은이들이 있는 까닭은 이 민족의 치명적인 정신적 결함 때문이다. 대륙으로도, 바다로도 마음대로 뻗어 나갈 천하의 요지에 처하여 스스로의 뜻을 세우지 못하고, 강한 힘에 제정신을 상실한 사대주의의 깊은 병 때문이라고 할 수밖에 없다. 험준한 히말라야로 둘러싸인 티베트도 그들의 독립을 유지할 수는 없지 않았는가? 남아메리카 페루에 살고 있는 인디언 족도 백두산보다 더 높은 곳에 수도를 정하고 살았었건만 스페인 사람들의 침략을 막아 내지는 못하지 않았는가?

이 천혜적 국토를 저주하는 사람에게 평안을 누릴 곳이 과연 이 지구 위에 어디 있겠는가? 약자에게는 몸담을 평안한 곳이 없고 강자에게는 활동하는 데 불안한 곳이 없는 것이다.

앞날에 이 국토는 반드시 제값을 하는 날을 맞이해야 한다. 이 민족의 사명은 우선 이 국토의 가치를 최대한으로 발휘할 능력을 기르는 데 있다. 더디기는 했으나 내 국토에 대해서 새로운 발견을 하고 새로운 인식을 가지게 되었음을 나는 스스로 다행으로 생각한다. 나는 요사이 내 조국의 산천을 바라볼 때마다 새로운 감동에 사로잡히곤 한다.

백두산처럼 무겁게, 금강산처럼 재주 있게, 청천강처럼 맑게, 태평양처럼 시원스럽게, 우리 민족의 마음을 길러서 새 시대를 개척해야겠다는 생각이 무럭무럭 일어난다. 5천 년 잠자던 국토가 우리 오기를 얼마나 고대했었을까? 생각할수록 감개가 깊다.

세계사에 등장한 코리안

　젊은 나에게 우리 민족성에 관해서 큰 감명과 충격을 일으킨 것은 춘원의 「민족 개조론」이었다. 나라를 빼앗기고 짓밟히는 것을 비분하는 사람은 많았으나 이 민족이 번영하지 못하고 나라까지 빼앗기게 된 설움을 근본적으로 파고 들어간 사람은 드물었다. 이 민족의 역사를 종교의 입장에서 분석한 함석헌 선생의 『성서적 입장에서 본 조선 역사』는 우리나라 유사 이래 처음 보는 민족 사관이었다. 이 책은 배달민족의 피를 나눈 자로서는 누구나 뜨거운 감명을 받을 수밖에 없는 예언자적 저술이다. 일제 강점기에 「성서조선」에 장기간 연재되었던 것인데 전쟁 중에 일인들이 우연한 기회에 다시 보고서 10년 전 잡지까지 몰수해 버리고 선생을 감옥에 가두었었다. 여기서 나는 조선 사람이란 것의 본질에 대해서 비로소 배우고 깨달은 바가 컸었다.

　자기를 객관화 할 수 있는 것은 큰 현명이다. 태평양 전쟁 초기에 일본 사람들의 자만심은 참으로 기고만장이었다. 자기들은 특수한 민족이라고 믿는 모양이었다. 그 시절에 나는 일본 오사카에서 온 교수 한 사람을 우연히 만나 이야기를 주고받았다. 나는 그에게서 다음과 같은 재미있는 이야기를 들었다.

그가 중국 여행 중에 생긴 이야기라고 한다. 북경(베이징)에서부터 기차를 타고 광동까지 가는데 섬나라 일본 안에서만 한평생을 자란 자기에게는 하도 땅이 넓어서 중국을 천하라고 부르는 중국인들의 말을 옳다고 생각했다는 것이다. 특급 열차로 날마다 달려도 끝없는 평야의 연속인데, 1등차 안에 자기 외에 중국 부인과 그 부인의 아들인 소년만이 타고 있었다고 한다. 하도 심심해서 그 소년을 손짓해 불러서 필담을 시작했는데, 그 소년이 북경 사람으로 중학교 1학년에 재학 중인 학생임을 알았다고 한다. 그 소년이 자기에게 어느 나라 사람이냐고 물어서 '대일본제국국민'이라고 써 주었더니 한참 보고 있다가 웃더라는 것이다. 왜 웃느냐고 물었더니 '일본소국 대자부당日本小國 大字不當[일본은 소국이니 '큰 대' 자를 쓰는 건 옳지 않음]'이라고 써 놓더라는 것이다. 이 사람이 일본이 대국이라는 것을 아무리 설명해 보려고 애써 보았으나 '대자부당'이라는 소년의 주장을 전복하지 못했다고 한다.

"동양 천지를 거의 다 가지고도 대자를 안 붙이는데 조그만 섬나라에 대자가 부당한 것이 사실이거든." 하면서 껄껄 웃었다. 전쟁에 지고 나서 대일본제국은 일본국으로 개명해 버렸다. 이 일본인 교수는 중국 소년에 의해서 자기 나라를 처음으로 객관화할 수가 있었던 것이다. 우리가 이와 같은 질문을 외국 소년에게서 받는 경우에 무엇이라 해명할 것인지 나도 모르겠다.

우리나라 사람들로서 우리나라 자신을 잘 알고 있는 사람들은 많지 않다. 우리 민족의 5천 년 역사가 찬란하고 민족성도 우수하다고 우쭐대는 사람이 있는가 하면 스스로 심한 열등감에 빠져 있는 부류들도 적지 않은 듯하다. "엽전이 별 수 있어." 하는 말을 가끔 들을 수 있다. 우리 민족이 뿌리로부터, 뼈다귀로부터 가장 저열하다고 비난하는 소리를 듣는 때도 적지 않다.

우리가 특히 뛰어난 민족이라고만 내세울 것도 없지만 우리 민족성이 그렇게 열등하다고 비분하는 것은 참으로 무지한 일이다. 우리 민족 역사에 못난 사람들도 있었지만 세계사에 내놓아도 참으로 버젓한 사람들도 적지 않다. 조선 5백 년 역사가 썩어 빠진 것도 적지 않으나 그 속에 만고에 스러질 수 없는 우리 민족성의 찬연함을 볼 수가 있는 것도 부정할 수가 없다. 세종의 현명이 그렇고, 사육신의 정의가 그렇고, 이순신의 장부다움이 그렇다. 이들은 인류사에 어디다 내놓더라도 1급에 속하는 사람들이다.

근래에도 별다를 것이 없지만 5백 년 동안에 몹시 썩은 것은 나라를 다스리는 일부 관리이었고, 국민들은 한결같이 착하고 굳세었던 것을 나는 의심하지 않는다. 임진왜란 때에도 정부는 무력하였지만 나라를 위해서 훈련했던 민중은 참으로 용감했다. 조국을 위한 40년간의 항일 투쟁도 줄기찬 저항 정신의 발로였다.

해방 후의 혼란상을 절망적 민족성으로만 돌리는 것은 지나친 일이다. 민족의 정신적 터전의 결여와 반세기에 걸친 무교육 시대와 2대 진영의 정치 싸움에 끼여 엉망이 된 현실을 객관화할 때 누구나 우리의 사회상을 이해할 수 있을 것이다. '도둑의 나라', '세계 문화의 쓰레기통', '쓰레기통에 장미꽃이 피기를 기대하듯이 민주주의의 발전의 가망성이 없다.'느니 같은 말들은 우리나라 현실의 한 단면을 과거의 역사와 절연해서 사려 없이 관찰하고 하는 욕설이다.

어느 사회든 과거와 절연하고서 현실을 정확히 파악할 길은 없다. 전란에 부모 잃은 수많은 고아들이 아무 대책 없이 거리를 굴러다니면서 자랐는데 전란에 시달리다 보면 어떤 나라도 민족도 전쟁고아를 완전히 구할 수는 없을 것이다. 지금도 농촌으로 들어가면 무식할망정 소박하고 착한 민족의 마음씨가 그대로 남아 있음을 볼 것이다. 가난하고 무식하기는 하지만 좋은 인간성의 민족이다.

우리 민족사에서 오늘처럼 불교도 없고, 그리스도교의 터전도 빈약한 정신적 공백 시대는 일찍이 없었다. 또 이 같은 장기간의 무서운 혼란도 없었다. 우리 민족은 지금 세계의 제단 위에 묶어 놓은 새끼 양 같은 제물이다. 이 비참한 상황 속에 세계의 비애가 그대로 축적되어 있다. 우리나라 사람은 누구나 말하듯이 삼팔선은 결코 우리 민족이 소원해서 만든 것도 아니며 여기가 동족상잔의 피로 물들여지는 처참한 장소가 되기를 바란 사람들도 없었다. 국토가 양단된 상황에서 우리 민족이 허덕이는 것은 세계사의 제물로 놓여 있기 때문이다.

튼튼한 민족의 정신적 뒷받침인 종교가 건전한 교육의 보급과 향상을 위해서 우선은 힘을 기울여야 한다. 그리고 우리의 위치를 똑바로 파악함으로써 이 진통의 기간을 단축시켜 가는 것이 결국 현명한 길이다.

우리 민족 자체에 대하여 지나친 낙관과 또 지나친 비관은 모두 다 우리가 번영의 세계로 향하는 데 도움이 되지 못 한다. 국민 전체가 어느 정도까지 향상해 가면 썩은 정객들도, 국가를 좀먹는 모리배謀利輩[54]들도 들끓지는 못할 것이다. 병균은 언제나 적당한 배양체에서만 번식할 수가 있기 때문이다.

우리가 한 가지 분명히 알아 두어야 할 것은 우리 민족이 유사 이래 처음으로 두드러지게 세계사 위에 큰 의미를 지니고 등장한 사실이다. 그리고 그 반면에 우리 민족의 정신적 기반이 준비되어 있지 않다는 점이다. 우리는 분명히 새 역사의 출발점을 떠나 있다고 의식해야 한다.

인류의 역사도 확실히 새로운 시대로 등장했고 우리도 분명히 그 무대 위의 일원임을 자각할 때에 오히려 오늘보다 삶의 보람을 더 느낄 시대가 없을 것 같다. 우리의 혁혁한 전진을 위해서 지엽적 방법은 여러 가지가 있겠지만, 우선 민족의 대아적 각성이 무엇보다 기본 문제가 아닐 수 없다.

인생을 가르치는 자연

류달영에게 자연은 아름다움을 즐기는 대상을 넘어서서 인생의 가치와 보람을 알려주는 스승과도 같았다. 그는 나라의 근간을 세우기 위해 농업과 농민이 중요함을 설파했다. 나무, 숲, 토지가 건강해야 그 땅에 사는 사람도 온전할 수 있다는 그의 생각은 오늘날에도 시사하는 바가 크다.

자유로이 흘러가는 흰 구름과 대지가 울리도록 하늘 높이서 노래하는 종달새가 그대들을 벗하고자 부른다. 돋아나는 풀싹과 민들레꽃, 할미꽃, 진달래꽃 모두 다 그대들과 이야기하고자 부른다. 4월의 대자연은 온통 그대들의 크나큰 포부를 예찬하여 환영한다.

지향할 목표를 세우고 달려가는 젊은 생명보다 더 장쾌한 것은 없다. 삶의 보람을 의식하는 생명은 참으로 행복하다.

무리진 조각달

신문을 펼쳐 놓고 바라보니 분노와 탄식을 자아내는 기사들로 꽉 차 있다. 오늘 내 주변에서 일어난 몇 가지 일들도 불쾌하기 짝이 없다. 들려오는 라디오 방송의 뉴스도 말세적이다. 36년간의 혹독한 매질이 우리 민족에게 그래도 부족하였던가? 6·25 전란에 흘린 피가 그것으로도 부족한 것인가? 흥분으로 가슴을 가라앉힐 수가 없다. 자살하는 사람들의 심경이란 아마 이런 것인가보다 하고 생각했다. 집안에서 불쾌한 얼굴을 여간해서 보이지 않는 내가 매우 우울하므로, 가족들도 조심스레 내 눈치를 살핀다. '숲으로 가자.' 가슴에 말이 들린다. 저녁 식사도 가족들을 위해서 몇 술 들고 숲속으로 발을 옮겼다. 울창한 숲을 지나 농장을 건너서 대학 연습림으로 들어섰다.

들 건너 마을도 짙어 오는 황혼에 점차로 어렴풋하고, 목장에서 들려 오던 닭 소리, 돼지 소리, 양 소리도 지금은 들리지 않고 잠잠하다. 무서리에 단풍 든 잎들이 후드득후드득 떨어진다. 별들이 하나씩 둘씩 늘어

가고 저녁 하늘에 초승달이 외롭게 걸려 있다. 풀숲 잔디 위에 다리를 뻗고 앉는다. 의식적으로 듣는 것도 아니며, 보는 것도 아니다. 들리는 대로 듣고, 보이는 대로 볼 뿐이다. 신문의 기사들도, 불쾌한 얼굴들도, 라디오의 광란도 사라져 버렸다. 나의 마음은 비로소 잔잔해져서 함축성 있는 가을 황혼이 시와 그림과 음악이 되어 내 가슴 속에 펼쳐진다.

희미한 초승달이 점점 내 가슴으로 다가온다. 레오나르도 다빈치의 걸작 「프리마돈나」[55]처럼 어렴풋이 웃는다. 둥그런 달무리가 달을 둘렀다. 무심히 바라보고 있던 나는 가벼운 놀라움으로 몸을 일으켜서 무리진 조각달을 주의 깊게 힘주어 보지 않을 수 없었다. 구부러진 가는 조각달에 조금도 일그러지지 않은 은빛 달무리가 둘려 있지 않은가? 달이 조각달이니 달무리도 굽은 저 달 따라서 굽어 휘어졌어야 할 것 같건만, 달과 달무리는 이렇게도 그 모양이 다르다. 아이들까지도 의심하지 않을 이 단순한 현상은 내 가슴을 신비로움으로 꽉 채웠다.

"조각달에 둥그런 무리!"

나는 이렇게 독백하면서 다시 잔디 위에 비스듬히 누워 달을 바라본다. 벌레 소리가 애달프고, 간혹 들려오는 밤새 소리도 저물어 가는 숲 속의 저녁을 더욱 한적하게 한다.

'저 구김 없는 달무리는 분명 초승달의 마음이거니, 보살의 후광처럼 거룩하게 보이는 둥그런 달무리는 저 야윈 초승달의 변함없는 마음이거니, 저녁마다 쉬지 않고 자라 가는 저 조각달의 마음이거니, 저 초승달이 둥그런 그 마음을 지니고 있는 한 둥그런 저 무리와 같은 둥그런 보름달로 자라나서 휘영청 밝고야 말겠거니….'

나는 깊은 비밀이 감춰져 있는 신의 계시의 문을 여는 열쇠를 저 달에서 찾아내기나 한 것처럼 즐겁고 흐뭇했다. 내 얼굴에도 초승달의 미소가 그대로 옮아 있는 것을 스스로 느꼈다.

'그렇다. 신문 기사들도, 불쾌한 얼굴들도, 라디오의 광란도 조각달 위를 지나가는 몇 조각 구름들이다. 나라를 사랑하던 선열들이, 또 내 스승들이 저 조각달의 마음을 그들의 마음으로 하고 땅 속에 누워 있을 것이다. 또 개인의 탐욕을 넘어 서서 민족의 앞날을 바라보고 건투하는 싱싱한 젊은 생명들도 적지 않게 자라나고 있을 것이다.'

무리진 조각달은 태양보다도 더 밝게 내 가슴 하늘에서 빛난다. 무리진 조각달은 실망의 골짜기에서 언제나 나를 불러일으키는 희망의 여신이다.

나는 무리진 조각달의 노래를 지어 내 친구 작곡가 L교수에게 보냈다. 그도 나와 같은 영감을 얻어 내 가슴 속에 살아 있는 조각달을 더 아름답게 해 주기를 바랄 뿐만 아니라, 젊은 가슴마다 이 무리진 조각달을 가슴 하늘에 걸어서 밝혀 주기를 바라는 염원에서였다.

무리진 조각달

꺾어진 갈대가
으석이는 가을 밭에
저 하늘에
아련히
빛나는 조각달이

성자의 후광인 양
둥그런 달무리를
구김 없이 지녔네.
동방의 마돈난가.

밤새 야조夜鳥가
구슬피 울어예는 숲에서도
기울지 않는 저 달의
마음을 안아보면
시름이 일기 쉬운
내 가슴 하늘에서
새 희망의 날개가 밤마다 자라난다.

바람에

우수수

떨어지는 나뭇잎을

쇠잔한 벌레의

애달픈 울음소리

가시밭

인생 길을

더듬어 걸어갈 때

정다워라.

네 얼굴

태양보다 더 밝구나.

코스모스

나에게 가장 좋아하는 꽃이 무엇이냐고 묻는 학생들에게 "코스모스!"라고 대답했더니 모두 웃었다. 근래에는 전국적으로 화초 재배의 열이 높아 가고 있고, 한 분에 몇만 환짜리도 쉽사리 팔려 간다고 한다. 값비싼 꽃일수록 귀중하게 여겨지고, 또 좋은 꽃으로 대접받는 것이 우리나라의 현실이다. 코스모스 따위야 한 아름을 안겨준대도 변변히 값을 주려 들지 않는 허름한 꽃이다. 그러나 나는 코스모스를 좋아하고 사랑한다.

나는 화훼 원예학을 담당한 관계로 세계의 여러 나라를 다니면서 꽃들을 남다른 관심으로 구경한 사람이다. 그러나 아직 꽃을 제대로 볼 줄 모르는 사람인 것을 스스로 인정한다. 모든 식물들이 지니고 있는 아름다움을 제대로 찾아내서 감상하기란 그리 쉬운 일이 아니다. 우리의 교양 정도가 자랄수록 미에 대한 인식도, 감상력도 깊어지고 높아져 가는 것이다.

뜰 앞에 자라는 헙수룩한 서너 그루의 옥수수에서 소박하고도 멋진 미를 느끼고서 나 스스로도 놀란 일이 있다. 덴마크의 어느 곳에서 옥수수가 화단의 중심을 이룬 것을 보고 나의 미의식이 병적이 아니라는 것을 깨달았다. 나는 길가의 잡초에서도, 시냇가의 갈대에서도, 산에 나는 이름 모를 풀에서도 점점 아름다움을 깊게 느껴 간다. "세상의 모든 물건을 고요히 바라보면 제 나름대로의 아름다움을 모두 다 지니고 있구나."라는 시는 참 높은 경지에서 읊은 것이다.

9·28 서울 수복[56] 후에 헤어졌던 우리 가족들은 군인들과 피난민들 손에 헐어진 집으로 다시 모였다. 판장도 없어지고, 문짝도 부숴지고, 광은 지붕까지 벗겨 버리고, 기둥들만 엉성하게 서 있었다. 내 귀여운 어린 딸 옥신이도 이 세상에는 이미 없었다. 모든 것이 황량하였다. 그러나 군용차와 탱크에게 짓밟힌 뜰에는 코스모스가 우긋하게 자라나 있었다. 10월의 푸른 하늘 아래 만발한 코스모스는 우리 가족들의 마음을 이 살벌한 환경에서 부드럽게 해 주었다.

다음 해도 코스모스는 더욱 많이 땅에서 돋아났으므로 우리 집 앞 길가에서부터 대학 정문 앞까지 가족들과 유지 학생들 몇 사람이 모종을 내서 꽃 울타리를 만들었다. 아침저녁으로 이 길을 걸어가는 학생들과 한때 지나가는 나그네들에 이르기까지 풍성한 꽃의 향연을 제공할 수가 있었다. 우리 국민들이 마음만 먹으면 전국의 길가와 마을을 코스모스로 뒤덮기는 어렵지 않을 것이다.

유난히 새파란 우리나라 가을 하늘 아래 수정도 비길 수 없는 맑은 공기의 그 상쾌함을 천국의 기후인 양 싶은데, 흰빛, 분홍, 다홍의 세 가지 빛이 서로 어울려 난만할 때 코스모스 꽃의 청초한 모습은 이 나라 가을의 자연과 조화의 극치를 이룬다. 푸른 하늘과 맑은 공기와 밝은 광선과 또 사특함이 없는 사람의 마음이 서로 조화를 이룬 세계는 생각만 해도 즐거운 평화경이다.

나슬나슬한 가냘픈 잎과 하늘을 바라보고 피는 청초한 꽃은 어렴풋이 그윽한 향기와 함께 옛날 궁중의 공주처럼 기품이 높다. 그러나 아무데서나 잘 자라나는 털털한 초성은 비바람에 쓰러져도 순은 서슴지 않고 그대로 하늘을 향해 자라 가고, 땅에 닿은 줄기에선 뿌리가 돋아나서 튼튼하게 자리 잡는다. 그 높은 기품이 이렇게 평민적 초성에 깃든 것을 나는 더없이 좋아한다.

코스모스의 세 가지 꽃 빛은 이미 어린 모종 적에 알아낼 수가 있다. 푸른 줄기에는 흰 꽃이, 불그스레한 줄기에는 분홍 꽃이, 빨간 줄기에는 다홍 꽃이 핀다. 그러므로 모종을 심을 때 이 세 가지 줄기 색을 잘 섞어 심으면 코스모스 꽃의 참아름다움을 볼 수 있다. 어느 한 색만의 코스모스는 아무리 탐스럽게 우거져 피어도 충분히 코스모스의 아름다움을 나타내지는 못한다.

흰빛, 분홍, 다홍의 세 가지 빛이 서로 어울려 서로 다른 빛을 돋아 주고 제 빛도 또한 다른 빛으로 돋아지는 데 코스모스의 참아름다움이 드러난다. 무지개 일곱 색의 신비스러운 조화처럼 이 세 가지 꽃 빛의 조화야말로 코스모스의 아름다움의 생명선이다. 고요히 생각해 보면 오직 피부의 색깔이 다른 까닭만으로 업신여기고 미워하는 인간들이야말로 측은한 존재들이다.

내가 일제 말엽에 유랑하던 북한강 기슭이며, 함흥의 서본궁에도 코스모스 씨는 뿌려져 있고, 내가 살던 송도의 여러 곳과 호수돈여학교 앞 뒤뜰에도 푸짐한 코스모스의 동산이 이루어져 있었다. 나는 이 값싼 평민의 꽃 코스모스를 앞으로도 마음껏 사랑하련다. 그러나 내가 코스모스만을 사랑하는 편협한 마음을 지니고 있지 않다는 것을 덧붙여 둔다.

코스모스

수정인 듯
맑은 대기에
가냘픈 잎을 흔들어 씻어
청초한 얼굴
또, 담박한 마음

사특함이 없이
새파란 하늘을 호흡하는 가슴엔
가을의 모든 아름다움이

담뿍 안겼다.

포탄으로 허물어진 빈 터에도

거두어 북돋운 이 없건만

성한 잡풀에 눌리지 않고

흰빛

분홍

진다홍

서로 새움이 없이

세 가지 색 난만히 서로 돋아서

더욱 아름다워라.

스스로의 힘으로 이룩한 꽃동산

향기 어렴풋이

속되지 않아

시심詩心에 은근히 속삭인다.

얼굴은

높이

항상 하늘을 바라고

아무 데서나 자라나는 소탈한 성품

평민의 친구야

너, 코스모스!

아름다운 이 나라 푸른 하늘 아래

너는

진정, 우리들의 슬픔의 위로

또, 즐거운 마음의 벗인저

불러 보아도, 불러 보아도

싫지 않은 이름

너, 코스모스!

생쥐

이른 아침에 나는 아이들과 같이 울안의 꽃밭과 채소밭의 김을 매고, 벌레를 잡고, 다시 북데기와 잡풀이 쌓인 두엄을 보기 좋게 정리해 보려고 포크로 파헤치기 시작했다. 그런데 별안간 생쥐 한 마리가 두엄 속에서 뛰어나왔다. 인숙이가 놀라운 듯 소리를 친다.

"아버지, 쥐새끼들 보셔요!"

자세히 보니 어린 쥐새끼들 다섯 마리가 북데기 속에서 바글바글 서로 배 밑으로 파고들었다.

나와 세 아이들이 삥 둘러앉아서 앙증스러운 쥐새끼들을 재미있게 웃으면서 바라보고 있었다. 사람을 몹시 귀찮게 구는 쥐들이긴 하지만 어린 새끼들을 바라보면 이해를 넘어서 귀여워진다. 우리들은 두엄 속에서 풍겨지는 퀴퀴한 냄새도 개의치 않고 서로 배 밑으로 파고드는 가련한 모습을 시간 가는 줄을 모르고 보고만 있었다.

그런데 참으로 눈 깜짝할 순간이었다. 내가 쭈그리고 앉아 있는 발밑으로 어미쥐가 쪼르르 뛰어 들어왔다. 그리고 그대로 쪼르르 달아났다. 어느 겨를에 새끼 쥐 하나가 어미의 꼬리를 물었고 다른 새끼들은 차례차례로 앞의 쥐의 꼬리 끝을 잇달아 물고 일렬이 되어서 우리들 다리 사이로 달아난 것이었다. 참으로 우리들은 "어!" 소리도 입 밖으로 낼 여유도 없었던 순식간의 행동이었다. 아이들은 얼마 후에서야 하도 신기해서 "아이 어쩌면!" 감탄하면서 얼굴들을 바라다 보았다.

조그만 어미 생쥐의 민첩하고 대담하고 죽음도 돌보지 않는 행동을 우리는 무슨 말로 표현해야 할 것인가! 이런 경우 죽음도 두려워하지 않는 동물들의 아름다운 마음을 흔히 본능이라는 말로 처리해 버린다. 본능이란 말은 참으로 편리한 단어라고 하겠다. 이 본능이란 편리한 말은 우리의 깊은 사고와 의문의 창 앞에 베일을 쳐서 생명계의 신비를 탐구하는 정열을 마취해 버리는 수가 적지 않다.

영악한 사람들이 둘러앉은 복판에 죽음을 무릅쓰고 뛰어들어서 다섯 생명을 구해 내고 다시 그것들을 보호하고 길러내는 사랑과 슬기와 용기는 생명의 근원에 연결되어 있는 만물을 보육하는 신불의 마음일 것이다. 못생긴 우리 사람들 중에는 이 생쥐만도 훨씬 못한 행위가 적지 않다. 내가 우연히 발견한 이 놀라운 광경은 생쥐의 생활에서 한 개의 터럭만한 것인지도 모른다. 깊이 살펴보면 자연 속에 자라나는 생명들로서 아름답지 않은 것이 없을 것이다.

독수리

공기총에 설맞고 달아난 까치를 미친 듯이 찾아다니다가 흘린 핏자국을 밟아서 기어이 산 밑의 오막살이 집의 부엌에 쌓아 놓은 나뭇가리 속에서 잡아냈다. 막상 잡아서 손에 쥐고 보니 까치의 흘리는 붉은 피와 무서워서 발딱이는 모습이 몹시 측은해 보였다. 그러나 놓아 주기만 하면 동무 까치들에게 찍혀서 몹시 고생하다가 죽을 것은 뻔한 일이다. 까치들은 상한 동무 까치들을 절대로 그대로 내버려두지는 않기 때문이다.

나는 까치의 고통의 시간을 단축하기 위해서 두 손으로 목을 졸랐다. 동녘 산 위에 막 솟아오르는 아침 햇빛을 받은 내 얼굴이 공포와 고통으로 가득 찬 휘둥그런 까치의 새까만 눈동자 속에 똑똑히 비쳐서 나를 마주 본다. 나는 눈을 감고 두 손에 힘을 더욱 줬다. 허우적대던 두 발이 늘어져 조용해졌다. 나는 까치를 서릿발이 하얀 밭둑에 묻었다. 마음이 언짢았다. 그리고 그다음부터 총 쏘기를 그만두었다. 이것이 내 중학교 3학년 때 일이었다.

세월이 흘러서 내가 중학교의 박물 교사가 되어 부임해 보니 좋은 엽
총과 탄환이 박물 교실에 마련되어 있었고, 원홍구 선배가 만들어 놓은
조류 표본들이 표본실 안에 가득했다. 나는 교사의 입장에서 다시 총을
손에 들게 되었다. 그것도 특별 면허까지 있어서 1년 사철 총을 쏠 수 있
게 되었다.

　9월 그믐께였다. 아침저녁으로 다소 서늘해진 어느 날 나는 새를 잡
으러 길 험한 북성기를 돌아 박연 일대를 뒤지고, 다시 천마산을 더듬었
으나, 산새 한 마리 잡지 못하고 찬비를 맞으면서 집으로 돌아오는 도중
이었다. 어느 동네 앞 높은 은행나무 꼭대기에 큰 독수리 한 마리가 앉아
있는 것을 발견했다. 총을 어깨에서 가만히 내려서 손에 들고 고목나무
근처까지 뚜벅뚜벅 걸어가도 독수리는 떡 버티고 앉아서 나를 내려다보
고만 있었다. 나는 굵은 탄환을 바꿔 재어 들고 독수리를 향해 총을 겨누
었다. 요란한 총소리와 함께 독수리는 펄쩍 날아 보려다가 그대로 곤두
박질해서 떨어졌다. 달려가 보니 약간의 피가 흘렀으나 큰 상처는 없었
다. 또렷한 두 눈으로 자빠져서 나를 똑바로 바라보고 있었다.

　나는 독수리의 발톱이 얼마나 무서운 무기인가를 짐작한다. 그리고
힘차게 안으로 오그라진 입부리가 내 살을 뭉텅뭉텅 떼어 낼 수 있다는
것도 짐작한다. 그러나 독수리가 너무도 태연하고 저항을 하지 않으므
로 죽일 생각을 버리고 산 채로 가지고 가기로 작정했다. 허리에 찬 보이
스카웃의 로프로 독수리의 날갯죽지와 두 다리를 묶었다. 그래도 독수
리는 일체 저항할 기색을 보이지 않았다. 묶여진 독수리 다리 사이에 작

대기를 끼워 어깨에 메고 산길을 걸어 학교로 돌아왔다. 그동안에 독수리는 단 한 번도 퍼덕이지 않았다.

학교에 돌아와서 박물 표본실에 독수리를 내려놓았다. 내 옷은 온통 땀으로 흠뻑 젖어 있었다. 교사 몇 사람들이 모여 포로가 된 조류의 황제를 놀라운 표정으로 구경하였다. 독수리의 날개와 다리를 삼줄로 단단히 묶어서 큰 나무궤짝 위에 올려놓고 문을 잠그고 집으로 돌아왔다. 다음 날 아침에는 죽여서 박제하여 표본으로 만들 작정이었다.

밤이 지나고 아침이 왔다. 아무런 의심도 없이 학교에 나가서 그 순한 독수리를 상상하면서 표본실 문을 열었다. 그런데, 분명히 있어야 할 독수리가 보이지 않았다. 방바닥에는 갈기갈기 찢어지고 끊어진 삼줄이 마룻바닥에 지저분하게 흩어져 있었다. 나는 밖으로 나가 몽둥이를 가지고 다시 방으로 들어갔다. 실내라고 하지만 자유를 얻은 독수리와 마주서서 싸우지 않으면 안 되기 때문이었다. 방 구석구석을 세밀히 찾아보아도 독수리는 없었다. 자세히 주위를 살펴보니 한쪽 유리창이 완전히 깨져 있었다. 독수리는 밤사이에 묶은 삼줄을 모조리 끊어 버리고 날개를 가다듬고 다리에 힘을 올린 다음에 유리창 밖으로 날아간 것이 분명했다.

나는 유리창을 열고 맑게 갠 하늘을 쳐다보았다. 그리고 저 멀리 비에 씻겨 유난히 푸른 산들을 바라보았다. 독수리는 하늘을 날아서 저 어느 푸른 산골짜기의 고목 위에나 또는 폭포 흐르는 천길 바위 위에 앉아서 다시 깃을 곱게 가다듬고 불편한 다리를 고루 매만지고 있을 것만 같았다.

"장하다. 독수리!" 나는 혼자 이렇게 부르짖었다. 그 침착성과 굳센 투지와 최후의 순간까지를 헤아리는 선견에 나는 가슴에 가득한 경의를 저 푸른 산으로 보냈다. 그 독수리를 바로 일본의 손아귀에 잡혀 있는 우리 민족의 상징으로 생각해 보았기 때문이다. 얼마나 고마운 독수리의 교훈이냐. 나는 만나는 청년들에게 독수리의 이야기를 일삼아 했다. 그들이 일본의 손아귀에서 독수리처럼 벗어나서 자유롭기를 간절히 바랐기 때문이었다.

지금도 하늘에 높이 나는 솔개나 독수리를 볼 때마다 저 침착하고 용감하고 슬기롭던 용사의 모습을 내 가슴 속에 깊이 간직한 옛 기억에서 되살려 본다.

작은 새 '정위'의 비원悲願

    하늘은 유난히 높고 공기는 맑고도 깨끗해서 내 몸이 있는지조차 잊게 하는 신비로운 가을 날씨이다. 나는 외국의 여러 나라를 다녀 보고 돌아온 후부터 세상에 다시없는 우리나라의 가을을 몇 갑절 더 좋아하고 즐기게 되었다.

    이렇게 좋은 날 오전 중에는 서울 이화여고 학생들과 여대 학생들 50여 명이 나를 찾아왔다. 이들은 '샛별'이라는 조그만 여학생 클럽의 회원들이다. 오후에는 치대 학생들 30여 명이 또 찾아와서 온 하루를 학생들과 숲속에서 보내게 되었다.

    푸른 숲속 잔디밭에서 가슴 속에 무슨 보람의 환상을 찾으려고 멀리서 찾아온 남녀 학생들과 함께 인생과 조국과 인류에 관해 서로 이야기하면서 시간을 보내는 나의 하루는 무엇도 부럽지 않은 행복으로 벅찼다.

    나는 이 학생들과 이야기하는 중에 이상주의자들과 현실주의자들의 두 그룹을 보았다. 나는 이 학생들의 이상의 동경도, 현실주의도 무시하지는 않는다. 다만 꿈을 동경하는 자들은 냉철한 현실의 파악이 필요할 것이고, 현실주의자들은 또한 현실보다 더 높은 세계를 바라보는 것이 필요하다고 믿는다. 아름다운 꿈만의 세계는 냉혹한 현실 앞에 무력하게 산산조각 날 염려가 있는 것이고, 또 빈틈없는 현실주의는 그 시야가 너무 좁아서 먼 장래를 향해서 비약할 가망이 없다는 것을 알아 두어야 하겠다.

이 '샛별' 클럽은 4년 전에 여섯 명의 동지가 시작하였는데 지금은 회원이 80명으로 늘었고, 매년 여름에는 서해의 어느 섬에 가서 농촌 생활을 해 본다고 한다. 이제는 섬사람들과 여학생들이 정이 들어서 여름이 되면 섬사람들은 이 여학생들을 기다리고 여학생들은 섬을 그리워하여 여름 휴가가 속히 오기를 기다리게끔 되었다고 한다.

이 소녀들의 대부분은 호박 한 포기를 제 손으로 심어 보거나 제 발로 논에 들어서서 김 한 번을 매 보지 못한 소녀들이다. 이것이 여학생들의 소꿉장난처럼 보일지도 모른다. 그러나 그들이 가난하지 않은 가정에서 편하게 공부를 하면서도 농촌으로 관심을 돌렸다. 우리나라 농민들의 번영이 이 민족의 앞날을 결정하는 주초가 된다고 생각하는 그들의 학창 생활은 반드시 다른 학생들보다 건실할 것으로 믿어 대견스럽다.

내가 작년에 충남 예산 지방으로 강연을 간 일이 있었는데, 삽교에서 나를 일부러 찾아온 고경숙이란 젊은 여성이 있었다. 나도 그분의 이름을 전해들은 일이 있었고 그분도 나를 만나보고 싶어 하던 차였다. 고 양은 순 서울 태생으로 전혀 농사를 모르는 분이었다고 한다. 숙명여대 재학 중에 교육학을 강의하던 어느 교수로부터 한국은 농촌의 부흥 없이는 살아날 길이 없다는 말씀을 들은 일이 있다고 한다. 이 잠깐 지나가는 말씀의 화살이 고 양의 가슴의 과녁에 맞아서 그분은 졸업하자마자 마련된 좋은 취직자리도 거절하고 찾아간 곳이 삽교라고 한다.

나는 고 양을 따라 산골 깊숙이 여러 마을을 돌아다니면서 농가들을 찾아보았다. 고 양이 알선해 준 토끼, 닭, 돼지들이 여러 집에 자라고 있었다. 농촌 부인들과 소녀들은 물론 남자들도 참으로 반가워해 주었다.

내가 어느 농가에 고 양과 함께 들어갔는데 고 양은 닭장을 들여다보면서 "병아리를 얻어다 주었는데, 벌써 이렇게 커서 알을 낳지 않겠어요? 선생님!" 대견스러워하면서 즐거운 빛이 얼굴에 가득했다.

"모든 큰 것들은 다 병아리가 자라난 것이거든요."

고 양은 내 말을 듣고 명랑하게 웃었다. 그런데, 닭을 헤어 보던 고 양이 "그런데, 어째 닭의 수가 줄어든 것 같아요?" 의아한 눈으로 주인 농부를 쳐다보니까 그는 뒤통수를 긁적거리면서 "반가운 친구가 하두 오래간만에 찾아와서유, 그만…." 계면쩍은 듯이 대답한다. 반가운 친구의 대접을 위해서 막걸리 안주로 닭 몇 마리가 없어진 것이 분명했다. 고 양은 울상이 되어서 "그 닭은 손님 대접으로 없이 할 닭이 아녜요. 이 동네의 씨가 될 닭이어요. 그것을 어쩌자고…." 주인은 고 양의 가슴 아파하는 것을 보고 울상이다.

"이제는 손님이 와도 다시는 안 잡겠어유."

몹시 미안스럽고 죄스러운 모양이다. 해가 져서 컴컴한 저녁인데, 고양은 어느 집에 들어가 토끼장의 토끼들을 꺼내 보이면서 대견스러워했다. 새로 외국에서 들여 온 부드러운 털이 길게 자란 큼직한 토끼들이다.

이 고장 여러 촌에서는 벌써 된장과 간장을 과학적으로 개량한 방법으로 담는다고 한다. 몇 해 전 내가 「새농민」[57] 잡지에 소개한 방법을 썼다고 한다. 물론 고 양의 계몽에 의한 것이다.

고 양이 처음에는 늘 여러 마을로 돌아다녔으나, 요즈음에는 각 마을에 똑똑하고 젊은 여성들을 센터로 정하고, 이 센터들을 한 곳에 모아서 새로운 것을 가르쳐 주면 그 센터들은 다시 각 부락에 가서 각각 다시 강습회를 열어서 전달한다는 것이다. 그리고 때때로 틈을 타서 각 마을로 돌아다니면서 실정을 보고 지도한다는 것이다.

"선생님, 자꾸 해 보니까 노력을 적게 하고도 능률이 나는 방법이 차차로 알아져요. 그런데 사람들이 너무 적극성이 없어서 진보가 늦어요."

나는 고 양의 술회를 들으면서 어두워지는 농촌 길을 함께 걸었다.

고 양의 일 하나만 생각해 보더라도 나는 어린 소녀들의 가슴에 안긴 보람 있는 꿈이 얼마나 귀중한 것인가를 느낀다.

이 소녀들과 동반한 Y선생도 '정위'라는 새의 이야기를 했지만, 슬픈 새 정위의 마음을 우리나라의 젊은이들이 가슴에 품고 산다는 것은 불가능하다고 믿던 환상을 가능의 세계로 가깝게 가져오게 할 것이다.

『산해경』이라는 중국의 고전은 산과 바다에 사는 동식물에 대하여 쓴 것인데, 그 책 속에 정위라는 새의 다음과 같은 이야기가 있다.

발구산에 정위라는 새가 살고 있었다. 그 새는 까마귀 비슷한데, 머리에는 아름다운 무늬가 있고, 주둥아리는 희고, 다리는 새빨간 작은 새라고 한다. 여름을 주장하는 신 염제의 딸이 동해에 나가 놀다가 불행히도 빠져 죽었는데, 그 아름다운 여자의 슬픈 혼이 바로 이 정위라는 새로 태어났다.

정위가 항상 바다에 빠져 죽었던 전생을 슬퍼하여 바다를 메워 보겠다는 굳은 결심을 했다. 서산이라는 산의 돌과 나뭇가지의 부스러기를 물어다가 바다에다 던지고 또 던졌다. 이렇게 한평생 돌과 나뭇가지를 날라다가 집어넣었어도 넓고 푸른 바다는 여전히 넓고 푸르러 조금도 변함이 없었다. 그러나 작은 새 정위는 작은 몸뚱어리까지도 마지막 숨을 거두는 순간에 바다를 메우기 위해서 물 위에 던졌음은 더 말할 것도 없다.

'정위전해精衛塡海'라 함은 이런 슬픈 이야기에서 생긴 것이다. 이룰 가망이 전혀 없는 크나큰 뜻을 품고 평생을 수고스럽게 지내는 것을 비웃을 때 쓰는 말이다. 오늘도 바다는 한결같이 깊고 사납고 푸르러 변함이 없지만, 정위의 품은 마음은 바다보다도 더 변함이 없이 길이길이 있을 것이다. 모든 이상주의자가 품었던 뜻은 정위라는 작은 새의 슬픈 마음 바로 그것이다. 그들은 어느 시대이고, 모두 비웃음의 대상이었다.

오늘의 민족과 인류의 암담한 현실을 바라보라! 영원히 메울 수 없는 푸른 바다처럼 보이지 않는가? 그러나 세상의 비웃음을 돌보지 말고 정위로 자인하는 이상주의자들은 돌과 나뭇가지를 쉬지 않고 바다로 나를 것이다. 이 민족과 인류의 구원은 결코 작은 정위를 비웃는 무리들에 의해서 이루어지지는 않을 것이다. 자기들의 한 줌 몸뚱어리를 최후에 바다에 던지는 정위들에 의해서만 이 겨레는 구원될 것이고 인류는 번영하게 될 것을 의심하지 않는다.

현실주의자들과 계산에 밝은 실리주의자들이 아무리 비웃을지라도 우리의 역사는 새날을 맞이하기 위해서 정위의 슬픈 가슴을 요구한다. 오늘의 농촌 운동은 정위의 품은 한 조각 마음을 지닌 사람들이 아니고서는 이룰 수 없다.

송악산

나는 송도 태생도 아니요 송도에서 자라난 사람도 아니다. 그러나 솔직히 말한다면 내가 태어난 고장보다도, 내가 자란 고장보다도 이 송도를 사랑하는 한 사람이다. 내 청춘의 꽃다발을 바쳐 보려고 애쓴 고장이며 나를 끔찍이 아껴 주는 청년들이 적잖이 살고 있는 고장이기도 하려니와, 빈곤과 철쇄의 쓴잔과 교우독서의 즐거운 시간과 해방의 기쁨을 맞이한 고장이 역시 송도인 까닭이다.

근래에 사귄 사람들은 나를 송도산인 줄로 아는 이가 적지 않다. 고려의 옛 서울 송도는 나의 애인처럼 연연하다. 그러므로 이 정든 고도에 대하여 칭찬도 많이 하고 험담도 많이 하는 한 사람이다. 녹슨 구리귀신과 썩고 낡은 완고의 바오라기에 대하여 나는 적잖이 불쾌를 느끼는 사람이며, 부지런하고 알뜰한 규모에는 백 번 기림을 아끼지 않는 사람이다. 유서 깊은 고적과 아름답고 정결한 풍치는 청자기같이 아담하고 품위 있어 마음에 그려 보기만 해도 가슴 속에 즐거움의 흰 구름이 둥둥 떠

간다.

그중에서도 고도의 진산 송악은 사귀어 볼수록 아름답고 정다운 산이다. 그다지 드높지도 않고, 그다지 뛰어난 자태도 찾아볼 수 없지만, 우리나라의 명산의 하나로 반드시 꼽게 된다. 진산이 그대로 하나의 거대한 바위로 튼튼하고 믿음직하고, 산허리 구불구불한 풍상에 낡은 성이 푸른 솔 사이로 간간이 엿보이는 풍치로 달아난 시신侍臣을 되불러 줌 직한 그윽한 한 폭의 그림이다.

골짜기 골짜기에 늙은 나무와 이끼 덮인 돌과 맑은 물이 아기자기하게 조화로운 독립된 작은 천지가 이렇게 많이 있는 곳도 아마 없을 것이다. 식물과 곤충과 새들의 종류가 풍부하여 자연 과학자에게는 바로 정이 붙는 교실이다. 딱따구리의 고목을 쪼는 음률적 음향이 한여름에도 녹음 사이에서 바람결에 무늬지어 들리는 것도 진기한 경이이며, 자랑할 만한 우리나라의 천연기념물이다. 송악은 괴로운 이, 즐거운 이, 생각하는 이, 운동하는 이, 채집하는 이, 글 쓰는 이, 노래하는 이, 그림 그리는 이, 모든 사람을 어느 때나 가슴에 포근히 안아 주는 천혜의 가슴이다. 송악이 송도 사람에게 미친 정신적, 육체적 혜택은 참으로 헤아리기 어려울 만큼 많다.

1년 만에 틈을 얻어 4월에 송악의 아름다운 모습을 가슴에 그리면서 송도를 찾았다. 그런데 내 눈을 의심하게 하는 놀라운 송악의 모습! 산천이 변한다고 하지만 단 1년 동안에 이렇게 변할 수가 있겠는가?

골짜기마다 울창하던 숲은 이제는 옛 신화로나 남을 것인가? 이 날도 성 안으로부터 산마루에 이르기까지 무수한 남녀노소가 개미 떼같이 뻗쳐서 베고 남은 나무의 뿌리를 파 나르는 것이다. 떡갈나무의 작은 그루의 뿌리까지 송도 사람 특유의 알뜰한 솜씨로 캐 나르는 것이다. 온 산은 표면의 흙이 전부 파 엎어져서 차마 바라볼 수 없는 형상이다. 몇몇 사람들의 탄식하는 소리가 간혹 들리기도 하지만 송악을 산 인격으로, 교실로, 정다운 친구로 사귀어 온 이들은 한 줄기 뜨거운 눈물을 금하지 못할 것이다. 옛날의 그 정기를 잃어버린 거대한 체구가 껍질을 벗긴 채 피 흐르는 근육을 아직도 실룩거리는 모습, 옛날 송악과 정든 이들은 한번 찾아가 그 모습을 실지로 보고 조상해 주기를 바란다.

지리한 일본 통치의 암흑의 세월을 송도 사람들과 함께 꾸준히 견디어 기다려서 이제 겨우 해방을 맞이한 여도 송악, 그리고 해방된 송도 사람들이 만들어 놓은 그 송악의 추한 모습을 보라.

지금은 산천초목까지도 우리와 함께 완전 독립을 준비할 시기이다. 산천이 외치는 저주의 소리가 높을 때 독립은 올 것인가? 산과 강의 노여움이 폭발하는 날에 과연 이것을 막을 수 있을 것인가? 조선조 5백 년 동안 송도 사람들은 천시를 당해 오긴 했으나, 그들은 당당하였다. 일제 36년간에도 그 꾸준한 보수주의와 철저한 경제관념은 일인의 침략을 막아 내어 우리 겨레의 은근한 자랑이기도 했다. 그들이 가지고 있는 민족혼은 해방 후에 반드시 볼 만한 진전이 있을 것으로 적지 않은 사람들이 기대하고 있었다.

오래 전부터 문화 도시며 교육 도시를 꿈꾸던 송도이건만 문화와 교육 활동은 실로 미미하다. 송도의 사랑방은 여전히 이기적이며, 고식적인 것이 아닌지 의심한다. 권력의 앞에는 양같이 순하고, 이익의 길에는 개미같이 재빠르며, 직접 이해가 없는 일에는 눈을 감고 묵묵한 그 낡은 껍질은 어느 날에나 깨질 것인가?

사시를 따라 변화 많은 송도 산천의 빛도, 서늘한 바람도, 시원한 물소리도, 천연 기념물인 딱따구리의 번식처도 이제는 모두 송도에서 떠나갈 것이다. 북풍의 날카로움과 찌는 더위와 물소리 없는 골짜기와 노한 물결들이 송도의 자손을 사정없이 채찍질할 것을 기억해야 할 것이다.

나는 송도에 다다른 이튿날 밤에 백여 명의 청년이 모인 자리에서 송악산을 지킬 청년 운동을 일으키라고 강조하였다. 그 후의 소식은 알 길이 없으나, 아직도 처참한 송악의 신음이 자나 깨나 내 귀에 들리는 것 같다. 송악산처럼 깎아 먹고 캐 먹고 남은 북덕산 같은 가슴에는 예술도, 문화도, 과학도, 건강도 자라지 않을 뿐 아니라, 전율한 보복이 반드시 찾아온다고 생각해야 할 것이다. 뿌리를 캐는 그 열성과 그 부지런함으로 다시 식림 운동을 일으켜야 할 것이다. 속죄의 심정으로 백 배도 더 넘게 심어야 할 것이다. 그리고 알뜰히 가꾸어 가야 할 것이다. 이전처럼 회복하기에는 몇 세기가 걸릴 것이다.

송악산의 허리에는 삼팔선이 걸쳐 있다. 삼팔선 너머 쪽은 어떤 양상인지 자못 궁금하다. 삼팔선이 걸친 저 처참한 송악은 단적으로 오늘의 우리나라의 상징으로 느껴야 할 것이다. 이 글을 읽는 송도 이외의 독자들 중에는 송도 사람들을 비웃고 침 뱉을지도 모르나, 사람의 손이 닿는 우리나라의 산은 모두 송악과 오십보백보임을 누구나 인정하지 않을 수 없을 것이니, 송도 사람을 크게 조소할 양심의 주인은 아마 없을 것이다. 더 말할 나위 없이 우리나라의 산천은 그대로 크고 작은 송악산의 나열이다. 필자와 특히 관련 깊은 송악을 본보기로 들었을 뿐이다.

청년들은 자기의 고향과 산천과 농지를 윤택하게 아름답게 가꾸고 꾸며 가는 것이야말로 가장 확실하게 우리가 절실하게 바라는 독립을 성취하는 길이다.

내일을 위하여 오늘 죽을 결심을 하는 자의 단성丹誠[마음으로부터 우러나오는 뜨거운 정성]은 반드시 풍부하고 영원한 열매를 얻게 될 것이다.

자아 상실의 위기

모든 비극 중에 자기를 상실한 것보다 더 큰 것은 있을 수 없다. 우리 주위에 나날이 일어나는 일상의 비극들이 그럴 뿐 아니라, 역사의 갈피 갈피에서 우리의 탄식과 눈물을 자아내는 사실들도 파고 들어가 살펴보면 거의 다 이 범주에서 벗어나지 않는다.

그리스의 성철聖哲[58] 소크라테스가 아테네 거리에서 지나가는 청년들에게 진실을 다하여 "네 자신을 알라."라고 호소한 것도 그들이 자아를 상실함으로써 거두는 과보가 너무도 명확함을 알고 있었기 때문이었다. 또 "네 자신을 알라."는 한 토막 금언이 천고를 통하여 인류의 가슴에 언제나 새로운 경종을 일으켜 주는 것도 이것이 진리인 까닭이다.

우리가 편협함이 없는 양심과 현명에 의하여 우리 민족사를 읽어 간다면 자아 상실이 빚어 낸 독주의 맛을 어느 민족보다도 잘 알고 있을 것이다. 우리들의 폐부 속까지 시원케 하는 고구려의 웅건 장쾌함과 우리들의 골수에까지 스며드는 비통한 근대사는 자아확립과 자아상실의 얼마나 뚜렷한 대조라고 할 것인가?

오늘날 더욱이 우리 민족 자신뿐만이 아니라, 세계의 흥망을 한 등에 지고 역사의 선두를 걷고 있는 이 겨레의 자신을 냉철한 객관으로 검토하여 지향할 바 길을 찾아 달려야 한다. 그것이 우리에게 주어진 가장 중요하고도 긴급한 과제가 아닐 수 없다.

나는 다음에 몇 가지 체험을 들어 지금의 우리 모습을 똑바로 보고자 한다. 1936년 여름에 나는 '백두산 탐험단'의 일원으로 참가하여 그 정상 천지에까지 올라간 일이 있었다. 이것은 이제까지 누구도 가보지 못한 높은 고봉을 돌파하여 첫 기록을 세우고 쾌재를 부르자는 그것과는 목적과 심경이 달랐다. 조국의 땅을 송두리째 빼앗기고 뼈아픈 종살이 속에서 선명한 자아의식을 바로잡자는 것이었으므로, 한 포기의 풀, 한 그루의 나무가 주는 감회는 크고도 깊었었다.

9천 척 구름 위에서 5척 남짓한 나의 두 눈에 비쳐드는 만주의 광막 호대함과 남반도의 그림처럼 수려함은 그대로 내 조국의 품으로서, 깊은 감회와 곡절 많은 반만년 역사는 20대 젊은 나를 감격과 통분으로 휘몰아 넣었었다. 그런데, 저 검푸른 수해를 이룬 낙엽송과 펼쳐진 넓은 산록에 그 어디나 군락을 이루어 만발한 자줏빛 과꽃을 바라보고 나는 무한한 부끄러움을 금할 수가 없었다.

구불구불한 솔과 잡목만 보고 자란 나는 낙엽송이 외국에서 수입된 것으로만 알았었고 미국이나 일본에서 인쇄한 꽃봉투에 담겨 팔리는 아름다운 과꽃을 외국 원산으로만 지레짐작해 왔었다. 수해를 이룬 낙엽송이며, 군락지어 만발한 과꽃의 원생지를 내 강토 안에서 뜻밖에도 목격한 나는 기쁨과 부끄러움이 교차되었었다.

해방 후 얼마 안 되어서 나는 바쁜 틈을 내어 비를 무릅쓰고 평택, 성환 일대를 순회한 일이 있었다. 우리나라 원예 작물 가운데 해외에까지 그 이름이 높은 것은 '성환참외'이다. 해방 후의 혼란과 난중의 수라장 속에서, 세심한 계획과 관리가 없이는 그 품종의 순도가 유지되기 어려운 것을 알기 때문에, 이를 염려하고 그 절종의 위기에서 건지자는 의도에서였다. 실상은 나의 걱정한 그대로 혼란 속에 있어 어느 한 곳도 이 품종이 유지된 곳이 없었다.

성환 본바닥에서도 금년부터 표목標木[푯말]이 간혹 박혀 있기는 하나, 역시 각종 참외가 한 포장 섞여 심겨 있었다. 그런데 한 가지 기이한 것은 이 지방 노인들이 우리나라의 자랑인 '성환참외'를 '왜참외'로 통칭하고 있는 것이다. 좋은 것은 무조건 다른 나라의 것으로 여겨 오는 열등감에 기인함이 아닌가 한다. 나는 이것이 결코 '왜참외'가 아니라는 것을 거듭 설명해 주었다.

해방 직후에 미국의 교사 친구들이 우리나라 교사들에게 고맙게도 양복감을 골고루 보내 준다는 신문 보도가 잦았고 또 일부 서울에서는 받은 이들이 있다는 소문도 있어서 궁한 살림에 은근히 이를 기다리는 이들이 있었다. 세월은 흘러가고 또 물가는 한정 없이 올라가서 난리 중에 떨어지고 통 좁은 양복을 벗어 버릴 수가 없게 되었었다.

국산품 전람회에서 국산 양복감이 큰 기림을 받았다는 기사를 읽고

서, 천을 짜느라고 실을 스스로 감아 보기도 하고, 불변색 염색도 시험해 본 약간의 경험이 있는 나는 누구 못지않게 양복감의 생산에 관심을 가지고 기뻐하였었다. 서울에 갔던 길에 종로의 어느 큰 양복점에 들어가 즐비하게 진열한 깨끗한 양복감을 바라보고 순간에 기쁨의 포로가 되었다. '참으로 훌륭하구나!' 감탄하면서 값을 물으니 자그마치 3만 몇천 환이라는 것이다. 알고 보니 국산품은 단 한 벌도 진열되어 있지 않고 모두가 일산이었었다.

"국산으로 하실라구요. 이왕이면 일산으로 하십시오. 그 값이 다 그 속에 있습니다."

하고 양복점 주인은 나를 교활하게 계몽한다. 굳이 요청하여 나는 국산품 양복감을 구경하였다. 내 예상보다 국산품은 튼튼하고 깨끗하였다. 양복점 주인은 몇 푼짜리 안 되는 손님으로 나를 평가하게 되었는지 처음 맞이할 때와는 아주 달리 쌀쌀해졌고, 나도 그다지 유쾌하지 않아 다른 상점으로 다시 들러 보았다. 어쩌면 그렇게도 양복점 주인들이 똑같은 태도로 나를 대하여 주는지 신기할 지경이었다. 한일 통상도 아직 되지 않고 구보타의 폭언[59]으로 한일 관계조차 험악한 오늘에 있어서 서울의 양복점은 일본산 일색으로 덮여져 있다. 일제 강점기에 국산 장려를 위해서 무릎에 차는 무명 두루마기를 입고 걸어가는 조만식[60] 선생의 모습이 눈앞에 어른거려 내 눈시울이 뜨거워졌다.

유럽 시찰에서 돌아온 조 학장의 이야기를 들으면 커피를 그렇게 많이 마시는 영국에서도 대부분이 대용품 커피로 만족하며, 자국산의 유명한 위스키도 병으로는 개인들에게 팔지 않고 주점에서도 특히 원하는 사람에게 한 잔을 허락하는 정도로 제한하여, 국민 총 협력하에 외화를 획득함으로써 전후 재건에 전력을 기울이고 있다고 한다.

피에 젖은 삼팔선이 턱밑에 있는 서울에서, 포탄에 허물어진 집들이 아직도 유령같이 늘어선 폐허에서, 피난에 지쳐 추위와 주림을 막을 길이 아득한 민중이 무수한 이 수도에서, 그칠 줄을 모르는 부화, 경박, 사치, 허영의 날개가 눈을 현란케 함을 바라보고 자아 상실의 위기를 느낀다고 해서 괴이하다 할 것인가? 지위도, 명예도 아랑곳없이 오직 노역하는 농민들의 순박, 근검이야말로 오늘까지 이 민족을 지탱해 온 기둥이었음을 서울 복판에서 한층 더 느끼게 된다.

오늘의 교육을 바라보라. 무서운 전란을 통하여 우리가 상실한 인간 최대의 것을 회복하고자 우리는 전력을 기울이고 있을까? 이 고난 속에서 각자의 생명을 보존하고자 동물적 본능에 의하여 우글거리는 구더기들처럼 행동하는 동안에, 청소년들은 도덕심을 거의 상실한 전란 중의 생활을 본연의 것으로 믿고 자라나고 있다. 부끄러움을 느낄 줄 모르고 태연하며 눈앞의 이익을 보면 아무것도 거리낌이 없이 행동하면서 자라간다.

교육의 최후의 방파제인 가정도 자녀 교육에 전심할 겨를이 없게 된 오늘에 학교 교육은 지식 만능주의로 치닫고 있다. 미친놈의 손에 쥐여지는 칼은 그것이 예리할수록 앞날의 공포는 더욱 커지게 된다. 우리는 덴마크가 1864년 패전[61] 후 사상에 드문 참담한 역경에 처하였을 때, 현명하게도 먼저 국민의 정신 교육에 전력을 기울여서 오늘의 번영의 첩경을 걸어온 것을 알고 있다.

항해 중의 배가 밑바닥에 구멍이 뚫려 침수가 심할 때에는 모든 것을 집어치우고 총력을 기울여 침수하는 구멍을 막고 들어온 물을 퍼내야 할 것이다. 갑판의 소제며 선장실의 치장 등은 제3차, 4차의 문제가 될 것이다. 마찬가지로 인생에 있어서 도덕의 총 파산의 위기에 있어서 교육은 온 힘을 다하여 먼저 악을 두려워하고 참을 따르는 인격 교육에 착수하여 스스로 민족 국가의 역사에 대하여 책임을 느낄 수 있는 정상의 양심과 높은 도덕의 인물을 배양해야 할 것이다.

우리나라 교육도 지금 미국의 듀이의 주장에 따라 새 방향으로 길을 잡기에 노력 중이지만, 본질을 떠나 피상에 사로잡혀 있음도 부인할 수 없다. 그리스도교의 기반위에 선 미국에 있어서도 듀이는 도덕 교육을 독립 과목으로 한정하기를 반대하였다. 그 이유는 만일 도덕 과목을 독립 과목으로 설정한다면, 도덕 교육은 교육의 10분의 1의 비중밖에 차지하지 못할 우려가 다분히 있다는 것이다. 이것은 교육하는 모든 학과목의 기저를 도덕 교육으로 하자는 뜻이다.

그런데 우리는 외형적 모방만으로, 커리큘럼 연구에만 몰두하고 있다. 우리나라에도 도덕 과목은 설정되어 있지 않고 도덕 교육은 결국 전폐하고 있는 것이다. 거의 무종교인 우리나라에서 이와 같은 교육 행정은 내일에 무엇을 거둘 것인가를 깊이 생각해 보아야 한다.

국가의 최고 책임자로부터 한 촌부에 이르기까지 오늘의 역사의 부담자로서의 뚜렷하고 공통된 이념과 지향할 길을 분명히 해야 이 험난한 길을 바로 걸어 목적한 땅에 도달할 수 있을 것이다.

오늘, 자아 상실의 무서운 위기에 우리가 처해 있다는 사실을 직시하라. 모든 면에서 자아를 찾기에 민족적 전 역량을 기울여야 한다.

민족 성격의 건설

머리를 들어 하늘을 쳐다보면 한없이 밝고 푸르고 아름답다. 나는 이보다 더 좋은 하늘을 상상하지 못한다. 이것이 내 조국의 하늘임은 얼마나 대견스러운가?

좁은 방구석에서 찌푸린 얼굴로 한숨을 쉬면서 빈곤과 고민과 불평과 가지가지의 범죄 기사로 가득 찬 신문을 날마다 읽고 있는 사람들은 확실히 행복의 계열에서 벗어난 사람들이다. 저 하늘은 창조의 그날로부터 우리에게 주어진 최선의 선물이며 신문의 참혹한 기록은 우리의 현실을 있는 그대로 그려낸 이 민족의 자화상인 것이다. 이 자연과 인사의 대조는 양극을 이루고 있으니 이보다 더 큰 비참이 또 어디 있겠는가?

사람의 심정과 성격은 그가 살고 있는 자연의 반영인 경우가 많다. 그러므로 이 자연에 전혀 조화되지 않는 성격이 이 국토 위에 존재할 리가 없다. 옛 문헌을 살펴보면 자부심이 강하여 남을 칭찬할 줄 모르는 중국 사람들도 "사람의 환난을 보면 죽음을 무릅쓰고 구해 내는 용감한 겨레"

라고 하였고 "사양하기를 좋아하고 다투지 않는 사람들"이라고 우리를 칭송하였다. 옛 조상들의 씩씩하고 너그럽고 착하고 겸손한 대인군자의 모습을 우리는 상상할 수가 있다. 공자까지도 '군자지거'라고 우리나라가 군자의 나라라는 찬사를 아끼지 않았다.

이 아름다운 하늘과 강산에 이렇게 씩씩하고 의리 있고 너그럽고 착한 사람들이 살고 있었음은 자연스러운 조화라고 할 것이다.

오늘의 신문 지면에 넘쳐흐르는 더러운 사회상은 과연 우리의 본연의 모습일까? 어떤 외국인은 우리를 혹평하여 "10세 이하는 모두 거지요, 10세 이상은 모두 도둑놈"이라고 했다고 하지 않는가? 그러나 이것은 전란 중의 죄악의 총본산인 대도시의 모습을 과장한 것이며, 농촌, 어촌의 민중은 무지할망정 소박한 선이 그 가슴에 깊이 뿌리박고 있다. 그렇더라도 이것으로 스스로를 변명할 재료는 되지 못한다.

도시의 부패는 차마 볼 수 없을 정도이며, 국토의 대부분을 차지한 농민의 가슴에도 이 역사를 감당할 만한 성격이 서 있지 않다. 조선조 말엽의 정치적 혼란과 일정하에 억눌리고 착취당한 민중이 다시 사상 유례가 없는 전란 속에 시달려 지금이야말로 도덕적 위기에 놓여 있다. 그럼에도 불구하고, 우리 국민은 유사 이래 가장 중대한 역사적 사명을 등에 지고 있지 않은가. 이 부패한 악정치와 혼란 속에 변이된 성격을 그대로 버려둔다면 우리의 앞길은 암담할 것이다. 그러므로 우선 이것을 위하여 신념과 계획이 분명한 국민운동이 꾸준하고도 줄기차게 진전되어야 할 것이다.

어느 신문 기자가 인도의 지도자들에게 "인도의 오늘의 가장 큰 과제가 무엇이냐?"라고 물었더니, "성격의 건설"이라는 것이 공통된 대답이었다고 한다. 그러면, 오늘의 우리의 최대 과제는 또한 무엇이겠는가? 우리도 역시 '성격의 건설'을 들지 않을 수 없다. 우리는 후진 국가라는 말을 많이 듣고 또 스스로 인정하며 가슴아파한다.

어느 명현이 말한 바와 같이 우리도 사람인 이상 남의 앞을 달려 보고 싶은 것은 사실인데, 경제나 과학으로는 남들의 뒤를 따라가기가 바빴지 앞에 서기는 꿈처럼 아득한 것이 현실이다. 그러므로 우리가 그들의 앞에 설 수 있는 역사적 과제는 다른 곳에서 찾아내야 한다. 이것은 분명히 슬기로운 생각이다.

우리는 여기서 확신을 가지고 새로운 방향으로 진리의 길을 모색하고 개척해야 한다. 이 길은 대뇌가 생산하는 분야가 아니라 가슴에서 생산되는 무엇으로 믿는다. 이것의 배태와 생장을 위한 토양은 뚜렷한 민족적 성격의 건설이어야 한다. 동물적인 것에서 탈피한 높은 윤리성과 피상적 모방이 아닌 건전한 종교적 신념이 이 민족의 성격의 기간이 되지 않을 수 없다.

간디는 바늘 한 개 손에 쥐지 않고 대영제국에서 조국을 독립시켰다고 하거니와, 그의 투쟁이야말로 우리에게 크게 가르치는 바가 될 것이다.

덴마크나 스웨덴이나 스위스 등의 약소 국가군이 그 부강과 힘에 있어 강대국들에 비하면 한 개의 손가락만도 못하겠지만, 이것들이 오늘의 이상 국가군으로 선망의 대상이 되며 우리 자신들도 내심에 경의를 표하게 되는 원인을 생각해 보면 큰 깨우침을 여기서도 얻게 될 것이다.

우리가 비록 가난한 작은 나라이며 입는 것이 초라하고 기름지지 못한 것으로 배를 채우며 생활이 호화롭지 못할지라도, 어느 나라도 감히 우리를 이용하고 농락하지 못하며, 우리를 푸대접할 수 없는 높은 '민족의 성격'이 세워져야 한다. 거지가 불쌍한 것은 경제적 빈곤에서가 아니라 인격이 경멸당함에 있음을 알아야 한다. 우리가 자신을 근심할 점이 또한 이 점이어야 한다. 덴마크가 특유한 농업 문화국으로 오늘의 지위를 차지한 것은 일관한 덴마크적 성격 건설의 결과에서 왔다고 믿어야 한다.

다른 나라의 학생들은 자리 잡은 질서 위에서 개인의 행복과 포부의 달성을 위하여 공부할 수 있겠으나 우리나라 학생들은 각자의 행복을 꿈꾸기에는 우선 너무도 큰 의무가 가로놓여 있음을 발견하게 될 것이다. 이 말은 의무를 위하여 개인의 행복을 희생하라는 뜻이 아니라, 이 큰 의무를 다하지 않고서는 개인의 행복을 소유할 수 없는 역사적 단계에 자신들이 놓여 있다는 사실을 경고하는 것이다.

우리 후손의 비참을 멀리 내다볼 수 있는 양식이 있다면 막대한 재산을 소유할지라도 행복이 마음에 자리 잡지는 못할 것이다. 그러므로 오늘에는 동물적 행복은 존재할 수 있을지 모르나 참양식의 가슴 속에 행복이 자리 잡기에는 너무도 그 시기가 이르다.

"배부른 돼지가 되기보다는 배고픈 소크라테스가 되기를 원한다."라고 외친 선철先哲의 말은 고귀한 인생을 밝혀 가르친 말이다. 우리나라 청년들은 무엇보다도 먼저 조국이 처해 있는 세계사 속 위치를 잘 파악하고, 민족 구원의 기본적 이념과 꺼질 줄 모르는 정열을 소유해야 한다. 다 함께 스스로 높은 도의에 살아 민족 성격 건설의 핵심적 구실에 진력함은 한국 청년의 최우선적인 의무가 될 것이다.

농촌으로 돌아가라

여러 해 동안 농과 대학에서 교편을 잡아 온 김준 군이 나를 찾아왔다. 머리는 푸수수하고 얼굴은 검고 손마디는 굵다. 오늘날 농과 대학 교육이 한국 농업을 구원하기는 어렵다는 신념 아래 영예로운 교수의 자리를 헌신짝처럼 버린 그는 어느 고아원에 들어가 1년 동안 사환(심부름꾼) 노릇을 해 보았다. 그것은 농촌의 일꾼으로 견디어 낼 수가 있을까를 스스로 시험해 보기 위한 것이었다. 친구와 친지와 스승들과 또 제자들까지도 그를 돌았다고 비웃었다.

청년 시절에 해외에서 철학을 전공한 최석우 씨는 30년 동안 개척하는 농군으로 즐거이 일하고 있다. 우리 셋은 최 선생 댁에서 삶은 감자를 점심으로 함께 먹으면서 김 형의 장지를 화제에 올렸다.

"김 군의 정신이 돌았다고 친구들이 말하는데 선생의 생각은 어떠하시오?" 하고 내가 최 선생에게 물었다. "아무렴 돌기야 돌았지, 그러나 바로 돌았지." 이 유머러스한 대답에 우리들은 한바탕 웃었다.

내 책상 위에는 『I Married a Korean(나는 한국인과 결혼했다.)』라는 미국의 신간이 도착했다. 뉴욕 근처 '럭스버리'라는 시골에서 농사를 짓고 있는 김주항 형과 이 책의 저자인 그 부인 아그네스 데이비스 김 (Agnes Davis Kim)이 보내 준 선물이다.

일제 강점기에 우리 동포들은 살 길이 막혔다고 생각하였다. 그 당시 미국서 대학을 마친 이 부부는 빈주먹으로 조국에 돌아와 서울 시외 '홍제외리'에서 새 생활을 시작하였다. 개울바닥에서 돌을 주워다 쌓아올려 집을 짓고, 황무지를 일구어 작물을 심고 돼지를 치곤 했다. 부인은 밀가루 포대를 빨아 치마를 해 입었고 김주항 형은 노동복을 입고 겨울에도 새벽 4시부터 일어나 서울에 들어와 밥찌꺼기를 날랐다.

몇 해 후에 그들의 집은 버젓한 양옥이 되었고, 생활도 어렵지 않은 문화생활을 할 수 있었다. 그 당시 이 두 부부의 생활은 한국 청년들에게 큰 용기를 주었다. 일본의 정책이 아무리 악독하더라도 자각과 용기와 신념을 가지고 실천해 가기만 하면 우리 민족의 살 길이 열린다는 사실을 실천해 보여 준 것이었다. 춘원이 '창조의 생활'이라는 제목 아래 동아일보에 연재했던 것도 기억에 새롭다.

우리 대학 졸업반 학생들에게 나는 다음과 같이 되뇌면서 살아 왔다.

'농촌으로 돌아가는 현명을 가져라.'

'역사의 선두를 걷는 영광을 버리지 말라.'

'월급 생활의 종살이를 연연할 것이 무엇인가?

인생의 결산에 서서 일생을 전망해 보라.'

'아무리 역사가 변천해 가도 농본의 사상은 가장 건실한 번영의 기초가 된다.'

목전의 타산이 빠른 영리한 학생들에게는 흥미가 있을 리 없으며 용기가 없는 사람들은 그 답답하고 고생스러운 생활을 해 낼 수가 없다고 주저한다. 그러나 어리석은 듯이 보이는 소수의 젊은이들은 농촌으로 돌아간다.

농과 출신 이 군이 싱싱한 오이를 한 상자 가지고 찾아와 유쾌한 체험담을 말했다.

"처음에 촌에 들어가 농사를 짓겠다고 하니 사랑방마다 저를 비웃는 이야기로 꽃이 피었어요. 새로운 농사법을 가르쳐 주어도 귓전으로도 안 듣고 저를 취직을 못 해서 할 수 없이 기어 들어와 있는 낙오자로 다루고 있어요."

이 군은 처음 1년 동안에 오이 농사만으로도 백여 만 환의 돈벌이를 해 보였다. 그래서 지금은 인근 부락의 흠모의 대상이 되었다. 제대한 형과 둘이서 쉬는 날 없이 노동한 것이었다. 농한기에는 동네의 값싼 노동력을 흡수하여 도박이 없어졌고 어린이들의 노력도 학자를 벌게 되어 동네 안에는 많은 노임이 풀렸다.

상이군인 김 군은 모교서 학업을 마치고 다시 고향에 돌아가 자기가 살고 있는 진도를 평생토록 개척하기로 했다. 그는 귀환 병사들과 결속하여 새 사업을 일으키는 데 온 정력을 기울이고 있다. 머나먼 길에 1년에 몇 차례씩은 나를 찾아 준다.

수많은 중국인 채소상을 압도하여 시장을 한국 농민이 지배하게 만든 천 군도 있는가 하면 감나무 재배로 고향의 발전을 꾀하는 이 군도 있다. 서울 모 고등학교의 두 교사가 목축의 설계를 하면서 나를 찾아왔다. 그들의 굳은 의지는 한국 농촌에 새로운 횃불이 될 것이 틀림없다. 이렇게 내 주위에서만도 적지 않은 유능한 일꾼들이 계속하여 나오고 있다.

미국에 가서 느낀 것이다. 뉴욕의 마천루는 바벨탑처럼 높이 솟아 위험해 보이기만 한다. 그러나 1천 에이커의 농토를 가진 거부의 늙은 농부도 낡은 작업복을 입고 제 손으로 농구를 수선하고 있다. 소년들이 미래의 농부를 가슴에 그리면서 어린 송아지에게 풀을 먹인다. 미국의 힘은 이런 데 있는 것이다. 며칠만큼씩 내각이 무너지는 프랑스가 여전히 강대국으로 남아 있는 것은 그 나라 농촌에 발을 들여 놓고 보면 알게 된다. 소박, 근면, 성실한 농부들이 화려한 파리와는 관계없이 꾸준하게 일하고 있다.

독일 농촌에 들어가 보라! 전원에서 근로를 즐거워하는 국민들의 모습이 우리의 가슴을 벅차게 한다. 덴마크, 노르웨이, 스웨덴은 말할 것도 없고 핀란드의 놀라운 저력도 결국 농민에 있음을 분명히 느끼게 한다. 스위스는 돈 많이 생기는 고가의 시계만을 생산했으면 좋을 듯이 느껴지지만 10월에 눈에 묻히는 높은 산지에도, 45도의 급한 경사지에도 목초를 심어 재배한다. 3백여 종의 치즈를 생산하여 스위스 시계처럼 전 세계 시장에서 환영을 받고 있는 것이다.

진실한 농업이 없는 나라에 국민의 참행복과 번영이 있을 수 없다. 천하를 지배한 로마가 무너진 것도, 찬란한 문화의 그리스가 쇠잔한 것도 결국은 농민의 쇠망에 있었다. 러시아의 혁명도, 중국의 상실도 농민을 짓밟고 농민의 신용을 잃어버린 데서 비롯하였다.

톨스토이가 농민에게 가진 큰 관심은 무엇 때문이었는가? 페스탈로치가 농장을 경영한 것도, 간디가 톨스토이 농장을 만든 것도, 도산이 청태에서 시작한 사업도 모두 조국의 번영의 기초를 생각한 현명에서였다. 우리는 조국의 새로운 역사의 선두에 서 있는 것이다. 농업 한국의 운명을 등에 지고 걸어가는 젊은 용사들이다.

우리나라의 맑고 푸른 하늘보다 더 좋은 하늘을 본 이가 있는가? 우리나라 국토보다 더 쓸모 있는 산천과 해안과 바다를 본 이가 있는가? 그리스와 이탈리아의 두 반도를 합친 것보다 더 좋은 것이 한반도라고 한 이가 있다. 이것은 그대로 사실이다. '현여우賢如愚'라고 했다. 현명한 것은 어리석은 것처럼 보인다는 말이다. '생명으로 연결된 길은 좁다.'고 했다. 국가와 인류에 보람을 끼친 사람치고 어리석다는 말을 듣지 않은 사람이 있었던가? 가시밭을 걷지 않은 사람이 있었던가?

세계의 여행자들이 우리 국민들에게 참지 못할 욕설을 퍼부어서 화젯거리가 된 일이 여러 번 있었다. 독일 사람들조차 '서울은 세계 문화의 쓰레기통'이라고 한다. 우리나라의 어느 분이 이미 '조선 세계 하수도'라고 지적한 지도 오래다. 쓰레기는 제아무리 울긋불긋하고 산처럼 분량이 많더라도, 결국 썩어 냄새 나는 것이며 내버려야 할 물건이다.

우리 민족의 순후한(온순하고 인정이 두터운) 정신이 있다면 아직도 농촌에 남아 있다. 시래기국 한 그릇을 울 너머로 서로 나누어 먹고, 궂은 일에는 힘을 모아서 서로 돕는 인정이 있다. 우리 민족의 언어가 여기서 없어짐을 면했고, 우리 전통과 순박도 여기 깃들어 있다. 6·25 전란에 이 민족이 전멸을 면한 것도 농업 국가로서의 은덕이었다. 서울은 도적과 매춘부의 소굴이며 문화의 쓰레기통일지언정 우리 농촌은 아직 가난하지만 뿌리가 살아 있는 전통의 고향이다. 여기서 돋아나는 싹과 뻗어가는 뿌리가 우리를 구원하는 원동력이 될 것이다.

교문을 나서는 젊은 농학도들아, 군문을 나서는 젊은 병사들아, 조국을 구원하러 본격적 전선으로 가라. 만고에 한 번 받은 생명을 한 시간씩 잘라서 팔아먹다 죽는 길을 택하지 말라. 개처럼 줄에 매여 문간을 지켜주면서 떨어지는 부스러기를 주워 먹다 죽는 안이한 길을 그리워 말라. 조국을 구원하는 가장 확실하고 중요한 전선이 곧 농촌이다. 그대들에 의하여 산은 푸르러지고 강물은 부듯해지고 논밭은 걸어지고 사람들의 가슴에서는 인생을 찬미하는 노래가 솟아나오게 될 것이다.

자유로이 흘러가는 흰 구름과 대지가 울리도록 하늘 높이서 노래하는 종달새가 그대들을 벗하고자 부른다. 돋아나는 풀싹과 민들레꽃, 할미꽃, 진달래꽃 모두 다 그대들과 이야기하고자 부른다. 4월의 대자연은 온통 그대들의 크나큰 포부를 예찬하여 환영한다.

지향할 목표를 세우고 달려가는 젊은 생명보다 더 장쾌한 것은 없다. 삶의 보람을 의식하는 생명은 참으로 행복하다.

전국의 젊은 동지들아! 주저하지 말고 어서 농촌으로 돌아가라!

나의 경모하는 인물

그의 인생에 걸쳐 우러러본 인물 두 사람을 소개한다. 바로 위대한 민족 운동 지도자인 간디와 인생의 스승인 김교신이다.

우리는 지금처럼 방향도 없이 달리는 어둠 속의 행진을 일단 정지하고 민족이 살아 나갈 기본 문제에 대하여 재검토하는 계기가 있어야 한다. 우리는 영리한 민족이기보다 현명한 민족이기를 지향해야 할 것이다.

마하트마 간디

뉴델리 비행장 휴게실 안을 거닐다 보니 사무실 벽에 걸린 간디의 사진이 오고가는 사람들을 자비로운 얼굴로 내려다보고 있다. '나라를 빼앗긴 인도의 3백 년 질곡은 간디 하나가 나온 것으로 그 대가를 찾고도 남았구나!' 이것이 간디의 사진을 바라보고 서 있는 나의 감회였다. "간디는 손에 바늘 한 개 쥐지 않고 대영 제국을 물리쳤다."라고 지적한 함석헌 선생의 말씀이 새삼 생각났다.

소박한 무명 양복을 입은 사무원들이며 식당 사람들이 가난을 잘 견디면서 묵묵히 일하고 있는 심정을 엿볼 수가 있다. 흉탄에 쓰러진 간디는 죽지 않고 모든 인도 민중의 가슴 속에 지금은 더욱 생생하게 살아서 일하고 있음을 느꼈다. 이것이 인도의 더 없이 큰 자본이요 또 큰 저력인 것이다.

어느 일본 잡지에 『20세기의 대표적 인물 평전』이라는 미국인의 저서가 근래의 쾌저라고 소개되었는데, 단 간디가 빠져 있었다고 하였다. 10

관**이 될까 말까한 빈약한 체구에 흰 무명 헝겊 한 폭을 걸친 간디는 벌써 역사의 화석으로 인도사의 지층 속 깊이 굳어 버렸다고 생각하는 사람들이 적지 않은 모양이다. 장기간의 단식과 비능률적인 물레질과 원시적인 소금 제조와 국산품의 애용 장려와 태고연한 숙적 교육과 실속 없고 수고 많은 농업의 예찬과 서부 활극처럼 시원스럽지 못한 비폭력 반항, 불살생 등 현대인 기질에 매력적인 요소는 하나도 없을 듯하다.

현대인들의 모든 관심은 지금 인공위성 경쟁에 집중되어 빠른 속력, 넓은 공간에 대한 호기심으로 차 있다. 사람들의 생각은 인공위성처럼 허공에 떠서 헤매고 있다. 그러나 우리가 한번 냉철한 이성으로 자신을 객관화할 능력이 있다면 온 국민이 목을 길게 늘여 인공위성의 경쟁에만 얼이 빠져 있기보다는 간디의 인도를 위한 귀중한 투쟁에서 우리 스스로를 구원할 수 있는 길을 찾고자 노력해야 한다. 간디의 사상은 인류의 가장 오래 된 고귀한 이념에 자리 잡은 것이지만, 사람이 사람일 수 있는 길을 지향하는 한 언제나 녹슬지 않을 것이며, 어느 시대이고 평화의 길을 비추는 거화가 될 것이다.

우리가 해외에 가면 많은 인도의 유학생들을 만난다. 그들에 대한 특별한 인상은 자부심이 강한 점이다. 백인의 세계에서 열등감을 느끼지 않고 가슴 속에 동양적 우월감을 지니고 있다. 주권을 약탈당하고 3백년간의 식민지 역사에서 가난과 무지에 허덕이던 민중 속에 자라난 그들이 가슴에 지닌 자부심은 세기의 거인들을 제 민족 안에서 배출한 데

** 1관은 대략 3.75kg으로 10관은 37.5kg

서 온 것이다. 간디, 타고르[62], 오로빈도[63], 비노바 바베 등의 위대한 민족적 스승을 모신 데서 찬란한 물질 문명에 압도되지 않는 자부가 생긴 것이다. 나는 뉴욕의 마천루에는 비교도 안 될 만큼 인도의 인물 배출이 부럽다.

간디의 이름은 마하트마 간디로 널리 알려져 있지만 '마하트마'는 간디에게 바친 인도 민중의 존칭이다. '마하Maha'는 '위대', '아트마Atma'는 '혼'으로서 '마하트마Mahatma'는 '위대한 혼'이라는 뜻이다.

바라몬 경전의 최고부를 이루고 있다는 우파니샤드 가운데 "그는 빛나는 하나이신 분, 만유의 창조자 마하트마와 항상 민중의 가슴 속에 깃들어 사랑과 직관과 예지에 의하여 계시된다. 그를 아는 이들은 길이 불멸할 것이다."라고 씌어져 있다. 1922년에 타고르는 즐겨 살고 있던 한적한 처소 '아슈람'을 방문하여 이 시구를 인용해 간디를 찬양했다.

간디의 본 이름은 '모한다스 카람찬드 간디'이다. 그는 1869년 10월 2일 인도의 서북쪽 바다 가까이 '포르반다르'라는 작은 도시에서 태어났다. 그의 조부와 아버지는 인도 서북쪽에 반독립적인 작은 나라의 수상이었는데, 독립 정신이 너무 강하여 망명하였다.

간디의 양친은 진실한 힌두교인이었으며, 아버지는 모든 재산을 자선을 위해 써버렸고 가족에게 남긴 것이라곤 거의 없었다. 그의 어머니는 인도의 성 엘리자베스라고 불릴 만큼 자비로워 많은 사람을 도와주었고 극히 경건한 분이었다고 한다. 그들은 신에게 도달하는 길은 지식보다 사랑이라고 믿었으며 이것은 또 힌두교의 가장 큰 계율인 '아힘사Ahimsa'

의 정신이었다. 간디는 소년 시절에 힌두교가 우상 숭배적 색채가 짙은 데 반감을 가지고 한동안은 무신론자가 되었었다. 심지어 가장 큰 독신 행위인 육식을 해서 이 때문에 무서운 정신적 고통을 체험했었다고 한다.

간디는 어려서 몹시 겁이 많았고 또 수줍어서 학교에서 집으로 돌아올 때에도 동무들이 놀릴까 두려워하여 언제나 달음질을 쳤다고 한다. 홀어머니와 유모 밑에서 자라난 페스탈로치도 소년 시절엔 겁쟁이로 유명하여 혼자서는 문 밖에를 잘 못 나갔다고 한다. 이 겁쟁이들 가슴속에 두려움을 모르는 참용기가 깃들어 자란 것이다. 이들을 나폴레옹, 히틀러 등의 성격과 비교해 보면 모든 점에서 양극이라 좋은 대조가 되어 흥미롭다.

간디는 여덟 살에 약혼하였고 열두 살 때에 결혼했으며, 열아홉 살 때에 영국 런던에 가서 런던 대학과 법률 학교에서 3년간 공부했다. 그의 어머니와 금주, 금육, 금색의 세 계율을 지킬 것을 굳게 맹세하고 모국을 떠났다는 것은 그의 청년 시절의 유명한 이야기로 남아 있다. 영국 유학 시절에 간디의 최대의 수확은 그가 대수롭게 여기지 않았던 힌두교의 경전 『바가바드 기타Bhagavad Gita』에서 새로운 광명을 발견한 점이었다. 간디는 자신의 구원은 힌두교로만 가능하다고 확신하게 되었다. 그의 사랑하는 어머니가 영국 유학 중에 별세하였으나, 그는 1891년 귀국할 때까지 알지 못하였다. 그의 학업에 지장이 갈까 염려하여 알리지 않았기 때문이다.

고국에 돌아온 그는 봄베이의 고등 법원 변호사로 일했었으나, 얼마 안 가서 그 직업의 부도덕성을 느끼고 폐업했다. 이 시절에 청년의 미숙한 정열을 제어하고 깊은 정신적 용기의 뿌리를 기르게 된 까닭은 당시 인도 교육 재흥의 제1인자였던 코카르 교수와 인도 국민주의 창시자 다다바이에게서 크게 정신적 영향을 받았기 때문이다.

1893년부터 1924년까지의 20년간이 남아프리카에서 인도를 위한 활동의 전반기였고, 1924년 이후 흉탄에 쓰러질 때까지의 30여 년이 인도 국내에서의 원숙한 활동의 후반기라고 하겠다.

남아프리카의 나타르를 중심으로 거주하고 있던 15만 명의 인도인을 비롯한 모든 아시아인들이 백인 문명 옹호의 구실에 희생이 되어 추방과 직면하고 있을 때 가혹한 세금과 사형과 약탈과 파괴 등 잔인한 박해는 형언하기 어려웠다.

젊은 간디가 이 암흑의 무법 지대에 가서 아시아인들의 인권을 위하여 투쟁하는 20년 동안에 호텔 문간에서 또는 기차의 출입구에서 쫓겨나고 걷어차이는 게 일상이었다. 욕먹고 두들겨 맞아서 한 번은 거의 다 죽었었다. 투옥과 금고 등 가지가지의 굴욕을 당하였다. 다만 피닉스 지역에 톨스토이 농장을 만들고 도덕적인 승리를 위하여 빈곤을 감수할 것을 맹세한 후에 백인 정부와 비폭력 투쟁을 시작한 것도 이 시대의 일이었다.

이 무도한 백인의 남아프리카 정부가 전쟁에 휩쓸려 위기에 봉착했을 때에 지금까지의 비폭력을 일변하여 간디는 인도 적십자를 조직하였다. 포화 속을 사양하지 않았고 자선 병원을 설치하기도 하였고 구조병 대장으로 전장을 달려 많은 부상병들을 구조해 주었다. 간디의 전기를 쓴 프랑스의 문호 로맹 롤랑은 "옛날의 그리스도교도들이라 할지라도 간디처럼 박해자들의 위기를 구하러 갈 만큼 박애와 관대의 가르침을 지킨 자들은 드물었다."라고 간디를 크게 찬양하였다.

"권리를 주장하려거든 의무를 다하라."라는 것이 그의 격언이다. 남아프리카에 있어서 백인들에겐 무서운 반항자, 아시아인들에게서는 너무 적에게 관대한 자로 비난과 의혹을 받았었으나 간디의 줄기차게 일관한 비폭력 저항 투쟁은 20년 후에 적으로 하여금 스스로 굴복하게 하였다. 인두세의 폐지와 인도인의 자유 거주권을 인정하는 법률이 만들어진 것이다.

남아프리카에서 20년간의 인도적이고 영웅적인 특이한 형식의 투쟁은 유럽에서는 그리 알려지지 않았으나, 아시아 특히 인도에 있어서는 겨울 하늘의 샛별처럼 찬란하여 수억 민중의 가슴 속에 신뢰와 존경과 감격으로 빛났다. 간디의 투쟁은 인도 사람들이 간디의 위대함을 뚜렷이 발견하는 시간을 단축하였고, 또 크게 효과적이었다.

1924년에 간디는 조국 인도에 둘도 없는 영도자로 환영받았다. 30여 년간의 국내에서의 인도적 투쟁은 인도를 구원했을 뿐만 아니라 인류가 악과 싸워 구원의 평화를 얻을 수 있는 길을 잘 보여 주었다.

간디는 20세기의 크나큰 정치적 지도자로 알려져 있다. 그러나 그의 가슴을 파고들어가 볼수록 그는 정치적 인물이 아니라 종교적 인물임을 느낀다. 그의 50여 년의 정치 투쟁은 마지못하여 했을 뿐이며 한 번도 군중의 환호 소리에 득의연한 적이 없었다. 그는 항상 군중을 염려하고 조심했으며, 고독한 가운데 "고요하고도 가는 목소리still small voice에 귀를 기울일 때만이 행복을 느꼈다."라고 술회하였다. 간디의 일관한 용기는 민중의 요란한 환호 속에서도, 민중의 불평의 폭풍 속에서도 '고요하고도 가는 목소리'를 그대로 놓치지 않은 데서 나온 것이다.

그는, 정치는 종교와 분리할 수 없다고 주장하였다. 직업적 종교가가 정치에 관여해야 한다는 뜻이 아니라, 정치는 최고의 윤리성과 도덕성을 지녀야 한다는 뜻이다. "천박한 애국자들이 나라를 물질적으로 돕기 위하여 수많은 악을 행하였다."라고 그는 말한다.

그는 알렉산더 대제에서 '대'자를 떼어내야 한다고 말한다. 그의 업적이 다분히 명예를 팔아 재물을 얻고자 함이었고 도덕적이 아님을 지적하였다. 알렉산더는 '선'에 해당하지 않는다고 한다. 오늘의 천박한 정객들의 특징은 사람을 잘 속이고 흥정을 잘하는 점이다. 이것은 정치 이념의 큰 타락이다. 간디의 정치 투쟁은 어디까지나 자신을 바로잡는 데서 출발하였다. 그가 쓴 『힌두 스와라지Indian Home Rule』도 정치적 저작이라기보다 '사랑의 글'로 불리어지고 있는 것이다.

그야말로 바늘 한 개 손에 쥐지 않은 반나체의 인도인 하나를 일곱 개의 대양을 지배하고 해가 지지 않는다는 대영 제국이 그 능숙한 외교와 무쌍한 간지奸智와 강력한 무력으로도 다루어 낼 수 없었던 것이다. 독립은 칼과 총으로만 얻을 수 있다고 믿어 왔던 생각은 간디에 의하여 인류사에서 전복되었다. 영국의 장교 하나가 스탠리 존스에게 이렇게 탄식하며 말했다.

"그놈들이 무기로만 싸우자고 덤빈다면 우리도 참 무서울 것이 없겠는데, 우리도 보여 줄 것이 있는데, 그렇지만 이것은 참 어찌할 수가 없단 말야."

이것은 대영 제국을 대표하는 탄식이다.

인도의 독립은 다른 어느 나라의 독립보다도 인류사에 큰 의미를 가진다. "칼이 붓을 꺾지 못한다."라는 금언이 참이라면 "도덕은 총에 지배되지 않는다."라는 실증을 인류사에 보여 주었다. 대영 제국이 대포 한 방을 시원히 쏘아 보지 못하고, 비행기 한 대를 멋지게 날려 보지 못하고 인도의 독립을 허용했음은 어쩔 수 없이 한 일이긴 하나 현명하였다. 그들이 인도를 더 길게 제압할수록 자신의 손해가 커진다는 것을 알고 있기 때문이다. 네덜란드나 프랑스가 아직도 역사의 흐름 속에 발버둥 치며 오랫동안 출혈을 계속한 것은 영국만 못한 점이라고 하겠다.

영국의 인도 통치는 인도 민중으로 하여금 끊임없이 상호간의 감정을 격발하게 하여 자신을 발견할 이성과 윤리적 반성의 시간을 주지 않았다. 그러나 인도의 민중은 간디에 의하여 자신에 대하여 파고들기 시작했다. 도덕의 위력이 칼과 총에 견줄 바가 아니라는 간디의 신념을 믿고 그 지도를 잘 따랐다. 3월 1일마다 나는 고마운 눈물을 금하지 못한다.

36년의 노예의 역사에 3·1 운동이 없었다면, 우리가 어떻게 얼굴을 들고 하늘을 보며 세계 사람들에게 우리도 자유를 향유해야겠다고 주장할 수 있을 것인가?' 하고 생각한다. 3·1 운동은 무조직, 무계획의 운동으로 실패한 역사라고 하는 사람들도 있는 듯하나, 그것은 얕은 생각이다. 3·1 운동은 높은 도의성과 무폭력 운동인 점에서 큰 성공이며 세계에 자랑할 떳떳한 민족 투쟁이었다. 근래에 일본 사람들조차 독립 선언문을 보고 그 높은 이념에 놀랐다고 한다. 우리의 3·1 운동은 간디의 이념에 통하는 점이 적지 않다. 우리는 동양심의 깊고 높음을 스스로 재검토해야 한다.

"도덕적 행위의 결과가 별로 눈에 보이지 않는다든가 또 별로 신통할 것이 없다든가 하는 말은 내가 싫도록 듣고 있지만, 우리의 할 일은 행위의 결과만을 생각하는 것이 아니다. 우리는 동기의 순결, 행위의 선, 오직 그것만을 스스로 인정하면 족하다. 그 밖의 것은 신에게 맡겨 둘 뿐이다."라고 간디는 주장한다. 간디의 신념에 큰 영향을 끼친 것은 '아힘사' 곧 '무상해無傷害'이다. 이 사상은 그리스도교의 사랑과 상통하는 힌두교의 가르침이다. 부처의 사상 속에도 선명히 흐르는 따뜻한 생각이다.

간디는 진리를 배우는 데 울타리를 허락하지 않는다. 그는 톨스토이를 경애하였고 또 성경에서 배운 바가 심히 크다. "무저항의 원리를 어디에서 배웠느냐?"라는 물음에 그는 예수의 산상 설교에서 배웠다고 서슴지 않고 대답하였다. 또 "가장 깊은 감명을 받은 책이 무엇이냐?"라는 물음에는 "신약 성서"라고 대답하였다. 로맹 롤랑이 "톨스토이는 본성이라기보다 의지적 크리스천이었으나, 간디는 가장 자연스러운 크리스천이었다."라고 한 말은 탁월한 견해라 하겠다. 이렇게 철저하게, 이렇게 널리 그리스도의 정신으로 대중과 함께 싸우고 또 실천한 사람은 드물다.

"유럽은 기독교도의 세상이 아니다. 맘몬(제물의 신)의 숭배자들의 세상이다. 근대의 전쟁들은 유럽을 지배하는 문명의 마성을 유감없이 발휘했다. 모든 공덕은 정복자에 의해서 유린되었다. 그들은 어떠한 허위도 이익만 된다면 비열하게 생각하지 않는다. 모든 죄악의 배후에 숨어 있는 동기는 물질이다."라고 간디는 서양의 물질문명을 진리 앞에 고발하고 신랄하게 비판하였다.

나는 물질적 부를 인생 유일의 목적으로 하고 정신적 행복을 고려하지 않는 것이 서양의 물질문명의 특징이며 사람을 돈의 노예로 만들고 광인으로 만드는 것이 오늘의 문명이라고 생각한다.

간디는 유럽에 그리스도의 정신이 살아 있지 않음을 슬퍼하였다. 그는 20년 동안 남아프리카에서 서양 문명이 무엇인지 잘 보고 체험한 것이다.

"나는 종교를 물신으로 삼고 싶지는 않다. 종교라는 신성한 이름 아래 이루어지는 어떠한 악도 허락할 수는 없다. 만일 사람의 이성에 호소할 수 없는 것이라면, 한 사람이라도 내게로 이끌지 않기를 바란다. 만일 내 이성이 허락하지 않는다면 가장 오랜 '샤스트라'의 신성까지도 나는 거부할 것이다."라고 말했다.

4억 민중의 감정적 비바람 속에 부동의 신념으로 민중을 유혈의 참화에 빠지지 않게 하고 일관한 도덕적 싸움을 계속할 수 있었던 것은 간디의 목표가 가장 높고 너그러운 윤리적 종교의 터 위에 현실적 독립 조국을 건설하고자 함에 있었기 때문이다. 이보다 더 튼튼한 국가의 건설을 생각할 수는 없다. 오늘 우리 사회에 모든 기만과 폭력과 얕은 재주가 공공연하게 수긍되어 가고 있는 것은 우리 민족의 무종교, 무도덕 때문이다.

"정치가는 수완이 있어야 해." 하는 말은 흔히 듣는 말이다. "정치가는 능란한 사기꾼이어야 해."라는 말과 통한다. 그러므로 우리 사회는 잡균 같은 정치가들이 번식하기 좋은 배양체가 되어 있는 것이다. '정政'은 '정正'이다. 한 조각의 진실이 없이 독립을 확립하는 정치가 될 수는 없다. "나는 인도 국회 안에서 천 년의 감옥 생활을 본다."라고 한 스탠리 존스의 말에 감격과 함께 눈물을 뿌린다. 인도 국회의원들의 감옥 생활이 총 천 년이 넘는다는 말이다. 참우국지사에 의하여 국사가 운용된다는 말이다.

평생을 싸워 온 민족 투사들은 흉탄에 쓰러져 땅 속에 잠들지 못하고, 일제의 주구들은 민중의 대표가 되어 약탈한 거각에서 단잠을 잔다. 그리고 의사당 안에 하나로 뭉쳐진 민족의 정기가 있단 말인가? 의사당은 언제나 의원들의 자기선전뿐이라서 선거 연설의 장터와 다름없다.

내가 덴마크를 여행할 때에 한 교사가 "너희 나라는 근래에 몹시 아메리카나이즈(미국화)했다니 참말이냐?” 하는 질문을 하였다. 미국의 과학 문명을 잘 소화하고 있다는 말이 아니다. 미국의 민주주의를 잘 실천하고 있다는 선의의 질문이 아님은 물론이다. 제 것을 잃어버리고 돈과 재즈와 맘보 춤밖에 모르는 도깨비가 되어 가고 있다는 말이다. 한국을 아끼는 진실한 친구의 걱정하는 말이니 고마우면서도 아프고 쓰리지 않겠는가?

인도 최대의 과업은 ‘성격의 건설’이라고 한다. 이런 목표를 세우는 민중의 가슴 속에 간디가 죽어 있을 리가 없다. 민중의 가슴 속에 간디가 살아 있는 한 인도는 동양의 뚜렷한 국가로 성장할 것이다. 민중의 가슴 속에 흐르는 사상으로 미래를 전개시키는 것이 허황하지 않은 현명한 직관이다.

간디의 정치 투쟁의 한결같은 길은 우리가 말하는 ‘무저항’ 투쟁이다. 무저항이란 참으로 불완전한 표현이다. 간디도 이 말이 잘못된 말이라고 거듭 말한 바 있다. 무저항이 아니라 ‘가장 강한 저항’이다. 영웅적 저항이란 말을 쓴 이도 있다. 자기희생으로 적의 양심을 각성시키는 투쟁이다. 결국은 나도 살고 적도 사는 투쟁이다. 간디는 너무 영국에 충성스럽다는 비난을 받은 일이 적지 않다. 힌두교인이면서 파키스탄의 이익만을 생각한다고 힌두교인의 손에 죽었다. 간디의 눈과 얼굴과 마음이 너무도 부드럽고 겸손하며 순수하여 총을 쥔 냉혹한 적들도 그를 만나면 마음이 부드러워진다고 하였다. 간디의 투쟁에는 허세가 없는 것이 특징이다.

간디의 국민운동 중에 우리가 잊을 수 없는 것은 간디의 경제 독립 운동이다. 정신적 독립과 함께 물질적 독립을 하자는 것이다. 이것을 '스와데시(자치경제)'라고 한다. 국민들은 독립을 위하여 허다한 물질적 만족을 단념해야 한다. 불평도 말아야 한다. 건강의 훈련도 이를 따라야 한다. 금주 운동이 일어났고 주류 판매업자들이 간판을 떼었다. 외국의 직물을 수입하지 않기 위하여 원시적 물레(쟈르카)질 운동이 일어났다. 인도는 막대한 목화를 생산하면서 이것이 영국과 일본에 수출되었다가 직물로 되돌아왔다. 인도의 국민들은 외국 직물 보이콧, 수방직 보급, 수방 직물 착용을 간디에게 맹세하고 실천했다. 인도 정부의 국빈으로 초빙되어 가는 간디가 귀빈실을 사양하고 3등실에서 반나체로 물레질을 하면서 영국 원탁회의에 가는 모습은 아직도 우리들의 기억에 새롭다. 인도의 귀족들도 물레질을 했다. 힌두교의 여성들도, 회교도의 여성들도 일체 국산만을 입겠다고 맹세했다. 외국제 사치한 옷은 노예의 표지라고 자각했다.

1921년 8월 봄베이의 세뉴리 광장에서 화려한 옷들이 산처럼 쌓여 환호 속에 불태워졌다. 이것은 타고르와 간디 사이에 큰 논쟁거리가 되었다. 타고르의 주장은 근로의 결실을 파괴하는 것은 죄악이라는 것이다. 간디는 수백만의 인도인들이 영국의 공장으로 말미암아 바리아(비인계급) 용병으로, 매춘부로 전락하는 것을 지적하고 인도인이 이 사치품들을 불태워 버리는 것은 증오라기보다 참회에서 하는 외과 수술이라고 했다. 타고르는 그 옷들을 빈민들에게 나누어 주는 것이 좋다고 했는데,

간디는 마음에 자부를 지닌 빈민들에게 이 더러워진 의복을 줄 것이 아니라고 주장했다. 우리는 간디를 한낱 비현실적 이상주의자로만 알기 쉽다. 간디 자신은 이렇게 말한다.

"나는 망상자가 아니다. 나는 실천적 이상주의자로 자처한다. 아사에 빠진 인도 민중에게 먹을 것을 주는 것은 내게 허용된 유일한 일이다. 인도는 지금 불에 타는 집이다. 나는 무엇보다 먼저 불을 꺼야 한다."

타고르뿐만이 아니라 간디를 옹호하고 존경하던 사람들 중에서도 간디의 이 과격한 지도 때문에 소원해진 이들이 적지 않았다. 나는 간디의 의견에 주저 없이 만강의 경의를 표한다. 당시 인도의 경제를 자립시키는 첫 길로 이보다 더 쉬운 방법은 없었던 것이다. 우리나라에서도 가난한 사람들은 서울에서 구멍가게를 경영하고 돈 있는 사람들은 극장 짓는 것이 실속 있다고 믿는다. 극장, 오락장, 요릿집, 댄스홀이 개인의 이익은 될지 모르나, 국가는 삭아 들어간다.

해방 직전에 민중은 감격에 벅차 일인들이 주는 재산을 침 뱉고 받은 이가 없었고 일제의 주구들은 태양을 바라보기를 부끄러워했었다. 그러나 오늘에는 일인의 재산을 못 물려받은 것을 한스러워 하고 주구들은 더 일찍 출세 못 한 것을 분해한다. 지금에 만일 종로 한복판에 서울의 여성들이 마음으로부터 눈부신 비단치마와 백금 반지와 코티 분갑을 산처럼 쌓아 놓고 불태우는 광경이 일어난다면, 우리는 다리를 뻗고 민족의 앞날을 안심해도 좋을 것이다.

뉴욕의 맨해튼에서도, 파리의 샹젤리제에서도, 런던의 피카딜리에서도, 그 밖의 북유럽 여러 나라의 도시에서도 나는 한국의 서울 여자들처럼 부화한 것을 못 보았다. 그들은 오늘만 살고 내일 다 죽으려는 사람들 같다. 서울이 도둑놈의 소굴이요, 세계의 하수도요, 문화의 쓰레기통이라는 데 항의할 용기가 나에게는 없다.

한국은 농민에 의해서 커 왔고 아직도 그들에 의해서 지탱되어 가고 있는 것이다. 요릿집과 극장과 오락장만이 서울 사람들에 의하여 번창하고 있으며 그 밖의 모든 것은 농민들에 의해서 겨우겨우 지탱되어 가고 있는 것이다. 우리 민족의 지능이 세계 어느 나라 사람에게도 뒤떨어지지 않는다고 하거니와, 진실 없는 지능은 노예 노릇하기에 알맞을 뿐이다.

간디는 "내가 잘못하였소."를 주저하지 않고 말한다고 한다. 내가 외국에서 여러 학자들과 만나 이야기하는 중 또는 교수 참관 중에 "나는 잘 모르겠어요."이런 말을 주저하지 않고 해서 참으로 놀랐다. 이것은 그들이 실력이 있는 증거이다.

조만식 선생, 남궁억 선생이 철저한 국산품 애용 운동을 몸소 실천하면서 민족 운동으로 전개하였을 때에 이것은 일제하에서 민중의 가슴을 울리는 비장한 음악이었다. 그러나 지금은 이런 고전 음악에 공명할 수 있는 낡은 청각 기관들은 모두 다 상실된 듯이 느껴진다. 간디의 스와데시 운동은 과연 우리와 무관한 것인가? 서울의 거리는 계속하여 그대로 외국 상품의 저항 없는 식민지로 변해 가도 좋을 것인가? 생각해 볼 일이다.

간디가 인도에 건전한 대중음악이 없음을 탄식한 일이 있었다. 노래는 융화와 질서와 용기와 즐거움을 준다. 간디의 화려하지 않은 지휘에 인도의 국민이 잘 노래하면서 역사를 행진하는 것은 그들 가슴 속에 소리 없는 국민의 노래가 들어 있는 까닭이다.

국가와 민족의 먼 앞날을 염려하는 사람들 치고 그 기본을 교육에 두지 않는 선각자들은 거의 없다. 간디도 이 인도의 교육 문제로 고심하였다. 간디에게 준열한 공격을 받은 세 종류의 계급들이 있었는데, 사법관과 의사와 교사가 그것들이었다. 즉, 인간을 다루는 계급들이다. 8할이 농업이며 1할이 공업인 인도의 국민 교육이 근로를 주로 하지 않고 학예적, 형식적 교육에 그치는 것은 참으로 큰 죄악이라고 했다. 교육은 지성에만 주력할 것이 아니며, 정서를 무시하고 경전을 돌보지 않고 작업을 경시하는 것은 인도에 적합한 교육이 아니라고 했다. 근로와 정서의 교육을 근본적으로 수립하고 인도를 정신적으로 해방하는 일이 인도 교육의 가장 중요한 목표라고 생각했다.

인도의 학교들이 영어에 지나치게 노력하기보다 인도어를 힘써 공부하도록 강조했다. 소수의 영어에 숙달한 사람의 번역으로 인하여 인도의 많은 사람은 적은 노력으로 외국의 문화를 흡수할 수가 있다. 또 자기 나라의 말과 글이 아니면 참으로 순수하게 자기의 생각을 표현할 수는 없다는 것이다. 모든 사람이 영어를 배우는 것은 생의 낭비라고 했다. 간디의 신교육 계획에 있어 학생을 훈육하기보다 먼저 교사 양성이 우선이라며 실로 엄격한 서약 밑에 교사들을 훈련시켰다. 새 인도를 건설하려면 참 인도적인 새롭고 순수한 영혼을 창조하는 데서부터 시작해야된다고 믿은 것이다.

간디는 1948년 1월 30일에 델리에서 기도하러 가는 도중에 열렬한 국수주의자 힌두교인 고제의 흉탄에 쓰러졌다. 힌두교도와 회교도 사이에 일어난 무서운 분쟁을 조정하고자 팔십 노옹은 단식을 시작했는데, 델리는 간디에 대한 원망으로 가득하였었다. 간디의 목적은 통일 인도에 있었다. 6일째의 단식에서 간디의 생명이 위험 상태에 빠지자 분쟁은 중지되고 극렬분자들도 이성으로 돌아가 대표를 간디에게 보내어 복종할 것을 고백하고 조정안에 서명하였다. 그 조건의 대부분은 회교도들에게 유리한 것이었다.

간디는 힌두교도의 손에 죽었다. 편협, 과격 등 진리에 배치되는 국수주의자 유대인의 손에 예수가 죽은 것처럼 죽었다. 그러나 참으로 죽은 것은 간디가 아니라 고제였다.

고제는 개인이 아닌 상징으로 보는 것이 옳다. 간디의 죽음은 인도 국민에게 심각한 참회와 반성을 가져왔다. 간디를 반대하던 모든 세력은 간디의 죽음과 함께 단시간에 무너져 버렸다.

의인의 피처럼 무서운 것은 없다. 간디의 위력은 살았을 때에 비할 바가 아니었다. 스탠리 존스는 다음과 같이 술회하였다.

"마하트마 간디가 스스로 죽음을 택할 수 있었더라면, 이보다 더 좋게 택할 수는 없었을 것이다. 간디의 죽음은 간디의 생애를 꼭 맞게 마무렸다. 이 죽음은 생과 사를 하나로 만들었다. 그는 사는 것도 죽는 것도 전체와 인도를 위해서였다. 이 죽음은 꼭 들어맞는 클라이맥스였다. 그는 전체의 제단 위에 죽은 것이다. 오늘까지 어떤 사람도 생전에 그렇게 완전히 자기가 하던 일에 대하여 결말을 지은 사람은 없었다."

간디는 인도를 위해서 최선의 순간에 죽었다고 하는 것이다. 간디를 제단에 바치고도 갈라진 파키스탄은 언제인가는 그만한 값을 지불하리라 확신한다. 나는 간디를 보내 준 신에게 감사한다. 간디는 인류사에 새로운 계시이다. 간디는 인도만이 소유할 것이 아니다. 온 인류가 소유해야 한다. 한 세기뿐만이 아니라 여러 세기가 소유해야 한다. 간디의 빛나는 계시는 약소국가들이, 특히 동양 민족들이 먼저 알아보아야 할 것이다. 가난하고 약하기 때문이다.

간디의 가슴에서 우리의 살 길을 찾고자 노력하는 것은 결코 헛수고가 아니다. 삼팔선을 끊는 힘도 간디의 계시에서 찾아내는 것이 가까운 길일 것 같다. 우리는 지금처럼 방향도 없이 달리는 어둠 속의 행진을 일단 정지하고 민족이 살아 나갈 기본 문제에 대하여 재검토하는 계기가 있어야 한다. 우리는 영리한 민족이기보다 현명한 민족이기를 지향해야 할 것이다. 간디를 인도의 간디로 생각지 말고 우리의 간디로 생각하고서 참회해 봄은 무익한 일이 아닐 것 같다. 나는 간디의 연구자가 아니다. 그에 대하여 깊은 곳은 아는 바 없으나 간디를 사모하는 내 심정의 편린을 제한된 지면에 피력해 본 것뿐으로 대단히 미진함을 부끄러워한다.

김교신

김교신과 조선

* 이 글은 6·25 사변 직전 1950년 4월 1일에 서울 종로 YMCA 강당에서 열렸던 김교신 선생 승천 5주년 기념 강연회에서 저자가 강연한 원고로 노평구[64] 씨 주간지 「성서 연구」에 연재되었던 것이다.

여기 모이신 여러분의 대부분이 아시는 바와 같이 올해는 「성서조선」의 주필이었던 김교신 선생이 세상을 떠난 지 만 5년이 되는 해입니다.

이제 새삼스럽게 말할 것도 없습니다만 김교신 선생은 우리나라 복음사에 있어서 한 새로운 선을 긋고 가신 분입니다. 「성서조선」의 역사적 성격은 함석헌 선생님께서 말씀하실 '제2의 종교 개혁'에 있어서 자연히 그 핵심을 다루게 될 것으로 믿고 나는 그 말씀의 소재적 구실이 될 김교신 선생의 생애의 몇 면을 내가 본 그대로 평이하게 말씀드려 그를 추모함과 함께 이 새로운 전선을 달리는 그리스도교의 노정에 용기를 북돋고자 합니다.

지금으로부터 5년 전 1945년 4월에 해방을 백 일 남짓하게 남겨 놓고 누구보다도 해방의 날을 몹시 기다리시던 선생이 하루아침에 큰 나무가 넘어지듯 45세를 한생으로 함흥에서 세상을 떠났습니다. 원체 체력이 건강하고 남달리 건강에 주의하시는 분이며 또 여러 사람이 그의 장수를 바라고 있었기 때문에, 선생의 별세는 주위의 사람들에게나, 선생 자신에게도 참으로 뜻밖의 일이었을 것입니다. 마치 40년 광야의 여행을 끝마친 모세가 꿈에도 그리워하던 가나안을 바라만 보면서 세상을 떠난 것과 흡사한 느낌이 드는 것입니다. 하나님만을 섬겨서 영혼과 육체 아울러 복음을 전한 선생을, 또 누구보다도 조선을 사랑하던 선생을 인생의 무성한 한낮에, 해방의 한 발자국 앞에서 홀연히 꺾어 버리는 하나님의 심사야말로 참으로 잔인 가혹한 듯이 느껴집니다.

해방이 되어 우리를 가장 놀라게 한 것은 무엇이었습니까? 그것은 애국자의 홍수입니다. 3천만이 다 뼈다귀까지 일본 황국의 신민이 된 줄로 알았더니 그 많던 황국 신민은 하나도 보이지 않고 모두가 애국 운동, 독립운동한 사람들뿐인 데 놀랐습니다. 온통 명예와 지위와 돈을 위하여 눈에 핏줄이 서서 미친개들처럼 돌아다니는 애국자의 무리들뿐입니다. 우리는 마음속으로 김교신 선생이 살아 계셨더라면 하고 어린아이 같은 생각을 해 보았습니다. 그 까닭은 김교신 선생이야말로 참으로 나라를 사랑한 분이었기 때문입니다.

해방이 되면 그 날로 대통령이 선출되고 국민들은 사리를 떠나서 반

세기 뒤떨어진 역사를 회복하기 위해 온 힘을 다해서 하루아침에 낙천지가 될 것으로 누구나 생각하고 있었습니다. 그러나 청천벽력이라고 할까, 국토는 남북으로 끊어져 신음하고 미국·소련의 두 나라 군사가 들어와 군정을 편다는 것입니다. 참으로 해방의 감격도 순간에 사라지고 모두 제 욕심을 채우기에 바빠졌습니다. 북한은 무지와 폭력이 지배하는 세계요, 남한은 간교가 판을 치는 세상이 되었습니다.

이른바 통역 정치로 혀 꼬부라진 사람들의 천하가 됐습니다. 미국을 갔다 온 것만으로, 영어를 다소 안다는 것만으로 곧 지사요, 시장이요, 장관이 되는 세상인 것입니다. 그런데 그 대부분이 그리스도교인이었다는 것도 모든 사람들의 특별한 주목거리였습니다. 이런 때에 우리는 은근히 돌아간 선생을 그리워하면서 '선생이 살아 계셨더라면' 하고 쓸데없는 공상을 해 보곤 했습니다. 그리스도의 이름을 팔아서 자기의 영광을 살 줄 모르는 선생임을 잘 알기 때문입니다.

해방 후에 교육계는 어떠했습니까? 이것이야말로 일대 장관이라 하겠습니다. 대학의 사태입니다. 하루아침에 우리의 문화 수준은 세계 최고 수준으로 뛰어 올라간 것 같습니다. 관청 고원도 단번에 교장이오, 회사원도 단번에 교수요, 학장입니다. 소학교도 못 마친 청년들도 당당한 대학생으로 거리를 활보합니다. 인문계 대학에 가 보면 변변한 책 한 권이 없고 실업계 대학에 가 보면 실험대 하나, 시험관 한 개가 없는 형편입니다.

초창기니까 그렇지 않으냐고 하고 양해를 구하고자 합니다만 학교를 터무니없이 세우는 동기를 분석해 보면 모두 다 자기의 지위와 명예를 확보하자는 심보가 너무도 분명하게 보입니다. 그 학생들은 대학을 세운 정치 브로커들의 인형이 되어서 아침저녁으로 시위 행렬이요, 동맹 휴학입니다. 학생들은 선생을 때려죽이고, 선생은 월급봉투의 무게를 따라 일주일에도 몇 번씩 근무하는 학교를 바꾸는 형편이 아닙니까? 이렇게 해서 취임도 없고, 사직도 없고, 부둣가의 날품팔이처럼 뛰어다니는 형편입니다. 이러므로 여자 대학의 교수가 여학생을 능욕하고 낙태시키러 다니기에 분망하다는 신문 기사를 읽고도 놀랍지도 않았습니다.

'자유'라는 이름 아래, '혁명'이라는 이름 아래 윤리나 도덕은 전부가 봉건적이라 하여 썩은 짚신처럼 내던지고 어떠한 야만적 행위도 진보적이라는 형용사 아래 자랑이 되고 있는 현상입니다.

이때에 우리는 선생을 그리워합니다. 거의 평생을 학교의 교사 노릇한 분으로 보수의 다소를 염두에 두지 않고 사람들을 두려워 않고 스스로 믿는 바를 가르친 인생의 교사였던 선생을 그리워해 보았습니다.

선생이 전생 전부터 머리를 짧게 빡빡 깎고, 활동하기에 편리한 골프 바지에 잠바를 입고 스스로를 가리켜 "유행의 첨단을 걷는다."라고 전쟁 중에 시행하는 정책을 비꼬아서 말씀한 일이 있었습니다. 그러나 오늘에 있어서는 아무리 선생이 살아서 계시더라도 시대의 첨단으로 걸을 재주는 없을 듯합니다.

우리가 일정 아래서 진심으로 걱정했던 것이 무엇이었습니까? 천대와 가난과 압박이 모두 우리들의 참을 수 없는 한스러운 일이었습니다. 그러나 참으로 우리들이 아파하고 걱정한 것은 민족정신의 말살과 도덕적인 타락이 아니었습니까? 도덕적인 패퇴로 이 민족의 인격이 파산하는 날에는 우리는 앞으로 모든 희망이 완전히 사라지게 되기 때문입니다. 빈곤에서 민족을 구원하는 길은 있어도, 도덕적으로 허물어진 민족은 다시 살아날 길이 없기 때문입니다.

진정으로 민족과 나라를 근심하는 양심이 있는 사람들이라면 과연 이대로 우리가 신의 긍휼과 축복을 받아 살 길을 얻게 될 것으로 믿겠습니까? 생명이 썩으면 모든 것이 다 썩어 버립니다. 종교와 교육은 인류의 생명을 다루는 분야입니다. 종교와 교육이 썩으면 어느 민족이고 어느 국가이고 예외 없이 썩어 없어질 수밖에 없습니다.

김교신! 그는 무엇이었나? 그는 뜨겁게 이 민족을 사랑한 사람이었고 충실하게 하나님을 믿고 섬긴 사람이었습니다. 그의 평생의 염원은 스스로 참되게 살아 보자는 것, 이 민족의 살 길을 열어 보자는 것이었습니다.

이번 강연회의 연제는 여러분이 보시는 바와 같이 '김교신과 조선'입니다. 이 연제는 실상인즉 노평구 형이 나와 연락할 시간이 없어서 그의 독단으로 결정하고 발표한 것이었습니다. 내가 서울에 올라와서 제출한 연제도 글자 한 자 틀림이 없는 '김교신과 조선'이었습니다. 이것은 우연이라면 우연일지 모르나, 선생의 인물을 아는 이로서는 '김교신'이란 이름과 가장 가깝게 연상하는 것은 곧 '조선'이기 때문입니다. 그러므로 김교신에게서 조선을 빼 놓고 본다면 아마 남는 것이 별로 없을 것입니다. 그는 그렇게 뜨겁게 조선을 사랑하다가 간 분입니다.

우치무라 간조의 묘비명은 다음과 같습니다.

I for Japan

Japan for the world

The world for the Christ

And all for God.

김교신 선생에게 이에 해당하는 말이 있다면,

성서와 조선: Bible and Korea

성서를 조선에: Bible to Korea

조선을 성서 위에: Korea on the Bible

이라고 한 「성서조선」 75호 권두문에 선생이 스스로 쓴 말씀일 것입니다.

'성서와 조선', 그가 이 세상에서 가장 좋아한 것은 곧 진리인 성서와 조국 조선이었던 것입니다. 이 둘은 그의 가슴을 점령한 전부였던 것입니다.

'성서를 조선에', 사랑하는 조선에 그가 주고 싶은 것이 어찌 한두 가지였으랴마는 성서를 바로 배워 가엾은 어머니의 나라 조선을 살리고자 한 것입니다.

'조선을 성서 위에', 조국을 위한 모든 건설 운동이 그에게는 아침 이슬 같고 시드는 풀꽃 같고 모래 위에 누각을 세우는 것 같이 생각되었으므로, 이 나라의 영구한 기반 공사를 성서의 진리로 하고 이 민족을 만세의 반석 위에 세워 누구도 넘어뜨리지 못하도록 하자는 것입니다.

이것이 곧 김교신의 신념이요, 인생관이요, 또 포부의 전부였습니다.

지금부터 24년 전인 1927년 내가 양정고등보통학교에 입학했을 때에 선생은 27세의 청년 교사로 부임했고 나는 그의 담임반의 학생으로 5년 동안을 그의 밑에서 배웠습니다.

"여러분은 이 나라의 희망입니다. 참되게 배워 갑시다. 그리하여 이 나라의 앞날을 위하여 꾸준히 준비합시다. 나도 여러분들과 똑같이 한 학도로서 함께 배우며 걸어가고자 합니다."

이것은 그의 부임 인사로 평범하고도 소박한 인사였으나 진실한 호소였던 것입니다. 그 당시에 유물론이 전국의 지식층을 휩쓸고 학생들은 반항 의식이 강하고 자유분방하던 영웅주의 시대였으므로, 이 융통성이 적고 딱딱한 교사의 진정이 큰 인기를 얻지는 못했습니다. 대부분의 학생이 선생을 진정으로 존경하고 사모하게 된 것은 우리가 교문을 나와서 세상 풍파에 부딪혀 본 뒤였습니다. 날이 갈수록 많은 청년의 가슴 속에 선생의 모습은 점점 가까이 다가왔습니다.

당시 우리가 배우는 지리 과목의 대부분은 일본 지리였고 우리나라 지리는 겨우 두서너 시간 동안 마치도록 되어 있었습니다. 그러나 우리는 거의 1년을 통해서 우리나라 지리만을 배웠습니다. 자기를 분명히 알아 가는 것이 인생의 근본이라고 주장하셨습니다. 고구려를, 세종대왕을, 이순신을 배웠습니다. 식민지 교육 밑에서 자신에 대해서 몰랐던 우리 소년들은 비로소 자신에 대해서 눈을 뜨기 시작했습니다. 우리 국토가 넓지 못한 것을, 우리 인구가 많지 않은 것을, 백두산이 높지 못하고 한강이 길지 못한 것을 한탄하지 않게 되었습니다. 스스로를 멸시하기 쉬웠던 우리들은 조국에 대한 재인식을 근본적으로 하게 되었습니다.

산천 조화의 아름다움은 세계에 따를 곳이 없는 극치인 점, 좋은 기후, 특유한 해안선의 발달, 차고 더운 두 해류의 교차, 바다와 물의 풍부한 자원, 동양의 심장 같은 반도로 대양과 대륙으로 거칠 것 없는 진전성의 내재 등 어린 우리들은 조선의 젊은 아들로서 뛰는 가슴을 누르기 어려웠습니다.

하루는 내가 박물실에 들어가 표본들을 정리하면서 선생을 도와 드리고 있노라니 일인 병정들의 대연습으로 대포 소리가 끊임없이 진동하였습니다.

"류 군, 저 총소리는 무엇을 말하는 것인지 아나?" 하고 별안간 물으셨습니다. "저것은 우리에게 꼼짝 말라는 시위입니다." 하고 대답했더니, 빙그레 웃으시면서 "결코 눌려서는 안 되지." 하셨습니다.

그 시절에는 이 충무공의 산소를 수리하고 초상을 그려 모시고 춘원의 「이순신」이라는 소설이 『동아일보』에 연재되어 전 민족의 가슴을 감격으로 휩쓸 때였습니다. 춘원의 그 소설을 읽는 선생의 두 볼에 뜨거운 눈물이 흘러내리는 것을 보고 나도 가슴이 벅참을 느끼곤 했습니다.

역사는 직선으로 흐르는 것이 아니라 간헐천처럼 팽창하면 멎게 되고, 멎은 것은 다시 터지게 된다고 열심히 설명해 주던 기억도 새롭습니다. 이것은 우리의 시야를 널리 가지고 질식할 것 같은 현실에 실망하지 않도록 하는 격려였습니다.

내가 아는 한 선생처럼 자기의 생명을 아껴 쓰면서 부지런히 사신 분은 아직 못 보았습니다. 끊임없는 실천의 생활이었습니다. 이에 대하여 재미있는 한 일화를 기억합니다. 선생께서 양정학교에서 숙직을 하던 어느 날 밤, 마침 온 친구 한 분에게 붙들려서 바둑을 둔 일이 있었습니다. 첫 판에 선생이 이기자, 상대방은 이기고 그대로 물러나는 것은 비겁한 짓이니 한 번 더 두자고 졸라서 할 수 없이 또 두었는데, 마음은 간행 시간이 촉박한 「성서조선」 교정에 잡혀 있으므로 그만 지고 말았습니다. 어디서나 있듯이 이긴 편은 기운을 얻어서 "자아 승부를 냅시다. 비기고 그만 두는 것은 싱겁소." 하고 싸움을 걸므로 승벽이 강한 선생은 세 번째 두었는데, 그만 참패를 하고 말았습니다. 서재 겸해 쓰는 박물실에 돌아와서 선생은 그만 통곡을 했다고 합니다. "성서조선 편집 시간은 없어져 버렸고 바둑은 지고 말았으니 이 무슨 추태인고!" 하고 울었답니다.

이렇게 시간을 아껴 쓰는 선생이 청년들과 함께 산으로, 물로 여행할 때의 그 수연함은 오로지 이 나라와 젊은이들을 사랑하시는 일념이라 할 것입니다.

어려서부터 종교에 심한 증오감을 가지고 있던 내가 예수교인인 선생을 진심으로 존경하였음은 그의 종교나 지식 때문이 아니요, 오직 그 뜨거운 민족애와 정의를 위해서는 두려움을 모르는 의기 때문이었습니다.

1942년 선생과 그 동지들이 일본 경찰에 검속되었을 때에 선생을 취조하던 형사 한 사람이 "김교신이란 사나이는 참 담대하기 짝이 없거든. 취조 경관인 내가 다 아찔아찔할 때가 있단 말야." 하면서 취조 받는 나에게 이야기해 주었습니다. 그 시절에 일본은 중국 대륙과 동남아시아의 광대한 지역을 휩쓸고 동양 천지가 일본 국기 아래 굴복할 것 같던 때가 아니었습니까? 우리나라의 많은 사람이 그들의 꼭두각시놀음을 하고 있었고 조선 사람다운 일언반구도 없는 핍박을 받던 시절이었습니다.

물론 그는 일본식으로 창씨도 아니 했습니다. 형사의 물음에 "나는 그리스도와 끊어지는 한이 있더라도 이 조선을 사랑하지 않을 수는 없다. 황국 신민 서사는 후일에 망국 신민 서사가 될 날이 있을 것이다."라고 대답하였다는 것입니다.

만주 사변에 대하여 의견을 물으니 "만주 사변은 마치 일본이 호랑이에 올라탄 것과 같은 섣부른 짓을 저지른 것이다. 이제는 타고 가도 결국 물려 죽을 것이요, 또 도중에서 뛰어 내리지도 못할 딱한 사정에 있는 것이다."라고 서슴지 않고 소신을 명백히 말했다는 것입니다.

선생 스스로가 자기를 히니쿠의 대가(사물을 비꼬아서 말하기를 잘하는 사람)라고 했지만, 사자 같은 놈들도 똥을 싸게 하는 일본 경찰 앞에서 이렇게 담대한 히니쿠를 하는 사람을 처음 보고서 어안이 벙벙했다는 것입니다. 이런 것들은 선생에게 모두 극도로 불리한 진술들이었습니다만, 선생의 연막을 칠 줄 모르는 성격이 그들의 심문에 솔직한 소신을 말하게 한 것입니다.

달이 차지 못한 것 같은 나까지도 사부의 이 쾌한 태도의 토막토막을 이편, 저편으로 전해 듣고 큰 용기를 얻었습니다. 사실 변변치 못한 나 같은 사람으로도 그리스도의 이름 때문에, 조국 조선의 이름 때문에 당하는 고통이라고 생각하니 일종의 향기로운 쾌감을 느끼게 되었습니다.

나도 일본 천황이 신이 아니고 역시 아담의 자손이라는 것, 우리는 일시적 일본 헌법보다 영원히 법률에 복종하겠다는 것, 조선 민족도 독립할 날이 오리라는 것을 마음먹은 대로 술회하고 감방으로 돌아와서 누웠을 때에 내 마음은 참으로 안정되어 편했습니다.

그때 우리나라의 그리스도교는 둘로 갈라져 대립하고 있었는데, 내가 취조를 받고 있는 옆방에서 나도 안면이 있는 거물 목사들이 경찰부 일인 간부들을 서대문서까지 따라다니면서 상대방을 모해하는 광경을 보니 유다도 저들만은 못하였을 것이라는 생각이 들었습니다. 나는 예수도, 하나님도 교살하는 무서운 종교의 권리 다툼의 막 뒤를 목도하고 모골이 오싹해졌습니다. 나는 여기서 선생이 어느 교파에도 붙지 않고 청신한 신앙으로 고난을 달게 받고 달리면서 원수인 일인 경찰들에게까지 내심의 존경을 받고 있는 것을 생각하고 참 좋은 대조라고 느꼈었습니다.

선생이 우치무라 간조를 일생의 사표師表로 삼은 것은 우치무라의 신앙의 순수성 때문이었음을 부인할 수 없겠으나, 그 주원인은 우치무라의 애국자적 정신이었던 것으로 생각합니다. 선생은 전쟁 중에 민중들의 무자각과 민족 지도자들의 속출하는 전향을 참으로 마음 아파했습니다.

내가 송도에서 선생을 이웃에 모시고 살 때에 겨울에도 날마다 어두운 새벽에 송악산 깊은 골짜기로 들어가 기도를 했습니다. 그 골짜기에 작은 폭포가 있고 그 폭포 밑에는 물이 고인 소가 있었습니다. 선생이 옷을 벗고, 몸을 씻고, 찬송을 부르면 개구리 떼들이 감응이나 하는 듯이 몰려들었습니다. 선생은 이 개구리들을 귀여워했었습니다. 추운 겨울이 되어 소가 얼어붙고 개구리들도 자취를 감추어서 쓸쓸해졌습니다. 봄이 다시 돌아와 얼음이 녹아 소가 풀렸는데, 소에는 죽은 개구리들이 떠돌아 처연함을 금할 수가 없었습니다. 그런데, 자세히 보니 소 밑에는 아직도 몇 마리의 개구리들이 살아남아 움직이고 있어 매우 기뻤다는 것입니다. 이것을 「조와弔蛙」곧 「개구리를 조상하노라」라는 글을 써서 「성서조선」 158호의 권두문으로 했습니다. 이것은 물론 단순한 개구리의 이야기가 아니라 무서운 제2차 세계 대전 중에 수난의 우리 민족을 상징한 함축성 있는 글인 것입니다. 옛 선지가 파단행 나무 가지에서 앞으로의 역사를 본 것처럼 선생은 이 소에서 무서운 엄동에도 죽지 않고 남아 다시 퍼져 나갈 이 민족의 앞날을 본 것입니다.

이 글은 소위 '성서조선 사건'의 발단이 되어 국내외로 수백 명을 검속하였고 신앙과 민족정신의 시련을 겪게 한 사건이 됐습니다.

경찰들은 증오에 가득 찬 눈으로 우리들을 바라보고 이렇게 말했습니다.

"너희 놈들은 우리가 지금까지 잡은 조선 놈들 가운데 가장 악질의 부류들이다. 결사니 조직이니 해 가면서 파뜩파뜩 뛰어다니는 것들은 오히려 좋다. 너희들은 종교의 허울을 쓰고 조선 민족의 정신을 깊이 심어서 백 년 후에라도 아니 5백 년 후에라도 독립이 될 수 있게 할 터전을 마련해 두려는 고약한 놈들이다."

우리는 듣고서 웃기만 했고 아무런 변명도 안 했었으나 후일에 선생은 나에게 "일본 경찰이 보기는 바로 보았거든." 하시면서 웃었습니다.

선생은 불의를 심히 미워했고 의 아닌 일을 하는 때에는 그것이 자기 자신이건 가족이건 평생의 동지들이건 자기 민족이건 한결같이 냉혹하게 처단했었습니다.

우리가 재학 시대에 선생의 별명이 '양 칼'이었습니다. 이것은 선생이 불의를 미워함에 사정이 없는 성격을 잘 표현한 별명인데, 걸작이라고 믿습니다. 참 잘 들고 또 잘 잘라 버리는 비수였습니다.

선생의 첫째 따님이 출가할 때에 혼례식장에서 "네가 집을 떠날 때에는 칼을 품고서 가거라. 친정 부모의 명예에 관계되는 일이 너로 해서 생기거든 죽고 돌아오지 말 것이다. 오늘부터는 친정과는 싹 끊어 버리는 것이니 길흉화복을 시댁과 같이할 것이다."라고 훈계하였습니다.

선생의 성격이 이러므로 청탁이 아울러 그 밑에 모이질 못했습니다. 선생의 이 강한 의지는 자기 신앙으로부터 온 것도 있겠지만, 다분히 그이 천성이라고 할 것이며 그 건장한 체력에서도 온 것입니다. 선생은 보통 사람을 훨씬 지나가는 체력의 소유자입니다.

선생은 어떤 인연으로 해방 전해인 1944년에 흥남 서본궁의 일본 질소 회사에서 5천 명의 조선인 노동자들이 사는 사택촌의 책임자로 일하게 되었습니다. 궤짝 같은 집들만이 줄을 지어 늘어서 있을 뿐으로 아무런 후생 시설도, 문화 시설도 없는 이곳에서, 비참한 5천 명 노동자들의 참친구가 되어 그들을 위해서 진력했었습니다.

일본과 그 밖의 위험 지대로 징용당해 가는 청년들을 사면에서 불러 모아 유치원, 학교, 병원 등을 세우는 한편, 난방, 식사 등에 이르기까지 급속도로 개선해 갔었습니다. 원체 큰 덩어리인 만큼 노동자들을 직접, 간접적으로 착취하는 경찰, 군부의 기생충들이 적지 않았으나, 이것들을 단시일에 잘라 버렸습니다. 사방으로부터 받는 미움이 심했으나 군 직할 공장으로 손을 대지 못했었습니다. 선생은 일선에서 몸소 노동자들이 땔 석탄차를 밀곤 했었습니다.

어느 날 점심시간에 계원들과 일꾼들을 불러 모아 힘센 사람들을 뽑아서 팔씨름을 시켰습니다. 전승의 기록을 가진 사람은 6척 장신의 콧수염이 양쪽으로 길게 뻗친 서본궁 일판의 대표적 역사였습니다. 선생은 그 사람을 불러서 "자네가 나까지 이겨야 우승자가 될 것일세." 하니 그 수염 역사는 농담으로만 알고 "헤헤, 계장님이 팔씨름을 다 하시다니." 하고 웃기만 했습니다. 선생이 팔을 걷고 나서니 그제서야 수염 역사도 덤벼들었습니다. 이것이야말로 흥미 있는 여흥이긴 하나 이 씨름의 승부는 누구나 이미 다 알고 있는 것이었습니다. 그러나 씨름의 승부는 완전히 관중들의 예측을 뒤집었습니다. 의외에 참패를 한 수염 역사는 팔을 내 둘러 힘을 올리고 웃통을 벗어 제치고 단단히 덤볐습니다. 관중들은 긴장하고 두 선수는 상기하여 서로 단단히 손을 맞잡았습니다. 불패의 기록을 가진 수염의 표정은 보기에도 무서웠습니다. 관중도 이번에는 모두 긴장했습니다. 그러나 씨름의 승부는 너무도 쉽게 났고 수염은 두 팔을 짚고 선생 앞에 엎드려서 항복을 했습니다. 선생은 빙그레 웃으면서 수염 역사의 엎드린 꼴을 내려다 보셨습니다.

"오늘은 전승자가 없어서 줄 상품을 보류한다." 하고 선생이 선언했습니다. 이 무서운 기운을 보고 놀라지 않은 사람이 없었습니다. 안하무인이던 수염 역사도 매우 행동을 조심하게 되었습니다.

이처럼 특출한 체력을 가진 선생이 늘 눈이 충혈되고 입술이 부르트고 하는 것을 보면 그 과로의 일상생활을 짐작할 수가 있습니다. 교사로서 한 사람의 직무를 충분히 하면서 성서 집회와 잡지 출판까지 하고 정릉리에서부터 양정학교까지 날마다 자전거로 통근을 했습니다.

이제 그 생활을 일기에서 일부분을 더듬어 보기로 하겠습니다.

"1939년 12월 15일 오후 4시 책이 겨우 나와서 서울역에 출하하고 시내 배달하고 우편국에 발송하고 나니 날이 저물고 몸은 극도로 피로하다."

"1939년 12월 22일 미명의 산곡에 들어가 기도. 인쇄소에 들러서 등교. 집무. 총독부. 도청. 인쇄소. 늦도록 교정. 어두운 후에 귀로."

이와 같이 선생의 평생의 생활은 바쁜 날의 계속이었습니다.

우리는 선생을 의에만 치우친 심판관 유형의 냉혹한 인물로만 알기가 쉽고 또 히니쿠를 잘하는 인물로만 알기 쉽습니다. 그러나 선생처럼 쉽게 감격하고 뜨거운 눈물을 잘 뿌리는 분도 드물 것입니다. 피상적으로 선생을 보는 사람들은 그의 예레미야와 같은 눈물의 생활을 지나쳐 보기가 쉽습니다. 선생은 눈물을 마시고 살아간 분입니다. 그의 일기를 읽어 가노라면 그의 눈물의 내면적 생활을 엿볼 수가 있습니다.

어느 해 겨울 새벽에 시편 42편을 읽던 선생이 눈물에 막혀서 4, 5차례나 읽기를 중단하면서 겨우 끝까지 읽는 모습을 본 일이 있습니다. 착한 이야기, 의로운 이야기를 들으면 언제나 눈물을 머금곤 했습니다. 이제 그의 일기를 몇 군데 더 들추어보겠습니다.

"1938년 7월 12일 점심시간에 『클라크 선생과 그 제자들』의 몇 군데를 들추어 읽다가 눈물로 밥을 삼켰다. 물말이 밥은 소화 안 된다 하나 눈물말이는 더 잘 소화될 듯싶다."라고 씌어 있습니다. 이 책은 삿포로 농학교의 초창기에 우치무라, 니토베 등이 공부하던 전후 시대의 상황을 재미있게 쓴 책입니다.

"1938년 7월 27일 아침에 신열이 내리지 않다. 오전 7시 반 옹진 시외 일본 광업 주식회사 견학, 갱 내의 막다른 골목에 이르렀을 때에 캄캄한 가운데 착암기를 잡고 서 있는 15, 16세의 소년 하나가 나의 가슴을 덜컥 내려앉게 하다. 광맥보다도 이 소년이 내 온 주의를 끌어 버렸다. 그가 꼭 내 동생, 내 아들만 같아서 견딜 수가 없다. 갱내가 어둑한 것을 기회로 광벽을 향하여 무량의 눈물을 뿌렸으니 이것이 박물 교사의 총 수확이었다. 그들도 보통 교육을 받고, 바울을 읽으며, 예수의 복음을 듣는 날까지 우리가 어찌 안연히 명복해내랴."

"1939년 10월 3일 새벽 잔월殘月을 밟으며 산골짜기에 올라가 기도. 등교. 수업. 류 군이 쓴 최용신 양의 전기 일부분을 뒤져보다가 손수건 한 장이 다 젖도록 울다. 요셉이 동생들을 만났을 때처럼 울고 나서 세수하고 또 수업."

"1939년 12월 6일 저녁에 최용신 양의 전기 최후 교정. 몇 번씩 읽었건만 눈물이 교정 능률을 방해함이 심하다. 내가 특히 눈물 헤픈 사람인가, 최 양의 생애가 특히 눈물을 자아냄인가 분간할 수 없다."

선생은 불의에 대한 신성한 분노를 참지 못하는 반면에 참된 것 앞에 예민하게 감격하고 많은 눈물을 흘리신 분입니다. 이 나라에서 눈물의 사람인 선생을 알아 낸 사람은 적었고 또 그와 함께 눈물을 흘린 사람은 더욱 적었습니다.

선생의 생애에 있어서 가장 문제거리가 되는 것은 그의 교회관입니다. 이 문제에 관해서는 선생을 가까이 모시고 있던 분들도 오해하고 있는 이들이 적지 않아서 여러 차례 석명한 바가 있습니다.

김교신 선생에게서 조선을 떼 놓고 그를 생각할 수가 없는 것처럼 무교회 신앙을 떼어 내고 그를 생각할 수가 없습니다. 「성서조선」지의 겉장만 보고도 폭탄처럼 두려워하고 또 꺼려하는 교직자들이 적지 않았으며, 심지어는 선생과 그 동지들을 강단에 세우지 않을 것을 결의한 교파도 있었다고 들었습니다. 이것은 극히 선생을 피상적으로 보았기 때문에 일어난 일들입니다. 무교회의 원리에 대해서는 자연히 함석헌 선생께서 자세히 말씀하실 것이므로, 나는 간단히 교회와 선생과의 관계와 또 교회에 대한 선생의 태도를 말해 보고자 합니다.

선생은 도쿄 유학 중인 1920년 4월 16일 밤에 우시고메 구야라이정에서 마쓰다라는 학생의 노방 설교를 듣고 크게 감격하여 이틀 후인 18일에 야라이정에 있는 홀리네스 교회를 찾아가서 입신을 결심하고, 그 후부터 충실한 교회의 일원이 되어서 얼마 후에는 세례까지 받은 것입니다. 옳은 것을 발견하면 그대로 주저하지 않고 달려가는 선생의 성격을 잘 나타낸 사실이라 하겠습니다. 나는 김교신 선생의 담임 반 학생으로 5년 동안을 조석으로 가르침을 받았으면서도 깊은 회의의 구름 속에 번민해 온 경험이 있는 까닭에 선생의 이 선명한 입신의 경로가 한층 깊게 느껴집니다.

대개 속히 달군 쇠는 속히 식는다는 격언이 있는데, 선생의 신앙은 일생을 한결같이 확고하게 달린 것입니다. 마치 백 미터 선수의 달음질을 보는 듯한 느낌입니다.

입신 후에 선생은 진실한 교회원으로 열심히 교회의 모든 집회에 참석했으며 또 자신의 신앙이 약진해 감을 스스로 기뻐했었다고 합니다. 불의와 권모의 생활을 누구보다도 미워하는 선생은 교회의 생활을 이상의 사회로 여기고 만족했던 것입니다. 그러나 이곳에도 역시 더 추악한 음모와 불의와 비열한 술책이 움직여 싸우고 있는 것을 목도하게 된 것입니다. 이상에 불타는 이 젊은 청년의 실망은 우리가 족히 상상할 수 있겠습니다.

선생은 교회에 나가지 않고 하숙방에서 혼자 눈물로 예배를 드렸다고 합니다. 선생을 이렇게 실망하게 한 사건은 극히 온건한 학자형인 야라이정 교회의 담임인 시미즈 목사가 몇 사람의 음모와 술책으로 쫓겨나는 것을 목도하게 된 것입니다. 이것은 선생의 정신에 큰 타격을 준 불행한 사건이었으나 그가 순수한 복음의 중심 문제에 파고드는 새로운 계기를 갖게 된 것으로 신의 섭리라 해도 좋을 것입니다.

이때에 우연히 손에 잡혀서 탐독한 책이 우치무라 간조가 지은 『구안록』, 『종교와 문학』, 『성서의 연구』 등이었습니다. 신앙의 큰 위기에 서게 된 선생은 1921년 정월에 도쿄 오오데정 위생 회관에서 열리는 우치무라의 필생의 대사업인 로마서 강의에 제1회에서부터 매우 열심히 참석하게 된 것입니다.

"내가 우치무라 선생에게서 신앙, 교리, 또는 그의 사상의 깊은 곳을 얼마쯤이라도 깨닫게 된 것은 비교적 후일에 속하는 일이다. 우치무라 선생이 아무것도 아니라 하더라도 그가 일본의 전정한 애국자였다는 것은 처음부터 알 수가 있었다. 자연 과학적 정신에 입각한 성서 연구와 온 국민에게 국적이라는 비방과 매몰 속에서도 조국 일본을 꾸준히 버리지 않는 그 애국적 열혈이 나를 강하게 끌었던 것이다. 나는 진정으로 그를 경모하였다."

이렇게 선생은 그 당시의 심경을 피력하였습니다. 1927년까지 만 7년 동안 그는 우치무라의 가르침을 경도하여 받고 귀국했습니다.

조선으로 돌아온 후에 선생은 세상 사람들이 얘기하기 쉬운 바와 같이 우치무라의 제자로서의 이력과 무교회의 간판을 높이 걸고 교회에 싸움을 돋운 것이었던가? 우리는 조선 사람으로서 우치무라의 문하로, 무교회의 선봉으로 지적받게 될 김교신 선생이 주간하는 「성서조선」지 가운데서 우치무라의 이름을 발견하기가 쉽지 않고 또 함부로 교회를 비방하는 사람들을 책망하여 무교회주의의 탈선을 경고한 데가 적지 않음을 기이하게 생각할 정도입니다.

각 교파들이 자기 지반 확장과 세력 부식에 여념이 없을 때에 선생은 교파를 초월하여 진리의 샘물을 흐려지지 않은 첫 턱에서 마시라고 외친 것입니다. 선생은 「성서조선」이 이 나라 안에서 또 하나의 껍질 굳은 교파를 구성하는 결과가 되지 않도록 애쓴 자취가 여러 곳에 보이는 것입니다.

선생은 자기가 사시던 이웃 장로교회에도 자주 출석하고 교회 건축비도 부담하고 설교와 사경회도 인도해서 성심껏 교회를 도와주는 것을 보았습니다. 선생의 친지와 「성서조선」의 지우들 중에 교회 안에서 충실히 조력하고 있는 분도 적지 않았습니다.

성경과 찬송가까지 말살하려던 일정 압제 아래 "조선을 배우면 배울수록, 또 조선 기독교의 내정을 알면 알수록 차마 싸울 수가 없거니와 싸워봤자 별 수가 없다. 정치적 권력도 없고 교권도 자립한 것이 없다. 비록 교권이 자립하고자 하나 로마의 교권이나 영국의 교권 같은 큰 세력이 아니다. 50만 기독교도를 무시해서가 아니라 오늘 장로교 총회와 감리교 연회에서 파문을 당하더라도 목숨에 아무런 이상이 없을 뿐더러 직업에도, 신사로서 처세함에도 털끝만한 영향이 없다. 이런 사리를 알면 기독교회에 싸움을 돋워봤자 소녀에게 결투를 거는 무사와 다름이 없다. 그러므로 교회를 통책하지 않을 수 없을지라도 교회를 해치는 일을 일삼는 자는 아니다."라고 간곡히 교회에 대한 소견을 밝혔었습니다.

김교신 선생은 교회가 자기를 이용해 주기를 바랐습니다.

"우리를 이용해 보라. 우리는 자비로 전도에 협력하겠다. 기차 할인권이 있어 노비도 싸게 드니 더욱 편리하다."라고 했습니다. 그 격렬한 생활 중에서도 일주일씩 연속해서 교회의 사경회를 인도해준 일도 내가 알고 있습니다. 그러나 「성서조선」을 소개한 목사가 이단으로 몰리고 독자들이 교회에서 쫓겨나고 심지어 요양원 병상에서까지 핍박을 받았습니다. 이 편협한 조치는 조선조의 당쟁 근성을 보는 듯합니다. 그러나 아직까지 당당한 논전을 공공연하게 한 일도 별로 없습니다. 외국에서도 과연 이런 일이 있을 것인가 의심합니다.

선생은 무교회 쪽에 대해서도 경고를 한 일이 여러 차례였습니다.

"진실한 용자는 겁이 많고, 사상의 용장들은 모두 마지못해 싸웠다. 완력을 자랑하던 골리앗은 다윗의 일격에 거꾸러졌다. '무교회, 무교회'를 연창함은 '나무아미타불'을 연창하는 속승과 같다. 무교회라는 범주 안에 우리를 구류하려는 모든 세력, 유혹에서 우리를 해방해야 할 것을 절감한다.

현존의 무교회 대가들과 보조가 일치하지 않는다고 우리를 시비하지 말라. 우치무라 선생과 싸움이 다르다고 우리를 책하지 말라. 루터와 바울의 항변도 우리는 계승할 의무가 없다. 이 시대와 이 무대를 향하여 그리스도가 싸울 것이다. 우리는 이 싸움에 전력을 다하여 싸울 것이다. 이 싸움에 여호와를 경배하는 모든 무리가 합력해서 대항할 것이다."

이것은 「성서조선」 97호에 실린 글입니다. 이것이 과연 진리를 차지하고 무교회주의만 내세우는 것이며, 교회 파괴를 일삼는 이단의 외침입니까? 교회이고 무교회이고 간에 김 선생이 부르짖은 신앙의 핵심을 다시 바로 보아야 합니다. 우치무라를 우상화하고, 자칭 무교회주의자로서 스스로 단단한 껍질을 만들고 그 안에 들어앉아 있는 자는 무교회가 주장하는 복음의 순수화에 역행하는 것뿐입니다.

그리스도만이 영원히 무교회주의자입니다. 무교회주의라는 범주 안에 구류되지 말라는 선생의 외침에 나는 내 영혼이 공명하는 큰 진동을 느낍니다. 높은 생명은 아무 것에도 고착하지 않으며 따라서 화석처럼 굳을 수는 없습니다. 우주도 오히려 좁게 느끼는 신령한 생명이 어찌 한 예배당 안의 화석이 되라는 요구를 견딜 수가 있겠습니까? 복음서 안에서 직접 생동하는 예수의 모습을 찾아볼 것입니다. 자연에서, 역사에서, 이웃 사람들에게서 산 진리의 가르침을 찾아볼 것입니다.

함석헌 선생님의 말씀과 같이 예수의 십자가는 오직 인간의 죄를 구속하는 십자가일 뿐입니다. 그뿐 아니라 인간이 만든 의식과 제도를 하나님의 아들인 예수가 육탄이 되어 폭파한 것이라는 것도 분명히 알아야 할 것입니다.

"나는 1937년 5월에 일본에 대하여 무교회주의의 간판을 떼어 내리라고 제의했다. 교회 만능을 주장하는 자, 즉 '교회 밖에는 구원이 없다.'라고 단언하는 자, 곧 교회주의자에 대하여 '교회 밖에도 구원이 있다.'라고 프로테스트한 것, 즉 구원은 교회에 소속 여부의 문제가 아니라 신앙의 문제라고 정정한 것이 루터의 프로테스탄트주의요, 또 이것이 우치무라의 무교회주의이다. 그러므로 로마의 천주교가 타락하지 않았던들 루터의 프로테스탄트가 생길 리 없고 신교의 교회주의가 기형화하지 않았던들 무교회주의가 생길 필요가 없었다.

지금 무교회가 항쟁하는 대상이 하나 있다. 그것은 무릇 진리를 거스르는 자를 향하여 선전 포고하는 일이니, 그 대상은 시대와 장소에 따라 변한다. 오늘 우리 기독교 앞에 심히 강대한 괴물이 있다. 여호와를 경외하는 자, 교회 안팎을 물론하고 힘을 다하여 싸워야 할 시대를 당하였다. 순교의 피를 뿌려야만 진리의 종교를 판별할 세태이다. 이런 세태인고로 '구원이 교회의 안에 있다, 밖에 있다.' 하는 논쟁에는 우리는 흥미를 잃었다. 그리스도를 위해서 박해를 감당하는 자, 우리가 그대의 무덤을 예비하고자 하거니와 우리의 시체가 보이거든 그대들이 추심하라."

이것은 「성서조선」 100호에 실린 선생의 진정의 호소였습니다. 제2차 세계 대전 중 진리를 말살하려 드는 괴물인 일본 제국주의에 대하여 조선 기독교도들은 일치단결하여 함께 순교의 길을 걸어가자는 비장한 외침이오, 부르짖음이었습니다. 참으로 교회의 안과 밖을 물론하고 이 선각자의 호소에 대하여 가슴에 뜨거운 감격이 차오를 것입니다.

그러면 선생은 자기주장을 무조건으로 던져 버리고 교회와 합세하자는 것이었을까요? 결코 그런 것은 아니었습니다. 「성서조선」 136호에 「우리를 건드리지 말라」는 권두문이 실려 있습니다.

"무교회주의자는 건드리지만 않으면 아주 무난한 자이다. 건드리지 않는 한 남의 교회를 방해하지 않을 뿐더러 기회가 있으면 교회를 도와주려고 하며, 좌석을 빌려 주며, 남과 같이 참석하려고 한다. 그러나 저를 향하여 교회 안에만 하나님의 말씀이 임한다느니, 교회 밖에는 구원이 없다느니, 일요일보다 토요일을 지켜야 한다느니 운운하는 모든 거짓말과 허튼 수작으로 승인을 강요하는 때에는 무교회는 온순한 대로 수수방관하지는 못한다. 저는 비상한 폭격력으로 주위를 진동시킬 것이다.

우리는 우치무라의 제자니 운운하는 주제넘은 비판이 없다면 누구에게서 배웠노라고 공고할 필요도 없이 오직 하나인 스승 예수만을 나타내고자 하였을 것이다. '교회 밖에 구원이 없다.'는 등 허무맹랑한 주관으로 우리에게 도전하지 않는다면 우리는 '무교회'라는 용어까지 사용할 필요 없이 오직 유일한 복음을 믿었을 뿐이다. 누구보다도 우리는 무교회라는 문자를 즐겨하지 않는다."

이상에 인용한 몇 군데 글로써 누구든지 선생의 간명한 주장을 어렵지 않게 파악할 수가 있을 것입니다. 나는 어느 기회에 선생으로부터 "나는 우치무라 선생으로부터 성경을 배운 것이지 무교회만을 배운 것이 아니다."라고 하시는 말씀을 들은 일이 있습니다.

우리나라 기독교계에서 선생을 바로 이해한 분은 많지 못합니다. 여러 가지 원인이 있겠으나 내 생각으로는 기독교 문화의 수준이 얕은 것, 사대주의의 노예가 되어 있는 것 등이 큰 원인인가 합니다. 그 뜨거운 애국심과 순수한 신앙을 단지 위험한 것으로만 오해하게 된 것은 결국 이 나라의 정신적인 병의 근원이 깊게 박혀 있다는 증거입니다. 선철이 "위대함은 곧 오해받는 일이다."라고 지적한 것은 현명한 말씀으로 생각합니다.

선생은 "무릇 깊은 심정의 사람은 오해를 받는 것이니 천협한 인생에

김교신   **271**

게 일일이 이해될 만한 삶을 살려면 차라리 살지 않는 것이 낫다. 오해는 오해대로 버려두라."라고 했습니다. 이것은 오만해서가 아니라 오직 하나님을 상대로 하는 믿음 때문입니다.

선생은 학교 교사 노릇도 오랫동안 하셨고 말년에는 뜻하지 않은 회사의 사원 노릇도 했으나, 선생이 평생의 정성과 힘을 기울인 사업은 「성서조선」 간행이었습니다. 이제 돌이켜 인간적으로 생각하면 저만한 기개와 큰 바탕으로 필사의 노력을 기울여 독자 3백 정도의 인기 적은 잡지를 평생토록 간행하고 최후엔 공장 안에서 노동자들의 뒷바라지를 하다가 세상을 떠났으니 안타깝다 하지 않을 수 있겠습니까?

그러나 선생처럼 자기의 사명으로 믿는 바 일을 일찍이 찾아서 한결같이 쾌주한 분은 드물 것입니다. 매월 폐간의 태세로, 매일 임종의 결심으로, 고난 많은 역사의 길을 달리고 갔으니 이것은 아무나 할 수 있는 쉬운 일이 아닙니다.

거듭 말할 것도 없지만 「성서조선」이 던진 문제는 결코 몇 해 있다가 없어질 만만한 문제가 아닙니다. 이것은 필연코 날이 갈수록, 해가 지날수록 기독교사에 미치는 영향이 선명해지고 커져 갈 것입니다.

선생은 해방 전년에 우연한 인연으로 함흥 서본궁에 있는 일본 질소 회사에서 우리 동포 5천 명의 복리를 위해서 진심갈력하다가 다음 해 4월에 해방을 몇 달 앞두고 발진 티푸스로 홀연히 세상을 떠났습니다. 안상철 의사, 박춘서 의사들이 자기 생명을 돌보지 않고 구호하기에 노력한 것은 우리를 감격하게 하는 미담으로 길이 남아 진리를 사랑하는 사람들의 옷깃을 바로잡게 할 만한 일입니다.

이상 긴 시간에 질서 없는 말을 드렸습니다만, 이것으로써 선생의 생애의 일면이라도 여러분이 아실 수가 있었다면 다행으로 생각합니다.

선생의 나라를 생각하는 진정, 사람을 두려워 않는 용기, 하나님을 섬기는 지성, 친구 사이의 깊은 의리, 거짓 없는 인격으로 구름 같은 간증자들 앞을 달린 쾌주의 생애를 우리는 바라볼 수가 있었습니다.

온 세계가 지금 잘못된 유물 문명 앞에 떨고 있습니다. 한 사람의 참기독인은 온 세계보다도 귀중하고 그의 하루는 그대로 영생입니다. 오늘의 위기에 있어서 이 참담한 조국을 파멸에서 구원하는 길은 오직 참된 그리스도의 정신뿐입니다.

김교신 선생은 45년의 짧은 생애로 요절한 것 같으나 그는 그의 할 일을 다하고 그가 던질 문제를 다 던지고 간 것입니다. 김교신은 '김교신의 사명을 다했으므로 이 세상을 떠났다.'라고 믿습니다. 그는 충실한 종교 개혁자로, 참된 애국자로, 한 알의 밀이 되어 이 조국의 땅 속에, 우리들 가슴 속에 묻힌 것입니다.

이제 선생이 떠난 지 만 5년, 인류는 더욱 큰 신의 분노 속에 파도처럼 난무하고, 남북으로 갈린 조국은 더욱 부패 일로를 걸어 소돔과 고모라로 접근하고 있습니다. 이 긴박한 날에 처하여 우리들의 할 일이 무엇이겠습니까? 교회도, 무교회도 참으로 진실하게 진리 앞에 참회하여 삶의 길을 지향해야 합니다. 삶의 길은 무엇이겠습니까? 우리 민족이 이 불행의 파도 속에서 헤어나는 길은 무엇이겠습니까?

"성서를 바로 배워 조선에."

"조선을 영원히 성서 위에."

이 신념을 전 기독교 신도의 신념으로 하고 우리들의 생활에 실천해 가는 것뿐이라고 믿는 것입니다. 오랫동안 경청해 주셔서 감사합니다.

수상과 단편

류달영은 바쁜 와중에도 독서와 글쓰기를 멈추지 않았다. 그가 겪은 모든 경험은 그의 글쓰기 재료가 되었다. 그렇게 류달영이 생각나는 대로 틈틈이 적은 글 조각들을 주제에 따라 엮었다. 읽다 보면 앞선 글의 초석이 되어준 글도 발견할 수 있을 것이다.

흘러가는 탁류를 보고 너무 실망하지 말라. 이것은 폭우가 내리는 동안에만 보이는 땅 위의 현상이다. 바위틈으로 졸졸 흘러나오는 샘물은 풍부한 깨끗한 물이 땅 속에 숨어 있는 것을 증명하는 것이다. 우리나라의 지금 현상은 폭우의 뒷모습이다. 우리나라 민중은 여전히 소박하고 착한 것을 지니고 있음을 지나쳐보지 말아야 한다

세상에 대한 걱정

어찌해서 우리나라 꼴이 이 모양이냐? 그 해답은 혼례식장에 가 보면 쉽게 찾을 수 있다. 거물 주례, 수가 없는 축사, 고급차의 질주, 굉장한 피로연 등 그 부화, 경박, 허영의 모습은 들뜬 인심의 표본이다. 이것을 객관하면 희극이요 비극이니 결국 희비 쌍주곡이다.

결혼은 인생의 승패를 결정하는 백 미터 경기의 출발점이다. 정조와 인격을 던져 새 인생이 출발하는 긴장되는 순간이다. 여기에 엄숙이 없고 진실이 없고 또 새로운 탄생의 진통이 없다면 그 인생에서 무엇을 바랄 것인가? 오늘의 결혼식은 인생의 장례식이다.

주례는 자기 가정의 평생을 지도할 수 있는 인격자여야 한다. 결코 제상 위에 차려 놓은 곶감이 아니다. 사람이 결혼하는 것과 짐승이 서로 접하는 것과 무엇이 다른가를 알아야 한다. 오늘의 주례는 한 번 쓰고 버리는 색종이와 다른 것이 없다.

서울역 앞에는 거지 아이들이 우글대고 종로와 명동에는 마카오 양복과 양단 치마가 우글댄다. 이 남루한 소년들로부터 받는 피해는 저 호화한 차림의 불한당들에게 비하면 새 발의 피다. 독립한 제 나라 대문 앞에서, 제 나라 국기 아래서, 구더기보다 더 천하게 다루어지는 인생의 싹을 볼 때에 국민의 주권과 인생의 존엄에 모독을 느낀다.

한 국가의 문화의 척도는 생명에 대한 보장의 정도로 결정되어야 한다.

거지 아이가 양단 치마를 붙잡고 위협하는 것을 보면 괘씸도 하나 실상은 그 아이들 자신들의 의지로 하는 짓이 아니라 하늘이 시켜서 하는 짓이다. 우리는 그 아이들에게 교양과 도덕을 요구할 양심과 권리가 없다. 우리가 무슨 의무를 그들에게 다하였는가를 생각해 보면 분명하다. 우리는 저 짓밟히는 인생 앞에 깊이 참회하여야 한다.

부모나 스승이나 존장에게 '나'와 '저'를 구별해 쓸 줄 아는 대학생과 대학 출신이 그리 많지 않다. 20여 년 동안에 배우고 가르친 것이 대체 무엇이란 말인가? 모든 것은 '나'에서부터 출발하는 것이 아닌가! 나를 모르니 결국 모든 것을 모르게 된다.

'기술자와 학자와 교수'의 구별조차 못 하는 사람들이라고 이웃 나라의 저명한 교수는 탄식했다. 우리는 이 탄식이 없을 것인가?

우리가 일제 36년 동안에 받은 최대의 피해는 '교육의 낙오'이다. 오늘도 국민 교육의 진정한 향상만이 낙오를 회복할 수 있는 기본 과제이다. 덴마크의 번영의 열쇠는 국민의 한결같은 현명한 교육이었다.

청년의 값이란 그 앰비션(야망)의 값이다. 그리고 그것을 위해 자기의 이해를 초월할 수 있는 용기와 순수성이다.
우리나라 청년들은 너무 일찍 인생의 짠 맛을 잃어버린다. 이보다 더 탄식할 일이 무엇이겠는가?

혼이 나간 몸뚱이는 단순한 시체이며 물체이다. 이념이 없는 국가는 하나의 공동묘지이다. 아무리 수려하더라도 죽은 강산이다.

우리의 최대 비극이 무엇인가? 한 마디로 '자아의 상실'이다. '네 자신을 알라.'는 처방이 오래 전에 준비되어 있다.

"나는 아무 것도 모른다는 것쯤은 알고 있는데, 남들은 그것조차도 모르더라." 이것은 그리스 철인의 말이다. 지금은 아무 것도 모른다는 것도 모르는 대가들의 횡행 시대이다. 무지라는 것은 자기를 모르는 것을 말한다.

부란기에서 시냇물처럼 쏟아져 나오는 병아리 떼는 오늘의 인간상의 상징이다. 봄볕 아래 새끼를 품는 어미닭과 어미를 따르는 병아리를 보면 바로 사랑의 극치이며 미의 극치이다. 어미 없는 병아리 떼, 부모들이 부모 노릇을 안 해서 생긴 후레자식의 홍수 시대, 이 후레자식들에 의해서 오늘의 모든 비극은 벌어진다.

우리나라 신문들은 영화와 약과 술을 위해 발간되는 간행물인 듯이 느껴진다. 세계에 이렇게 많은 영화와 약과 술의 광고가 게재되는 신문은 못 보았다. 우리나라에 어디서 좋은 영화와 좋은 약과 고급술이 이렇게 많이 생산되고 있는 것일까? 우리는 영화를 보고 약을 먹고 술에 취해 사는 사람들인가. 모두 나를 파는 몽유병자에 지나지 않는다.

돌멩이는 크고 보석들은 작다. 너무 큰 것에만 정신을 빼앗기는 일은 어리석다. 보석처럼 널려 있는 약소국가들에 좀 더 큰 관심을 가지는 것은 현명한 일이다. 덴마크, 스웨덴, 노르웨이, 핀란드, 스위스, 벨기에 등 모두 찬연한 보석들이다. 그들은 힘으로 남을 위압하는 일이 없어 접촉하기도 안전하다. 인류의 앞을 걷는 것은 분명히 약소국가들이다.

미국 사람 아닌, 영국 사람 아닌 우리나라 사람들이 '미스터 박'이니 '미스터 김'이니 하고 부르는 것은 구역이 난다. '복상', '긴상'보다 더 나은 것이 무엇인가? 친구를 '형'이라고 부르는 칭호는 얼마나 정답고 친근함을 느끼게 하고 또 예절 바른 말이냐!

'박 형!', '김 형!' 하고 불러 보라. 과연 '미스터 박', '미스터 김'보다 어디가 못한가? 사대주의의 씨는 이런 데서부터 뿌리가 자란다. 사대주의는 제 구실 못 한다는 것이 천년에 걸친 긴 세월에 눈물과 피를 지불하고 배운 우리 민족의 교훈이다. 아직도 우리의 수업료는 부족하다는 말인가?

정치적 식민지보다 경제적 식민지에는 더 큰 비참이 들어 있다. 독립은 자립을 말한다. 곧 '인디펜던트'다. 한국엔 언제나 서독처럼 원조를 자진하여 끊는 날이 올 것인가?

덴마크 교육의 중심은 역사에 있고, 우리 교육의 중심은 영어에 있다. 서로 목적하는 바가 어떻게 다른지 충분히 검토할 과제이다.

"무서운 개는 짖지 않는다."라는 서양의 격언이 있다. 국회를 참관하고 이 격언을 생각했다.

구더기에게는 뒷간이 낙천지다.

권위와 권력이 혼돈되어서는 안 된다. 권력은 경찰적이며, 권위는 교육적이다. 권력은 차고 날카롭지만 권위는 따뜻하고 든든하다. 권위에는 심복하고 권력에는 굴복하는 것이다. 교육에서 뭇 권력을 추방하라.

교육의 문화 형식에는 권력은 존재하지 않는다. 정치에서도 권력은 추방되어야 한다. 경찰이 적은 나라일수록 문화국이다. 권위의 교육, 권위의 사회로 우리는 지향해야 한다.

"자기들끼리 싸우는데 이처럼 용감하고, 외적과 싸우는데 이처럼 비굴한 민족이 또 있겠느냐?"라고 내 은사는 분개했다. 눈물을 머금고 지금도 때때로 이 말씀을 회상한다.

종로 뒷골목 깡패들도 죽음을 같이하는 의리가 있다. 학벌을 뽐내는 지식인들이 명예와 조그만 이익을 위하여 처신을 종이쪽같이 함은 깡패들에게도 지탄을 받을 부끄러운 일이다.

"한반도는 그리스와 이탈리아를 합한 것보다도 더 좋다."라고 하였다. 우리에게 이 지구 위에서 이만한 면적을 마음대로 골라 국토를 정할 수 있는 자유가 있다면 우리는 결국 돌고 돌다가 다시 이 반도에 돌아와 여기가 가장 좋다고 할 수밖에 없을 것이다. 이보다 더 좋은 하늘, 더 좋은 산천, 더 좋은 바다를 이 지구 위에서 다시 발견할 사람은 없을 것이다.

"쥐가 창고 속에서 굶어죽는다."라는 말은 바로 우리를 두고 한 말인 듯싶다. 스위스, 노르웨이, 핀란드, 덴마크, 네덜란드 등 여러 나라를 돌아보고 더욱 그렇게 느꼈다. 우리가 못 산다는 것은 기적이다.

내가 외국에서 본 유행의 경향은 그들이 개성을 찾는 데 있었다. 우리 나라의 유행이 이와 다른 것은 올챙이식의 유행이다. 거리는 모두가 똑같은 올챙이의 행렬이다. 제 성격이 없는 것은 비극의 시작이다.

'인도의 최대 과제가 무엇이냐?'는 질문에 대한 인도의 식자들의 한결같은 대답은 '성격의 건설'이라는 것이다. 과연 더 현명한 과제가 무엇일까?

스승을 모시지 못한 인생이 불쌍하지 않은가? 스승을 모시려는 이도 제자를 찾는 이도 없는 바쁜 시대, 보람 없이 바쁘게 지내다가 다 죽어버리는 이 시대.

"종로에 오고가는 군중이 전부 한곳으로 가는 사람들이다."라고 하는 말을 들은 일이 있다. 전 인류가 다름없이 한곳으로 달리는 사람들이다. 공동묘지로, 공동묘지로 달리는 사람들이다. 누구나 알고 있는 일이요 또 잊어버리고 있는 일이다.

'지식과 지혜'. '영리와 현명'을 구별할 줄 알아야 한다. 지식과 영리만으로 큰 성장과 건설은 불가능하다.

원자 시대에 있어서 '바벨탑을 쌓고 있는 인류'를 스스로 발견하거나 못 하느냐에 따라 삶과 죽음의 분수령이 될 것이다.

"네가 밭 갈지 않으면 만 사람이 굶주린다."
인도 힌두교의 경전 「바가바드기타」에 있는 말씀이다. 얼마나 숭고한 교훈인가!
"내가 밭 갈지 않으면 만 사람이 굶고, 내가 길쌈하지 않으면 만 사람이 헐벗는다."라는 이념이 철저하게 된다면 우리는 틀림없이 세계에서 가장 강한 민족이 될 수 있을 것이다.

"몸뚱어리는 돼지같이 살찌고 정신은 바늘같이 야윈 사람을 나는 경멸한다."
이것은 제2차 세계 대전 때 전쟁을 반대하던 일본의 야나이 하라 교수가 도쿄 대학을 쫓겨나면서 마지막 강의 시간에 한 말이다. 정신이 야윈 것을 자각 못 하고 스스로를 걱정함이 없는 사람은 돼지와 거리가 멀지 않다. 그런데 세계는 바늘같이 야윈 정신을 가진 돼지들이 뒤흔드는 경우가 많다.

도둑을 불한당이라고 한다. 스스로 땀 흘리지 않고 먹고사는 사람은 모두 도둑이란 말이다. 도둑을 불한당이라고 한 것은 말 그대로 참이다.

미국이 오늘의 부를 이룬 것은 천혜적인 자원으로만 이루어진 것이 아니다. 그들의 억척스러운 개척과 또 아무리 부유해져도 일하기를 싫어하지 않는 근검에서 온 것이다. 만일 그들도 일하기를 싫어하는 날에는 걷잡을 수 없는 속도로 멸망해 갈 것이다.

가난하고도 근검할 줄 모르는 국민이 있다면 그들은 반드시 역사의 무덤 속에 매장될 것이다.

필부조차도 업신여기는 '노랑 수건'이라는 속어가 있다. 불의의 소리를 위해서 권세와 돈 앞에 돌아다니며 아첨하고 이간하는 무리들을 지적하여 말하는 것이다.

자기가 섬기는 사람을 바르게 살게 하기 위해서, 또 국가와 민족의 대의를 위해서, 한 마디로 역이逆耳[귀에 거슬림]의 충성된 말을 못 하는 비겁한 사람들만이 사는 사회를 상상해 보라. 모략과 기만을 정치의 바른 길로 알고, 노랑 수건 노릇을 출세의 비결로 삼아, 남녀가 혈안이 되어 뛰어다니는 시대가 왔다. 이들을 수완가라고 말한다. 이 수완가들이 지배하는 시대가 거두는 바가 무엇이겠는가?

세상은 어리석은 사람들이 다스리도록 되어야 한다. 노랑 수건들이 빛을 못 보는 시대가 하루 속히 와야 한다. 스칸디나비아에 가 보면 사람들이 모두 우둔해 보인다. 그래서 그들은 참으로 잘 산다.

세상에는 돈으로는 회복할 수 없는 일이 많다. 매국노 이완용의 이름은 돈으로 지워지지는 못할 것이다. 사람답게 살아가려면 돈으로 어떻게 할 수 없는 일이 적지 않다는 것을 알아야 한다. 고귀한 것은 돈으로 살 수 있는 것이 아니다. 돈이면 무엇이든지 된다는 저속한 철학은 이 나라에서 구축되어야 한다.

한국 사람의 코는 한국 사람의 체격에 알맞게 커야 균형 있는 미가 이루어질 것이다. 지나치게 크면 보기 흉하고, 되는 대로 커서 무릎 위에 내려오면 괴물이 되어 구경거리가 될 것이다. 오늘 키 작은 한국 사람의 코는 무턱대고 커 가기만 하는 것 같다. 그 결과를 생각해 보라. 무엇이 될 것인가?

위에 앉기를 진정 싫어하는 사람이 있거든 그를 위에 모시도록 하라. 모든 일이 순조로울 것이다. 아무도 대통령 출마와 국회의원 출마를 하지 않는 나라가 있다면 가장 정도 높은 나라일 것이다.

한국적인 것은 모두 너절하다는 생각은 수정되어야 한다. 우리가 남에게 얕잡혀 보이는 것은 한국적인 성격이 확립되어 있지 못하기 때문이다. 앞으로라도 우리가 남에게서 꾐을 받는 일이 있게 된다면 그것은 분명히 한국적인 것의 존재 때문일 것이다.

원숭이를 보고 사람들은 갈채를 한다. 우리가 남의 흉내를 썩 잘 내어 갈채를 받게 된다면 그것은 사람이 아니고 원숭이로 보이기 때문이다. 영국, 미국, 프랑스, 독일, 인도 등의 큰 나라들은 물론이고 덴마크, 노르웨이, 스웨덴, 핀란드, 스위스 등의 약소국가들도 각각 그 분명한 개성 때문에 존재가 또렷한 것이다. '짠맛을 잃은 소금'의 비유는 얼마나 간명하고 예리한 그리스도의 경고인가!

흘러가는 탁류를 보고 너무 실망하지 말라. 이것은 폭우가 내리는 동안에만 보이는 땅 위의 현상이다. 바위틈으로 졸졸 흘러나오는 샘물은 깨끗한 물이 땅 속에 풍부하게 숨어 있는 것을 증명하는 것이다. 우리나라의 지금 현상은 폭우의 뒷모습이다. 우리나라 민중은 여전히 소박하고 착한 것을 지니고 있음을 지나쳐보지 말아야 한다.

"왜 돈이 필요하냐?" 하는 물음에 대하여 칼라일은 "천한 놈들에게 천한 대접을 받지 않기 위해서다."이렇게 대답했다. 우리나라에서는 더구나 그렇다.

"정치의 목적은 무엇인가?" 하는 문제에 대하여 글래드 스턴은 "선을 행하기 쉬운 사회, 악을 행하기 어려운 사회를 만드는 것이다."라고 밝혔다. 정치는 몇 사람에게 감투를 많이 쓰게 하는 것이 목적이 아니다.

"네가 커서 무엇이 되겠느냐?"라고 물으면 "대통령이 되겠다."라고 대답하는 소년들이 많다. 천박한 사회에서 얼마나 천박한 교육을 받았는가를 알 수 있다. 그들은 최고의 인물이 정치가라고 생각하고 있는 것이다.

직업 종교가들을 내가 꺼리는 이유는 그들이 예수나 석가를 자기들의 밥벌이로 삼기 쉬운 까닭이다. 생명을 내걸고 세계 전도에 나서던 시대에 비하면 오늘의 선교사들은 고급 유람객처럼 보인다.

"인생을 이야기할 때에 태연하던 사람들도 돈 이야기를 하면 번쩍 정신을 차린다."라고 Y선생이 말씀하셨다. 오늘의 최고의 우상이요 권위는 돈이다. 이 권위와 이 우상이 인생의 정상적 자리를 찾게 되는 시기까지는 정신적 진보는 느리고 느릴 것이다.

깨달음과 지혜

비극은 결국 사상과 이념의 빈곤에서 오는 것이다. 경제적인 문제만 해결되면 모든 염려가 없을 줄로 알지만 풍부한 물질 속에 빈곤한 사상은 언제나 더 큰 비극을 가져온다. 이것은 "항산恒産이 없는 곳에 항심恒心이 없다."라는 말씀과 결코 모순되는 것이 아니다.

인류의 역사는 이상주의자에 의하여 지탱되고 또 발전해 가는 것이다. 인류 최후의 날이란 불비가 내리는 날이 아니라 최후의 이상주의자가 죽는 날을 의미한다.

세계는 결국 이상주의자들의 세계다. 과거의 역사가 그들의 것이었던 것과 같이 미래의 역사도 그들의 것이다. 역사는 항상 이상을 향해서 앞으로 나가지 않을 수 없기 때문이다.

그림은 적당한 거리를 두고 감상해야 한다. 적당한 공간과 시간의 간격은 그림뿐 아니라 모든 것을 바로 보는 중요한 요인이다. 특히 인간을 바로 보는 데 있어서는 더욱 중요한 요인이다.

무장 안 한 놈처럼 무서운 놈은 없다.

이기주의자는 남을 망치고 자기도 반드시 망한다. 이기주의의 탈피 없이 개인도 인류도 번영할 길은 없다.

선진과 후진의 척도를 국민총생산^{GNP}의 다소로 정할 것이 아니라, 국민들의 이기주의 탈피여부로 결정해야 할 것이다.

교육과 수양과 종교의 필요는 '아니다' 해야 할 때 '아니다' 할 수 있게 하고, '그렇다' 해야 할 때 '그렇다' 할 수 있는 용기를 얻는 데 있다.

동양 사람이 동양 정신에 대하여 자리 잡음이 없이 유럽 정신을 깊게 파고 들어가 알기는 어렵다. 논어 한 권, 불경 한 권, 노자 한 권 소독함이 없이, 동양적인 것을 무조건 깎아 말하는 것은 어처구니없는 무지한 일이다.

제임스 라우엘의 시 「현대적 위기^{The present crisis}」 가운데 "진리는 언제나 교수대 위에 있고, 죄악은 언제나 옥좌 위에 있다. 그러나 미래의 역사는 교수대가 지배한다."라는 유명한 말이 있다. 모든 인류의 선구는 전개되는 미래가 자기들의 교수대를 통하여 되는 줄로 믿었다. 교수대를 두려워 않는 모든 인격 위에 언제나 영광이 빛난다.

모든 유형적 사물은 결국 시간이 흐르면 스러지는 날이 온다. 그러나 참으로 오래 살아남는 것들은 모두 무형적 사물뿐이다.

사람에게서 돈과 지위와 학벌 등 눈을 속이는 모든 누더기를 벗겨 버리고 바라볼 때 그 남아 있는 것이 바로 그 사람의 본 모양이다.

"피는 물보다 진하다."라는 말이 가르치는 진리는 쉽사리 소멸할 것 같지 않다. 너무도 자연스럽기 때문이다. 외국에 가서 이것을 느끼지 않는 사람은 거의 없다.

한 사람의 지혜에 사로잡히는 것은 작은 지혜다. 아무리 탁월하더라도 한 사람의 지혜는 부분적 지혜이다. 여러 사람의 지혜를 제 지혜로 쓸 줄 아는 것이 큰 지혜요 현명이다.

열렬한 유물주의자들을 나는 동정한다. 코끼리 귀를 잡은 눈 먼 사람이 '코끼리는 부채 같다.'고 외고집을 쓰고 있는 것과 같다. 진리는 결코

한 면만이 아니다. 진리는 여러 면이며 높고 깊고 또 넓은 것이다. 용감은 무지에서 나오는 경우가 많다.

남의 허물에 가혹하고 자기 허물에 관대히 두둔하는 사람을 크리스천으로 믿지 말라. 그리스도의 교훈은 그와 정반대이기 때문이다.

말은 짧을수록 좋고 안 하는 것은 더욱 좋다. 글도 그러하다. 말하고 후회 안 하는 일이 적고, 글 쓰고 후회 안 하는 일이 별로 없다. 말이 없어도 통하고 글이 없어도 읽을 수 있는 것이 참이다.

유럽에서는 찬란한 오리온과 아름다운 조각달을 바라보기란 희귀한 일이다. 밤마다 새파란 하늘에 금강석을 뿌린 것 같은 찬란한 하늘을 우리는 눈감고 지낸다.
"나는 내 조국의 하늘을 여기서 새로 발견하는구나!" 이것은 런던의 납덩이같이 무거운 하늘 아래서 내가 중얼거린 혼잣말이다.

"쉽게 성내는 놈을 무서워 말게. 쉽게 성내는 것은 약한 놈의 특징일세."

깊은 산 속에서 내려가는 길을 잃었을 때는 다시 위로 올라가야 한다. 그러면 내려가는 길을 쉽게 발견할 수가 있다. 좁은 시야에서는 갈 길을 찾을 수 없다.

백두산에 오르면서 무수한 '과꽃'의 군락을 보고 자신의 무식을 스스로 웃었다. 그 학명에 '키넨시스'가 붙어서 중국 원산인 줄만 알았고 그 학명을 모를 때에는 서양 꽃인 줄만 알았었다. 제 뜰이 원산지인 것을 깜깜 모른 것이다. 이런 것들이 또 얼마나 많을 것인가?

"최후에 웃는 놈이 가장 잘 웃는 놈이다."라는 말은 훌륭한 격언이다. 최후의 웃음을 확신하는 사람의 보조는 어지러워질 리가 없다. 진리는 져 본 일이 없는 것을 믿기 때문이다.

"사나이는 나를 아는 이를 위해 죽고, 여인은 나를 사랑하는 이를 위해 죽는다." 사실 인생은 자기를 아는 이가 있기 때문에 살맛이 있는 것이다. 현재엔 한 사람의 지기가 없더라도 먼 훗날에는 반드시 나의 지기가 있으리라고 믿으므로 살맛이 나는 것이다. 지기가 없는 세상은 사막이요, 외로운 섬이다. 서울 수백만 장안도 사막이요, 외로운 섬이다. 지기 없는 인생은 인생이 아니다.

유치장 안에서 기도하던 젊은 문 목사가 어느 날 아침에 일어서서 기운차게 찬송을 부르니 일본인 순사가 미쳤다고 물벼락을 씌운다. 그러나 그 젊은 목사는 줄줄 흐르는 물을 꺼리지 않고 노래를 계속한다. '그

목사가 이제야 정말 세례를 받는구나!' 하고 느꼈다. 세례는 물로 받는 것이 아니라 심령으로 받아야 참이다.

'이 세계가 미국의 세계이기보다 세계의 미국이어야 한다. 몇 억만 년 잠자던 대륙이 팔을 벌려 자유의 새 날에 개방된 것이다. 전 세계에 균등한 이민을 받아들이되, 우리에게도 차별이 없어야 한다. 인류의 번영을 위하여 그러하다.'
이것이 미국에 상륙한 순간 나의 첫 소감이었다.

어느 누구를 물론하고 공과 죄가 구분되어 심판되어야 한다. 공으로 죄를 가리거나 죄로 공을 덮을 수는 없다. 모든 것은 있었던 그대로가 사실이기 때문이다. 공은 찬양하고 죄를 묻자.

누가 내 귀에 거슬리는 말을 하거든 꾹 참고 있다가 얼마 후에 다시 한 번 그 말을 되씹어 보라. 거슬리는 말일수록 나에게 유익을 주는 경우가 많다.

가장 어리석은 일은 사람에게서 완전무결을 구하는 일이다. 결점 없는 사람이 없는 동시에 장점 없는 사람도 없다. 남의 장점을 찾고 배우고 존경하고 사는 사람들은 잘 성장하는 사람들이다. 공자도 '삼인행필유사三人行必有師'라고 하였다.

도덕은 무엇이나 낡은 것으로만 생각하는 사람들이 많지만, 우리가 사람인 이상 도덕적인 것은 시대를 초월하여 항상 존재하여야 한다. '모랄'에서 이탈하면 벌써 사람은 사람으로 존재하지 못한다.

"외모가 검박해 가는 것은 내면이 충실해 가는 증거이다."
이것은 영국의 격언이라고 하지만, 우리 조상들도 오랫동안 똑같이 생각해 왔다.

'노예'는 가장 불쌍한 인생이다. 그런데, '노예'란 다른 것이 아니라 노예의 근성을 품은 사람이다. 돈에 매인 사람은 돈의 노예요, 지위에 매인 사람은 지위의 노예요, 허영에 매인 사람은 허영의 노예임에 틀림이 없다.
'자유의 사람'이란 또한 다른 것이 아니다. '자유'의 정신을 품은 사람이 곧 '자유의 사람'이다. 돈으로도, 명예로도, 지위로도, 허영으로도, 무엇으로도 얽매이지 않는 사람이다. 죽음조차도 그를 어떻게 할 수가 없는 얽히지 않는 사람이다. 진정한 자유정신은 인생 최고의 가치다.

독신 생활은 결혼 생활보다 열 배도 더 좋다. 불행한 결혼 생활은 일생 동안 아무 일도 못 하게 한다. 결혼 생활은 독신 생활보다 열 배도 더 좋다. 결혼 생활을 아니 하고서는 인생의 참맛을 알기 어렵다. 좋은 결혼 생활은 독신으로서보다 더 깊이 있고, 더 많은 일을 할 수가 있다. 좋은 결혼 생활은 최선의 축복이다.

여성들은 어머니 노릇하는 것으로써 가장 큰 영광을 얻을 수 있다. 여성들이 어머니란 천직이 없다면 역사는 온통 그네들의 죄악으로 점령될 것이다. 아기 볼에 입 맞추고 있는 순간 모든 어머니들은 그대로 신성한 천사들이다.

"배가 불러서 만족한 돼지가 되기보다는 배고픈 소크라테스가 되겠다."라고 말할 수 있는 것이 참사람의 자격이다.

다수의 의견에 따르는 것이 민주주의다. 그러나 다수의 의견이 반드시 옳은 것이 아니라는 것을 알아야 한다. 예수도, 소크라테스도 다수결에 의해서 죽었다. 선각자들의 탁월한 뜻이 다수의 의견으로 매장된 사실을 우리는 역사에서 본다. 우리는 다수의 의견을 존중하면서도 현명하고 공정한 소수를 알아보는 식견이 있어야 한다.

동물에 경계색이라는 체색이 있다. 그 몸뚱이의 빛이 주위의 빛보다 유난히 달라서 어디서나 잘 눈에 띄게 된다. 이 두드러진 체색의 허세에 의해서 저보다 강한 놈들이 피해 가도록 하는 속임수이다. 경계색은 약한 놈의 특색이다. 약한 놈일수록 강한 체하고, 없는 놈일수록 있는 체하고, 무식한 놈일수록 아는 체하는 것이다. 서울의 특징은 온통 경계색으로 무장한 점이다. 실력이 없는 뚜렷한 증거이다. 사자나 범같이 강한 놈들도 오히려 보호색의 털을 지니고 있지 않은가? 우리는 속히 경계색을 버릴 수 있어야 하겠다.

자신의 결함을 모르는 사람은 대개 남의 장처(장점)를 발견하지 못한다. 자신의 결점과 남의 장처를 볼 줄 모르는 사람은 한 발자국도 앞으로 나아갈 수가 없다. 자기의 결점에 예민하고, 남의 장처를 남김없이 발견하는 슬기가 있는 사람이야말로 그 장래가 무서울 것이다.

어느 누구도 자기 자신의 내일의 생명을 확신할 수는 없다. 그러므로 현재의 시간을 값지게 쓰고 사는 것이 자기의 삶을 최대한으로 잘 사는 현명한 방법이다.

"크리스천은 만물 위에 자유로운 지배자로서 누구의 밑에도 있지 않는다. 크리스천은 만물에 봉사하는 종으로서 모든 사람들 밑에 있다."
루터의 이 말에서 참자유와 봉사의 크리스천 정신을 잘 파악할 수가 있다.

공기는 냄새가 없고, 물은 맛이 없고, 밥은 심심하다. 가장 귀중한 것들은 다 이러한 것이다. 너무 자극적인 것을 찾는 사람들은 불건전한 증거이다. 신앙도 원칙적으로 이러해야 한다. 밍밍한 신앙 같아 보여도,

신앙을 떠나는 순간 물을 떠난 물고기 같음을 느끼게 하는 것이 건전한 신앙이다. 불건전한 종교일수록 자극적인 요소가 많다.

위대한 인류의 교사 예수는 겨우 열두 명의 제자를 거느렸었다. 그 중에서도 한 명은 예수를 돈 받고 적에게 팔아서 죽게 했다. 제자가 적은 것을 한하는 교사가 있다면 그는 어리석은 교사다.

한 사람에 대한 참스승은 만인의 스승이 될 수가 있다. 그러나 만인의 스승이 되려는 사람은 한 사람의 스승도 될 수가 없다.

부모에 대해서 불효한 사람이 좋은 크리스천인 체해도 믿을 수가 없다. 신앙은 감사함을 느끼는 데서 시작하는 것이다. 부모의 은공을 모르는 사람이 신의 공덕을 느낄 리가 없다.

초기의 그리스도교 신도들은 예수를 위해서 생명을 걸고 신앙을 지켰다. 오늘의 신자들 중에는 예수를 내걸고 재산과 지위를 얻고 그것을 지키고자 하는 사람들이 적지 않다. 옛날과 지금이 이렇게 달라졌다. 종교의 꽃은 언제나 수난 속에 핀다. 수난의 사람들은 모두 진지하기 때문이다.

선각자나 위인들이란 결국 시야가 넓은 사람들인 것이다.

값없는 생명일수록 생에 대한 애착이 크다.

고난을 겪어 보지 않은 사람은 참즐거움을 느끼지 못한다. 가난을 겪어 보지 않은 사람은 참녁녁함을 느끼지 못한다.

시와 철학과 음악과 미술의 뛰어나는 것들은 모두 가난한 고통과 슬픔을 아는 가슴에서 흘러나온 것이다.

"맛없는 음식과 낡은 의복을 부끄러워하는 사람과는 함께 진리를 이야기하지 말라."라고 공자는 말씀했다. 사람은 반찬 그릇이 아니다. 사람은 옷걸이가 아니다.

몇 방울 잉크가 역사를 뒤집기도 한다.

불멸을 믿는 정신만이 불멸과 함께 있다.

하나님은 모든 것을 하나 되게 하는 근원이다.

사람은 죽지 않는다는 것을 믿는 유일의 동물이다.

건전한 종교의 공통된 점은 바른 마음씨로 적의를 버리는 일이다. 사람이 높은 경지에 이를수록 자신의 무지와 무력을 느끼게 된다. 이것은 훨씬 넓어진 세계에서 자신을 객관하게 되는 까닭이다.

겸손을 가장한 오만처럼 더러운 것은 없다.

돈은 단시일에 벌 수 있어도 높은 교양은 하루 이틀에 될 수 있는 것이 아니다.

장자는 "하충불가이어 어빙夏蟲不可以語 於氷"이라고 했다. 곧 여름 벌레와는 얼음처럼 찬 이야기를 할 수가 없다는 뜻이다. 여름 벌레에게는 얼음에 대한 이야기를 해도 통하지 않을 것이다. 우리 자신이 여름 벌레인 경우가 많음은 물론이다.

예수는 신학의 산물이 아니다. 하나님은 신학을 먹고 살지 않는다. 착한 마음만이 신의 양식이다.

무지한 놈일수록 자신이 세다.

악인들의 비방에 꿈쩍도 말라. 그들은 내가 옳기 때문에 비방하는 것이다.
악인들의 칭찬에 우쭐하지 말라. 그 칭찬은 내가 불결하다는 증거이다.

　성경에는 정돈된 논리적 철학이나 신학이 별로 없다. 불경이나 유교의 경전을 읽어 본 사람들은 곧 그것을 느낄 것이다. 그러나 성경에는 약동하는 젊음과 영원에 연결하는 열렬한 신앙이 쉽게 발견된다.
　그리스도교는 가장 열심인 신도들에 의해서 일그러뜨려져 왔다. 다른 종교들도 다 그렇다. 진리의 빛을 흐리게 하는 것은 적이 아니라 내 편인 경우가 많다.

　진리는 언제나 적에 의해서 순수해지고 강해져 간다. 적이야말로 가장 좋은 교사이다. 적 없이 눈부시게 진보한 사람은 없다.

　"애독한 책의 저자를 만나지 말라. 반드시 실망할 것이다."
　"존경하는 사람의 저서를 읽지 말라. 반드시 낙담할 것이다."
　이것은 영국의 격언이라고 한다. 사람에게서 지나친 완전을 구하는 것은 언제나 실망과 낙담의 원인이 된다. 사람에게서 구할 만큼을 구할 줄 아는 것이야말로 큰 현명이다.

　보수를 생각하면서 사람을 돕지 말라. 도와야 할 일을 돕는 것은 사람으로서의 당연한 의무일 뿐이다.

언제나 듣는 같은 말에서 새삼스러운 감명을 받게 되는 것은 정신적으로 내가 그만큼 성장한 증거이다.

산은 움직이지 않으므로 좋고 물은 움직이므로 좋은 것이다. 움직이지 않을 것이 움직이고 움직일 것이 움직이지 않는 데서 자연의 질서는 부서지고 아름다움은 깨지는 것이다.

이상은 불사조이다. 영원히 없어지지 않는다.

이상은 따라가도, 따라가도 손이 닿지 않는다. 손이 닿지 않으므로 더욱 아름답고 우리의 정열을 불러일으킨다.

이상을 세운 사람으로 그 이상을 달성한 사람은 없다. 그러나 자기 뒤에 오는 수많은 사람들이 그 이상을 완성하고자 생명을 걸고 싸워 준다.

위대한 이상주의자들은 참혹한 실패자들이다. 그러나 역사가 그 실패를 그대로 버려두는 일은 없다.

생에 관한 명상

천진함으로 싹이 터서, 이상의 꽃망울로 자라다가, 허욕의 독충에게 먹혀 버리는 것이 어디서나 볼 수 있는 되풀이되는 인생이다.

"붓이 칼보다 무섭다."라는 말이 옳다. 붓이란 곧 사상이다. 붓이 칼에 꺾여 본 적은 없다. 칼에 잘린 붓은 붓이 아니다. 붓은 영원한 불사조이다.

'간디에게 노벨상을 주지 못하였으니 그 상도 대단할 것이 없다.'라고 생각해 본 일이 있다. 참된 위대한 인물 중 인간으로부터 상 받은 이가 없다. 소크라테스에게는 독약이, 예수에게는 십자가가, 링컨과 간디에게는 권총 탄환이 주어졌다.

옳은 것을 위하여 흘린 피가 썩는 일이 없다. 의로운 피는 반드시 제

값을 하고야 만다. 역사는 의의 피를 거름으로 자란다.

거지를 불쌍히 여기는 이유가 무엇인가? 헐벗고 굶주리는 까닭만이 아니다. 만고에 한 번 태어난 인생이 그 인격을 송두리째 무시당하는 데 있다.

지나치게 좋은 환경은 예외 없이 큰 파멸을 내포하고 있다. 위대한 사업과 사상은 역경의 산물이다. 우리의 탄식 거리가 있다면 오랜 역경 속에 큰 사상이 못 나온 일이다. 인도는 3백 년 식민지 시대에 간디 하나를 낳은 것만으로 대가를 뽑고도 남았다. 이 큰 유산은 영원히 인도인이 소유할 영광이며 양식이기 때문이다.

젊어서 왕궁을 탈출한 석가는 생각할수록 통쾌하고 위대한 인물이다. 작고 크고 간에 껍질 속에서 탈출하는 일은 위대하게 사는 자가 거치는 필연의 과정이다. 주위를 둘러싼 껍질에서 벗어나는 것은 언제나 새로운 비약의 시작이다.

석굴암 불상에서 우리가 감명을 느끼는 것은 그것들이 손끝의 재주로 된 작품이 아니라, 혼의 작품인 까닭이다. 깊은 밤에 촛불을 들고 석굴 안에 서서 보살상들을 바라보면 보살들이 살아 있다고 느낀다. 하찮은 화강석을 징으로 쪼던 가슴이 얼마나 진정이었던가! 그 조각가가 곧 보살임에 틀림없다.

"시를 모르는 사람하고는 아예 이야기를 말게, 그 사람들은 담벼락일세."

공자도 아들에게 시경을 읽으라고 권했다.

"여자들은 모두 환자다."라고 말한 이가 있다. 남자들도 똑같이 환자다. 인생이 곧 환자가 아닌가?

열 살을 일기로 세상을 떠나는 내 아들의 임종의 머리맡에 앉아서 "너는 착한 아들이었고 나는 부실한 애비였다."라고 참회의 눈물을 막을 길이 없었다. 나보다 더 너절한 아들 노릇, 엉성한 제자 노릇, 부실한 애비 노릇, 멍청한 남편 노릇, 무능한 선생 노릇, 그리고 허술한 친구 노릇을 한 이가 또 있을까? 하고 울었다. 우리는 생명이 떠나는 자리에서 생명의 존엄을 가장 엄숙하게 느낀다. 죽음은 인생의 최대의 교육이다. 죽음이 없이 생명의 존엄성을 발견하는 길은 없을 것 같다.

뉴델리에서 간디의 사진을 바라보노라니 인격의 힘이 절실하게 느껴진다. 10관 미만의 빈약한 체구에 한 폭 무명을 걸친 조그만 간디 하나를, 세계를 지배하던 대영 제국도 다루기가 벅찼고, 그가 초막에 들어앉아 끼니를 굶으면 종교 싸움에 눈이 뒤집힌 3억의 민중도 싸움을 멈추고 반성했다. 몸뚱이는 값이 몇 푼 안 된다는 것이 확연히 느껴진다. "육체는 영혼의 의상일 뿐"이라고 지적한 칼라일의 말이 생각난다. 사람은 옷걸이 노릇만 하다 죽을 것이 아니다.

엄격한 의미에서 이 세상에 무종교인은 하나도 없다.

극형의 상징인 십자가가 한 젊은 시골 목수의 아들의 죽음에 의하여 사랑의 상징으로 바뀌어졌다. 이것을 보면 이 세상에 바뀌지 않을 것이 없을 것 같다.

산같이 큰 고래도 둥둥 떠서 물결에 떠내려가는데, 한 치가 못 되는 피라미가 내려닫는 여울을 거슬러 올라간다. 하나는 죽었고, 하나는 살아 있기 때문이다. 큰 것을 두려워 말 것이며 작은 것을 탄식할 것이 아니다.

산다는 것은 모험하는 일이다. 생명의 발전은 모험의 역사이다.

안전 제일주의에 포로가 되어 무수한 사람들이 죽었다. 땅 속 다섯 자 밑에 눕는 것이 제일 안전하다. 사람들은 안전을 위해 미리 죽고 만다. 살아 있는 구실을 못 하면 호흡하고 있을 뿐이지 곧 죽은 것이다.

"**호**흡한다는 것이 곧 살아 있다는 뜻은 아니다."

루소의 말이다. 공기가 부지런히 드나드는 자전거펌프를 살았다고 하는 사람은 없다.

생각해 볼수록 신기한 기적은 내 생명이 지금 여기에 살아 있다는 사실이다. 태초의 첫 생명이 한 번의 끊임도 없이 유구하게 이어져서 여기에 도달해 왔다는 한 가지 자각만으로도 누구나 벅찬 감격을 면하지 못할 것이다. 내 생명이 끝없이 앞으로 펼쳐져 간다는 사실을 또다시 인식한다면 나를 스스로 초개로 생각할 사람이 없을 것이다.

사람들은 시간의 조각사다. 무한히 펼쳐지는 거울 같은 고요한 바다, 이 같은 무한한 시간의 바다가 우리 앞에서 뒤로 끊임없이 흘러간다. 전인미답의 시간의 바다 위를 눈 내린 벌판에 첫발을 디디듯 내가 앞장서서 새겨 나가는 조각사들이다. 시간은 우리의 게으름을 기다리지 않는다. 우리들의 조각은 좋으나 그르나 간에 영구불변의 것이다.

이순신 장군은 우리 역사상 구국의 상징이다. 그 인물의 당당함은 바라볼수록 위대하다. 임진왜란에 이순신을 발견한 것은 반만년 우리 민족사의 최대의 수확이었다. 7년의 수난이 아깝지 않은 생각이 든다.

옛 사람들은 사람을 그릇으로 비유해서 생각했다. 사람을 말할 때에 그 그릇이 작으니, 크니 하고 말했다. 사람은 진리를 담는 그릇이다. 사람은 자기의 그릇 크기 이상의 것을 담지 못한다. 바다에 들어서서도 한 되들이는 한 되 이상의 물을, 한 말들이는 한 말 이상의 물을 담아내지는 못 할 것이다. 기본 문제는 자기의 그릇을 키우는 일이다.

인류의 광휘 있는 역사는 모든 위대한 실패자들의 소유이다. 소크라테스, 예수, 공자, 크롬웰, 링컨, 그 밖의 수없는 위대한 사람들의 것이다. 인류사의 밤하늘은 실패자들의 별로 찬란하게 빛난다.

전율할 승려들의 위압 아래 잔인한 죽음이 기다리고 있는 보름스를 향해 가면서 "보름스에 기왓장의 수만큼 악마들이 덤빌지라도 나는 결단코 갈 것이다."라고 마르틴 루터는 외쳤다. 그렇게 굳은 신념으로 사지로 달려간 광부의 아들의 모습은 천지를 울리는 웅장한 생명의 심포니였다. 감격 없이 역사를 읽는 자는 불씨가 없는 생명의 재다. 역사에서 감격을 느끼는 자만이 역사에 새로운 감격의 페이지를 더하고 갈 것이다.

거만한 상관의 꼴이 하도 메스꺼워서 "다섯 말 쌀에 허리를 굽히기 싫다."라고 관직을 버리고 「귀거래사」를 읊으며 농촌으로 돌아간 이가 시인 도연명이다. 너절한 줄에 얽히지 않고 자연 속에서 평생을 시 쓰고 밭 갈고 산 그의 생애는 몇 천추에 걸쳐 젊은 가슴들을 시원하고 즐겁게 해 준다. 글이 곧 사람이라고 한다면, 담배 연기와 커피 냄새로 가득 찬 다방 속에서 몇 천추에 걸쳐 인생을 즐겁게 하는 시가 써질 것 같지 않다.

석굴암 속에 홀로 서서 보살상들을 바라보면 나도 보살로 바뀌어 가는 듯 느껴진다. 이 불후의 예술품인 보살상들의 소재는 우리 집 안방에 놓인 구들장들과 아무런 다름이 없는 화강석들이다. 이것을 생각해 보면 비록 화강석 같은 나이지만 천재 조각가를 만나고 싶은 염원을 누를 수가 없다.

인도의 비노바 바베는 간디의 정신을 계승한 사람이다. 찌는 더위에 6천 5백 마일을 걸어 다니면서 지주들을 권고하여 백만 에이커 이상의 농토를 가난한 농부들에게 나누어 주게 했다. 얼마나 위대한 토지 개혁이냐! 인도의 위대한 점은 이런 곳에 있는 것이다.
    제자 된 사람의 걸어가는 길이 그의 스승과 다를 수도 있다. 그러나 스승에 대한 존경과 의리는 변할 수가 없다.

이 세상에 출생된 때부터 내 자신이 모든 문화에서 차단되어 있었다고 가정해 보라. 내가 할 수 있는 일, 아는 일이 무엇이겠는가? 사람은 참으로 무수한 방면에서 무수한 사람들의 도움과 은혜를 입고서 자신이 현재에 이른 것이다. 사람들은 저 혼자 자라난 것 같은 착각을 하는 때가 많다. 우리가 남을 돕는 일은 삶의 의무이다.

　모든 사람들은 모두 심한 건망증 환자들이다. 어린 아이들에게 대하는 것을 보면 자기들은 어린 시절이 전혀 없었던 것처럼 그들에 대하여 몰이해하다. "개구리가 올챙이 적 생각을 못 한다."라는 속담은 익살맞지만 진실로 참이다.

　사람들은 남에게서 받은 은혜나 자기가 저지른 허물에 대해서 매우 건망증이 심하나, 남에게 베푼 작은 동정이나 남의 과실에 대해서는 놀라운 기억력을 지니고 있다. 전진하는 인생은 이와 반대여야 한다.

　"이상을 말해서 현대인들이 받아들이지 않더라도 실망할 것은 없다. 만일 천 년에 걸쳐서 한 사람의 철인을 일으킬 수가 있다면 그것으로 족하다."

　이것은 플라톤의 말이다. 과연 위대한 철인의 소신이다.

　자기의 반신처럼 사랑하던 사람의 관 앞에 앉아 밤을 새워 본 경험이 있는 이는 누구나 죽음이야말로 위대한 교사라는 것을 통절하게 느낄 것이다. 진실이 샘물처럼 솟아나 나를 정화해 준다. 무릇 건실하고 또 아름다운 사상이나 인생관은 죽음에 직면해서 나온 것이다. 죽음을 생각해 보지 못한 인격이나 사상은 비눗방울처럼 가볍고도 불안정한 것임에 틀림없다.

인생은 풀끝에 맺힌 아침 이슬 같다고도 하고, 부딪치는 돌에서 반짝하는 불빛 같다고도 한다. 인생은 이처럼 허무하고 짧고 믿을 수 없다는 말이다. 이렇게 허무한 인생이니 그동안을 마음껏 향락해 보자는 사람들이 있는가 하면, 석화 같은 짧은 인생이니 그동안에 정신 차려 더욱 부지런히 살아 보자는 사람들도 있다.

허무한 인생이라고 믿고 마음껏 즐겨 보려고 하나 생각한 대로 마음껏 즐겁게 지낸 사람은 없었다. 그러한 즐거움에서 결국 몇 갑절의 비애와 고통을 맛보게 되는 것이 사람만이 가지고 있는 천성이다. 석가는 왕궁의 환락경에서 견디다 못해 뛰어나왔다. 정도의 문제일 뿐이지 누구나 다 석가의 마음을 가지고 있는 것이다.

짧은 인생을 보람 있게 살아 보자는 생각은 그로 하여금 후회를 남기게 한 일이 없다. 찬란한 인생은 결국 적극자의 소유이며 전취자의 소유이다.

인생 백년이 찰나라고 하나 보람 있는 삶은 하루가 그대로 영원으로 바뀐다. 시간뿐 아니라 공간도 그렇다. 다섯 자의 짧은 키에 우주를 다 넣고도 남음이 있고 고금을 집어넣어도 차서 넘치지 못한다.

하루를 영원으로 살고 우주를 가슴에 안을 수 있는 것이 사람만이 신에게서 받은 특전이다.

하와이 반도의 하나인 몰로카이섬은 이 세계에서 가장 참혹한 생지옥이었다. 나환자를 잡아다 버리는 곳이었다. 스물여섯 살의 벨기에의

한 청년 '다미엔'이 이곳에 들어가 나환자들을 위해서 한평생 일하다가 죽었다. "몰로카이 섬은 세계에서 가장 슬픈 곳이고 또 가장 즐거운 곳"이라는 말이 생겨날 정도로 나환자의 세계를 변화시켜 놓았다.

26세의 건장한 청년 다미엔과 늙어서 나환자가 되어 코는 일그러지고 눈은 찌부러지고 귀는 찢어진 노년 다미엔의 사진을 나란히 놓고 본다면 목석도 오히려 감격을 누르기 어려울 것이다. 그는 임종이 가까웠을 때에 "아, 나는 참 행복하다."라고 말했다. 행복의 여신은 반드시 피아노 소리가 울려 나오는 양옥집만을 찾아다닌다는 착각을 우리는 수정해야 한다. 다미엔의 행복의 고백이야말로 인류의 크나큰 유산이다.

시인 롱 펠로우는 그의 대표적인 시 「인생 찬미」에서 "무덤은 인생의 종점이 아니고 인생의 출발점"이라고 읊었다. 죽음을 인생의 출발점으로 믿는 삶은 얼마나 여유 있는 삶인가!

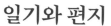

일기와 편지

류달영이 성실하게 기록한 일기와 가족과 주고받은 편지를 모았다. 아들, 남편, 아버지로서 류달영의 모습을 만날 수 있다. 소탈한 말투 속에 가족과 주변 사람을 생각하는 다정함과 따뜻함이 느껴진다. 수감 생활, 전쟁 등 위기가 찾아와도 가족과 굳건히 결속하여 고난을 이겨내겠다는 그의 의지가 담겨있다.

아이들에게

부디 튼튼하게, 그리고 씩씩하고 활발하게 뛰어 놀아라. 할머니와 엄마를 기쁘게 하여 드려라. 아버지가 돌아가는 날에는 재미나게 놀러 다니자.

젊은 호움^{haulm}의 일기

1935년 4월 20일

수원 매산리의 연못가에 150원을 주고 산 집으로 이사했다. 말끔히
수리하고 우물도 팠다. 집 주위엔 꽃도 많이 심었고 채마에는 온상에서
모종을 날라다 심었다. 연못 저편의 서명석 씨 댁에서 사계조 소리가 요
란스레 들리고 꿀벌도 많이 날아온다.

1935년 4월 21일

아내의 출산 예정일이 임박하였으므로 수원 의원 신현익 씨에게 왕진
을 청하여 두었다. 아내는 한밤중에 진통이 심하여 어머니와 내가 출산
준비를 하고 기다리고 있었다. 밤 12시가 지나서 첫닭이 운 직후에 어머
니께서 달여다 주신 녹용을 아내는 받아 마시지도 못하고 분만을 시작
하였다.

방안은 엄숙과 신비로 꽉 차 있었다. 얼굴은 상기되어 붉고 있는 힘을 다 주었다. 나는 기도하는 마음으로 아내에게 자신을 주고 응원을 했다. 밤중이라 의사가 올 수도 없다. 45분에 양수와 함께 아기가 마치 탄환처럼 튀어나왔다. 미처 받을 수도 없었다. 방바닥에 나가 떨어져 이마엔 멍이 든 것 같았다. 큰 소리를 지르면서 울었다. 어머니는 씻기시고 나는 의서에 쓰인 대로 태를 갈랐다.

산모는 곧 아이가 무엇이냐고 물었다. 내가 언뜻 보니 사내아이 같아서 "고추"라고 했더니, 아내는 아주 만족한 표정이었다. 모든 고통이 다 사라진 것 같았다. 어머니께서 웃으시면서 아닌 것 같다고 하셨다. 잘 보니 고추가 없었다. 고추든 아니든 아기의 울음소리에 집안에 생명이 창일하는 것 같다. 이 세상에 어미가 아기를 낳는 것보다 더 엄숙하고 신비스러운 장면은 없을 것이다. 아침에 학교에 갔다가 바로 돌아왔다. 소리울로 아버지께 편지 써서 올렸다.

1935년 8월 15일

오랫동안 고향에서 모셔 온 조상들의 신위를 아버지와 합의 끝에 깨끗이 태웠다. 내가 외아들이므로 부모님과 함께 직장을 따라 여러 번 이사하게 될 것이므로, 신위를 여러 곳으로 모시는 것은 조상을 오히려 욕되게 하는 것이라고 아버지께 몇 번이고 말씀드린 것이 허락되어 졸업을 앞두고서 실행된 것이다. 이제부터 제사는 지방을 써 뫼시고 저녁에 일찍 지내기로 결정되었다. 산모, 아기 모두 건강. 젖은 샘처럼 솟고 아기는 돼지처럼 무럭무럭 자라고. 이름은 '인숙'이로. 뚱뚱한 아이라고 동네의 화제거리. 머리통이 보기 좋고 눈이 맑아 총명이 가득하다.

1936년 3월 23일

히로다 교수가 세 차례나 나를 댁으로 불러 관청에 취직 권고. 세 차례 다 거절. 내가 쓴 졸업 논문 「부락 연구」가 새로 부임한 우가키 총독의 미곡 증산 농촌 진흥 정책에 안성맞춤이므로, 자기들끼리 내정한 것. 학교와 절연을 선언한다고. 나는 학교를 위해서 공부한 것이 아니라고 응수하다.

광주 소피아여학교 교무 주임이 집까지 찾아와 함께 교육 사업하자는 것을 확답 못했고. 이태종 교수가 만주 용정으로 함께 가자고 강권하였으나, 아버지의 반대로 주춤하다. 간도로 가고 싶다. 기독교 농촌 사업부, 길주농업학교에서도 교섭해 왔으나 보류. 김교신 선생님과 상의. 개성의 호수돈여학교에 양인성 씨 후임으로 가기로 결정하다. 양 선생은 따님과 함께 동경에 다시 유학한다고.

1936년 3월 25일

교장 대리 다이어 선생, 장기순 교무 주임과 담당 과목 협정. 조성지,

박태석 양형과 셋이 새로 부임한 것, '럭키 쓰리'라고. 일본 사람 없는 개성은 착실, 소박, 탄탄한 느낌. 여기 내 뼈를 묻자. 내 첫사랑을 마음껏 바치자. 여성 교육은 모든 것의 바탕임에 틀림없다. 교회 기숙사에 임시 투숙.

1936년 8월

방학에 조선일보사 주최로 백두산 탐험단 33인 중의 일원이 되어, 20일간 천지까지 갔다 오다. 백두산 천지는 민족의 성지. 내 결심은 철석처럼.

1936년 9월

담당 교과목은 동물, 식물, 생리, 광물, 실업, 원예의 여섯 과목, 주 22시간. 우생학, 가정 교육학을 졸업반의 과외로 청원하여 추가 담당. 도합 26시간. 주 2회 학생 소집회.

우리 집에서는 야간에 송고생을 중심한 하우스 파티. 일요일에는 산으로 물로 그룹지어 학생들과 피크닉.

인숙이는 날마다 벌거벗고 수도 통에 들어가 살다시피 한다. 벌써 말잘 하고 사랑을 독차지. 개성 사투리에 온 가족이 웃음판.

1937년 11월 9일

아내의 출산 예정일, 병원에 가서 분만에 소용되는 약품과 기구를 완비하여 가지고 집에서 대비, 아침 먹고 나서 어머니와 내가 전처럼 대기하고 있는데, 아내의 진통 본격화. 10시 42분 생남. 순산. 온 집안에 기쁨이 창일. 시골 농장에 가 계신 아버지께 상서하다. 이름은 인걸. 머리통 크고 머리카락 하나 없는 민숭이. 소리 질러 울어 이웃에 들릴 정도. 아내의 기쁨 무한. 오후 남성 병원 김경태 씨 왕진하여 후산하다.

1938년 8월 15일

인걸은 생후 10개월. 끼니때마다 졸라서 할머니, 엄마, 아빠, 이렇게 돌려가면서 밥 몇 알씩 먹인다. 탐식이 대단. 아랫니 2개는 벌써 한 달 전에 났고 윗니도 일주일 전에 나기 시작. 딱딱 아랫니를 열심히 맞추어 본다. 엄마 젖꼭지 물어뜯어 큰 소동. 단단히 혼내 났다.

인숙이는 사내아이처럼 이발. 아침부터 동무 찾아 종일 나가 놀고 말 잘 한다고 별명이 '동네 변호사'. 그렇게 열심이던 빨래 빨기 집어치우고 춘천 신근철 형이 보내 온 소꿉에 세월이 짧다.

아버지 노령이시나 건강. 시우들과 송악 일대의 명소 찾아 시 지으며 소일하신다. 뜰에는 국화, 난초, 선인장, 화목들 가득하다. 이것은 개성 가정의 풍습. 움막에 살아도 몇 그루 화분은 반드시 가꾼다. 할아버지와 엄마의 특청으로 서울서 7원 50전의 큰돈으로 유모차 사오다.

1938년 8월 16일

인걸이는 노란 머리카락이 스무 올쯤 한 치 반 길이로 자라서 나풀거려 영락없이 만화의 아담슨의 대머리. 자는 동안에 엄마가 가위로 싹둑 깎아 버렸다. 깎아야 머리털이 많이 나온다는 말을 믿고. 보기에 그대로 뒷박 같이 멋이 없어졌다. 엄마는 그래도 깎으니까 얼마쯤 억세 보인단다.

나는 날마다 밤과 새벽에 독일어 공부 계속. 소만 국경 싸움에 일본이 호되게 당한 듯. 정전 협정되었다는 보도. 인천에 콜레라 발생. 생선 판매와 해수욕 일체 금지. 중일 전쟁도 1년이 지났는데, 물가 폭등. 생활 위험, 잦아드는 물 같다. 무엇인가 큰 변동이 있어야겠다. 그래야 우리에게도 변동이 올 것이다.

1938년 8월 20일

'동네 변호사' 인숙이가 엄마에게 질문을 계속한다.

"엄마, 저 달은 누구네 달이우?"

"우리 집 달이지 누구네 달이야."

"저 별은 그럼 누구네 별이구?"

"그것도 우리 집 별이지 누구네 별이여."

"엄마, 귀화네 집에두 달이 있우?"

"그럼, 그 집에도 있겠지."

"엄마, 귀화네 집에도 별이 있우?"

"그럼, 그 집에도 있겠지."

"엄마, 우리 집 달하구 귀하네 집 달하구 누구네 집 달이 더 크우?"

"글쎄, 두 집 달이 똑 같이 다 크겠지."

"엄마, 그럼 우리 집 별하구 귀화네 집 별하구 누구네 집 별이 더 많으우?"

"글쎄, 아마 두 집의 별이 똑같이 많겠지."

변호사의 질문은 끝이 없다.

1939년 1월 4일

중일 전쟁[65] 벌써 3년째. 날마다 시국 강연, 그리고 국방헌금, 강제 저축, 무서운 생활고가 조여 들어오고 있다. 부인들, 옷고름 모두 떼고 단추 달아 입고 여학생들은 양말 신는 것 금지하여 맨발에 운동화.

인숙이 다섯 살. 귀머리 기르고 앞머리는 가지런히 깎는다. 머리는 아침마다 제 손으로 빗고 치장. 두 주일 전에 신장염으로 얼굴이 부었었으나 이제는 원상으로.

학교에 따라와서 학생들 앞에서 노래자랑으로 한 몫. 아빠가 지은 동시 「우리 집 대장」도 줄줄이 외운다. 아빠와 장에 가서 방한화 사 신고 왔다. "오늘도 오줌 안 쌌다."라고 자랑. 인걸이를 미워해서 엄마에게 톡톡히 기합 받았다.

1939년 1월 15일

며칠째 장작 두 바리 패 쌓다. 아내도 장작 패기. 양친께서는 이천에 추수 가시고 인걸은 돌 지난 지 한 달 지나서야 겨우 따루(기어 다니던 아기가 처음 일어서는 것). 늦되다. 윗니 여섯 개, 아랫니 네 개, 배운 재주는 아빠 학교 갈 때에 거수경례하는 것. 문종이 찢기, 책상 뒤엎기, 밥상 위의 그릇 밀어내기 등등의 말썽 속출, 인숙이와는 정반대, 제일 위험한 것은 화롯불. 아빠가 손을 불 위에 끌어다가 따끈하게 쪼인 다음에는 화로 근처엔 안 간다.

1939년 2월 1일

아빠가 학교에서 돌아오면 온 집안이 법석. 할아버지는 인걸이와 단짝. 서로 만나면 '부라부라'. 할머니에게는 담배 연기 때문에 질색. 인걸이 대머리에도 털이 꽤 났고, 말도 많이 알아듣는다. '가-가-', '나-나-'등 발음.

1939년 3월 1일

3월 1일이다! 인걸이 걷기 시작. 2미터 걷고 넘어져 이마에 멍이 들었다. 인걸이도 3월 1일엔 걷는데.

할머니가 업으시면 "가-가-"소리를 지른다. 그대로 서 있으면 그만 뒤로 자빠진다. 시위운동이다.

1939년 3월 17일

인걸이는 자유롭게 걷는다. 방안을 빙빙 돌며 걷는다. 신이 나서 웃으면서 걷는다. 이제 밥도, 국도, 저 혼자서 먹는다. 무엇을 뜯거나 만지거나 할 때에 누가 말려도 듣지 않는다. 아빠가 "그만 두어라.", "아서라." 하면 손가락으로만 가리키면서 아빠를 바라보기만 한다. 아빠의 말만은 듣는다. 아빠는 왜 무서울까?

1939년 3월 23일

인걸이가 열이 높아 온 집안이 걱정, 병원에 갔다 왔다. 기관지염. 흡입 치료. 인숙이는 심술도 가끔 낸다. 동무들 많이 데리고 오고 엄마 체경 앞에서 머리도 빗고 분도 바르고 이제는 제일 신장기에 들어가는가 보다. 꽤 호리호리해졌다.

1939년 9월 4일

유럽에 큰 싸움(제2차 세계 대전)이 터졌다. 독일이 폴란드 점령. 전사자 다수. 폴란드 국민들의 처절한 저항. 피가 끓는다.

영국, 독일에 선전 포고. 오스트레일리아도. 프랑스는 곧 할 모양. 이제 인류의 대 전쟁. 정의에 승리 있으라. 중·일 장기전 태세.

상록수의 여주인공 최용신 양의 전기 탈고. 나의 첫 작. 김교신 선생께 송달. 대단한 기쁨. 출판을 서둘러야겠다. 총독부 검열이 날로 심해간다.

올여름의 가뭄은 전고에 드문 가뭄이다. 산의 짐승들이 갈증으로 죽은 것을 주워 온다. 우물도 많이 말라서 식수도 큰 걱정. 가로수 포플러가 노랗게 여름 단풍이다. 하늘이 어찌 무심하랴. 대흉작. 호수돈 교정의 라일락도 여러 그루 말라죽고 수백 년 된 느티나무도 낙엽이 분분. 천재, 지변, 인재. 암, 그래야지, 모두 크게 곪아야지, 그래야 새살이 나오지.

1939년 6월 5일

고려정 942번지로 이사. 스물 한 칸 반의 청석 기와집. 서재, 욕실 있어 좋다. 뜰도 좁지 않아 화초 가득히 벌려 놓고 가꾸게 되었다. 인걸의 심술도 대단. 먹을 것에 대한 욕심도 대단. 배탈 나고 열나고. 인숙이는 일요일마다 아빠와 산책. 학교의 꽃밭, 온실, 동산으로 놀러 간다.

1940년 3월 20일

오전 8시 40분 또 하나의 아기 탄생. 예정일에 출산하여 나도 조산 역. 또 하나의 딸. 생김새가 위의 두 아이들과 딴판. 머리숱 많고, 코 오똑, 얼굴 갸름, 체구는 작은 편이고.

인걸이 북적대고 인숙은 좋아서 어쩔 줄 모르고. 인걸이는 이제 누나와 맞서서 싸운다. 뚱뚱하고 시뻘건 얼굴, 탐스러워 좋다. 총 매고 병정 흉내. 기어 다니면서 소 풀 먹는 흉내. 집안은 온통 법석. 먹을 것 내라고 조르기 시작하면 끝장이 나야 한다. 마음 약해 넘어가는 이는 언제나 할머니. 인숙이, 인걸이, 둘 다 개성 영아부에서 1등 건강상을 받았다.

1941년 3월 26일

꼭 1년 전에 풍으로 누워 계시던 아버지가 갑자기 위중하시게 되었다. 인숙이가 뛰어나와 소리쳐서 들어가 보니 중풍이 재발하셨다. 가족을 모두 불러 놓으시고 곧 유언을 하셨다.

"너의 어머니는 참현부인이다. 우리 집안의 은인이다. 너의 내외도 찾아보기 어려운 착한 사람들이다. 아이들도 모두 잘났고 그렇게 잘생긴 아이들 처음 보았다. 모두 장래가 좋을 것이다."

장례는 네 마음대로 하라고 부탁하시고 의식을 잃으셨다. 의사들이 왔다가고 했으나 오후 5시 반에 72세로 별세하셨다.

참으로 고마우신 아버지, 훌륭하신 아버지, 나라의 앞일이 어떻게 되겠느냐고 늘 물으시던 아버지[66], 울 수가 없다. 가슴이 막혀서.

기독교식으로 장례하기로 결정. 교회, 학교, 이웃이 모여 빈틈없이 장례 준비를 진행시켰다.

1941년 4월 4일

인숙은 호수돈 유치원에 들어갔다. 원장님은 최순봉 선생님.

1942년 6월에 나는 성서조선 사건으로 김교신, 함석헌, 송두용 선생, 그 밖의 여러 인사들과 함께 일본 경찰에 체포되어 투옥되었었다. 아버지가 나의 옥고 전에 별세(1941년 3월 26일)하신 것이 얼마나 고마운지 모르겠다.

옥중에서의 편지

어머님[67]께

어머님, 며칠 전에 아내의 편지 받고 안녕하신 것 알게 되어 하나님께 감사를 드렸습니다. 이 엄동에 어머님이 노쇠하신 몸으로 노고를 하시는 모습, 언제나 눈앞에 보여 단장의 아픔으로 저의 불효를 되씹습니다.

슬하를 떠나 온 이후로 몇 번이고 아버지의 얼굴을 대하게 되는데, 언제나 평안과 밝음으로 넘치는 모습입니다. 살아계실 때 한결같이 청렴하시고 근엄하시고 너그러우신 일생이었으므로, 저 나라에서도 큰 행복을 누리고 계시는가 봅니다. 꿈속에 아버지를 뵐 때마다 뉘우침의 눈물과 깊으신 은혜에 대한 감사로 벅차게 됩니다.

어머니, 부디 저를 귀여워하시는 그 심정으로 어머니 자신의 건강을 돌보셔서 후일에 건강하신 모습을 뵐 수 있도록 하여 주시기를 간절히 원합니다.

어머님의 회갑(1942년 음력 11월 21일)을 영어의 몸으로 감옥에서 맞이하게 되어 참으로 죄스럽습니다. 이 심정을 어찌 다 붓으로 쓸 수 있겠습니까! 내년엔 기쁨이 우리 집안에 가득 차기를 빌고 있습니다. 저는 『맹자』를 읽고 있습니다.

아내에게

4일에 부친 편지는 16일에서야 받았는데, 이제야 겨우 회답을 쓰는 형편이 되었소. 한 달에 한 번에 한하여 일어로 가족에게만 편지를 쓰도록 제한되어 있어서 이렇게 되는 것이니 양해하오. 차입한 물건은 대강 다 받았으나 서적만은 손에 들어오지 않는구려. 신약 성서와 H.G. 웰스의 『생명 과학』이 와 있다는 것을 알고는 있소. 오래지 않아 읽게 될 것이오.

나의 건강은 매우 좋으니 아무런 염려도 마오. 내 자신의 건강을 위해서 세심한 주의를 게을리하지 않고 있는 중이오. 사식은 조석 2식을 받고 있으니까 관식은 하루에 1식이 되는 셈이오. 그러므로 매월 31원가량이 되겠소. 1일 1식으로 줄여 보려고도 생각했었으나, 몸을 건강하게 유지하기 위해서 2식으로 하기로 작정했소. 2월 말까지는 옷의 차입은 필요하지 않으오. 될 수 있는 대로 서울에 오지 말고 편지로 소식을 전하는 것이 편리도 하고 좋을 것이오.

서적은 『희랍어 독습서』, 『생명 과학』 3·4·5권과 『중국어 독습서』를 우송해 주시오. 집에서 보내는 편지는 봉서로도 좋으니까 될 수 있는 대로 상세히 자주 보내 주시오. 어머님의 회갑이 가까워 오는데, 참으로 더

없는 괴로움이구려. 아버님의 기일도 가까워지고. 나를 위해서 늘 기도해 주시오.

시골 농장과 은행에서 차금한 것 어찌 되었는지. 너무도 당신의 부담이 많아요. 나를 위해서 지나치게 무리하지 말도록 하시오. 나는 날마다 기도의 생활이오. 당신의 신앙이 건강하고 아름답게 자라도록.

지금 막 옷과 서적의 차입의 연락이 있었소. 정월에 다시 쓰겠소. 이만.

아이들에게[68]

부디 튼튼하게, 그리고 씩씩하고 활발하게 뛰어 놀아라. 할머니와 엄마를 기쁘게 하여 드려라. 아버지가 돌아가는 날에는 재미나게 놀러 다니자.

1942년 3월 22일

어머님께

계속되는 혹독한 추위에 주님의 보호로 항상 건강하시기를 조석으로 빌고 있습니다. 아내의 편지로 시골 가셨다가 돌아오신 것을 알았습니다. 노령에 얼마나 고생이시겠습니까? 모두 저 때문입니다. 아들로서 부모의 회갑을 축하하며 기뻐하는 것은 특별한 은총인 것인데, 저는 외아들로서 오히려 회갑 때에 큰 슬픔을 드리게 되었으니, 영구히 지울 수 없는 한이 되겠습니다.

후일에 무슨 낯으로 아버지를 뵈올는지요. 하루라도 속히 돌아가서 모시고 싶은 심정이 간절합니다. 부디부디 건강 조심하십시오. 이것이야말로 지금의 저에게는 가장 바라는 어머니의 사랑과 자애입니다.

저의 건강은 매우 좋습니다. 저는 저의 몸을 부모님의 몸으로 생각하고 소중히 다루며 세심한 주의를 하고 있습니다. 그리고 어머님께서 걱정하시는 그런 추위는 아닙니다. 저의 건강에 대해서는 마음 놓으시기 바랍니다. 소화도 잘 됩니다. 사식을 먹고 있으니까 배도 고프지 않습니다. 죄 없는 몸이므로 마음은 언제나 편합니다. 꿈에는 돌아가신 아버지를 만나 뵈었는데, 언제나 화평하신 얼굴이어서 생전의 유덕을 우러러 보게 됩니다.

아내에게

29일 부친 편지 오늘 받았소. 차입한 옷을 다 받아 입어서 추위로 고생은 않으니 걱정 마오. 당신이 집에서 생각하는 것과는 다르니 안심하오. 밤에는 서로들 끼고 자니까 땀까지 흘려요. 부디 어머님을 위로해 주오. 사람의 걱정은 한없이 계속되는 것이 아니오. 반드시 기쁨의 날도 올 것이오. 온 가족이 한자리에 모여 기쁨을 나눌 날도 오게 될 것이오. 당신은 지금 홑몸도 아닌 무거운 몸으로 너무도 고달픈 짐을 여러 모로 지게 되어 무엇이라 위로할지….

인숙의 성적이 그렇게 좋다니 기쁘고 인걸과 화숙의 건강도 좋다니 다행이오. 인순이도 수고가 참 많겠구려. 차입은 3월까지는 필요 없소. 3월 말에 휴지, 칫솔, 치마분, 비누, 털실 다비(일본 버선)만 우편으로 보내면 넉넉하오. 서적의 차입도 한동안 안 해도 좋겠소. 그러나 편지는 자주 보내 주기 바라오. 벗은 옷도 내가 가져가라는 편지를 하기까지는 와도 소용이 없소.

오래지 않아 우리 집에 또 하나의 새 가족이 탄생한다는 것은 이 슬픔 가운데 참으로 하나님의 크나큰 축복이로구려. 새로 낳는 아기를 위해서 성하, 신화의 두 가지 이름을 지어 보았소.

인숙에게

공부를 잘하여 성적이 썩 좋다니 아버지는 참으로 기쁘다.

인걸에게

할머니 말씀, 엄마 말씀 잘 듣고, 그리고 씩씩하게 뛰어다니며 놀아라. 아주 훌륭한 사람이 될 것이다.

화숙에게

튼튼한 몸으로 잘 뛰 놀자. 아버지가 집에 돌아가면 전처럼 그렇게 재미나게 놀자.

인순에게

수고 많아요. 바느질 공부도 열심히 해요.

1943년 1월 14일

어머님께

1월 9일에 부친 편지는 25일에 받았습니다. 어머님 위에 하나님의 은혜와 도우심이 끊이지 않아, 만수무강하시기를 축원합니다. 어머님 일 안 하시고 아이들 모두 충실하다 하니 우선 더 없는 기쁨이라 하겠습니다. 더구나, 약질인 화숙이도 잘 자란다고 하니 다행입니다. 화숙이까지 잔병치레로 어머니를 괴롭힌다면 참 적지 않은 걱정일 터인데요. 인순이도 건강해서 어머니를 잘 도와 드리리라고 믿습니다.

아내의 산월이 가까워 오므로 저도 매우 긴장하고 있습니다. 노령이신 어머님께 여러 모로 짐이 무거워지는군요. 상상하고도 남습니다. 무사하게, 그리고 건강한 어린 새 가족이 탄생하기를 빌고 있습니다. 아기 이름은 아들이면 '성하'로, 딸이면 '신화'라고 했으면 합니다.

벌써 몇 차례 말씀드린 것처럼 저는 몸이 건강해서 추위도 타지 않고 요사이는 가끔 밖으로 운동을 하러 나가기도 하고, 또 목욕도 하게 되었으니 너무 염려하지 마십시오. 병이 나면 곧 의사를 불러 치료하게 됩니다. 저는 감기 한 번 앓지 않았습니다. 집에서보다도 건강합니다. 어머니, 사람의 슬픔과 걱정은 언제까지나 계속되는 것이 아닙니다. 근심 걱정이 지나가면 틀림없이 더욱 많은 기쁨과 즐거움이 찾아오게 되는 것입니다. 저는 그날이 속히 올 것을 믿고 있고, 또 기다리고 있습니다. 그날을 위해서 늘 빌고 있습니다. 어머니도 축원을 계속하십시오.

아내에게

날마다 당신을 위해서 기도를 하고 있소. 안산을 하고 훌륭하고 아름다운 아기를 하나님이 보내 주실 것이오. 이 슬픔과 환난 속에 얼마나 넘치는 기쁨이며 위로인가! 우리는 모든 것을 하나님께 구하고, 또 모든 것을 하나님께 맡기고.

인걸은 유치원에 보냈으면 하오. 잘 뛰어 놀게. 옷은 4월 한 달 동안 안 보내도 충분하오. 옷이 더러워지지를 않으니까. 나를 위해서 새 옷을 산다거나, 만든다거나 하지 마오. 속옷도 남아서 옆에 꾸려 놓고 있는 형편이오. 추위 고생은 없었으며 당신이 차입한 것은 빠짐없이 다 받았소. 3월에 보낸 책은 내일이나 모레쯤 내 손에 들어 올 것 같소.

지금은 『대학』, 『논어』, 『맹자』, 『중용』을 몇 번이고 다시 읽고 이제는 『시전』을 시작하였소. 참 공부가 잘 되오. 평소에 아버지가 들려주시던 말씀이 많아서 한층 생전의 모습이 그리워지는구려.

2월 중에 휴지 5속, 비누 하나, 치마분 1봉 우송해 주오. 그리고 만일의 경우에 대비해서 돈이 필요할지 모르니, 150원을 맡겨 주시오. 모두 우편으로. 우편으로 보내오면 도착 즉시로 곧 알려 주게 되어 있소. 2월

분까지는 식대가 남아 있소. 아침저녁 사식, 점심은 관식인데, 영양은 그만하면 넉넉하오. 오늘까지 한 번도 검사의 심문을 받지 못하고 지내고 있소. 올봄에는 심문이 시작되겠지요. 산후의 몸조리를 잘 하시오. 만일 조금이라도 몸의 지장이 있으면 곧 의사와 상의하시오.

인숙에게

3학기에도 최고 성적을 올리겠지. 아버지가 돌아가면 칭찬 많이 해 주겠다.

인걸에게

너도 몸이 매우 튼튼하고 활기에 넘쳐 있다니 참 좋다. 할머니와 엄마 말씀 잘 듣고 잘 놀면 유치원에 보내게 된단다.

화숙에게

말솜씨가 훌륭하였지. 아버지가 돌아가면 사과를 푸짐하게 사 줄 것을 약속한다. 새아기 낳으면 여럿이 다 귀여워해 주기 바란다. 식사 때에는 다 같이 감사기도 드리는 것을 잊지 말 것. 그러면 오늘은 이만.

1943년 1월 27일

어머님께

아내 편지 2월 9일에 부친 것, 16일에 받았습니다. 어머니께서 제 걱정을 너무 하셔서 매우 쇠약해지셨다니 참으로 송구하고 민망합니다. 저는 아버님의 상중에 있는 몸으로 이렇게 여러 가지로 어머님께 심려를 끼치는 일을 생각하면 일생의 한이 됩니다.

어머님! 부디 저를 사랑하시는 마음으로 어머니 자신을 돌보시어 제가 돌아가 건강하신 어머니의 얼굴을 뵙도록 해 주십시오. 그것이 저의 소원입니다. 저는 오래지 않아 집으로 돌아가서 어머님을 뵙게 될 것이 틀림없습니다. 부디 안심하시기 바랍니다.

엄동도 고비가 넘어서 벌써 봄기운이 도는 것 같습니다. 저는 매우 건강하고 매일 아침에 냉수마찰을 이곳에서도 계속하고 있습니다. 그리고 추위에 눌린 일은 없습니다. 하나님이 어머님의 마음을 위로해 주시기를 주야로 빌고 있습니다.

아내에게

당신이 물심양면으로 얼마나 괴로운 생활을 하고 있는가를 나는 어렵지 않게 상상하고 있소. 이 괴로운 고개를 훌륭히 넘어가도록 힘씁시다. 인간의 힘에는 한계가 있는 것이니 모든 것을 하나님께 맡기고 이겨 갑시다.

출산이 어느 날인지는 모르겠으나, 산후의 조섭이 무엇보다도 중요하니, 내가 집에 있을 때보다도 몇 배 주의합시다. 만일의 경우에는 주저

말고 의사를 부르도록 하시오. 그리고 아기 낳거든 곧 전보 치도록 하시오. 기도, 끊임없는 기도.

지난 2월 4일에 양지 언니가 『소학』과 『논어』를 차입했어요. 감사한 말씀을 무엇으로 다하겠소. 1월 2일에 책 네 권과 돈 150원, 그 밖의 일용품 차입한 것 받았소. 2월 10일에서야 희랍어의 책이 손에 들어와 곧 공부를 시작했소. 『시전』도 끝났소. 이제 동양의 고전에 대해서 약간 공부를 한 셈이오. 다음에는 힐티의 『종교 논문집』 상·하 두 권을 부쳐 주시오.

17년도의 『성서 지식과 주해』, 구약 성서 중권 쿠로사키씨가 편찬한 것, 희랍어 성경, 희랍어 문전을 주문해서 도착되는 대로 차입해 주오. 이것들은 내가 집에 있을 때에 모두 예약해 놓은 책들이오.

옷은 별로 더러워지지 않았소. 내일 새 옷으로 갈아입겠소. 4월 한 달은 옷 걱정 없겠소. 편지로 알리기까지는 옷 차입하지 마오. 이제 혹한도 물러가고 봄기운이 창밖에 감도는 듯하오.

추위는 예상보다 비교적 쉽게 넘겼소. 이제 추위 걱정은 없을 터이니까. 몸은 매우 건강하고 체중은 집에서보다 늘면 늘었지 줄지 않았을 것이오. 당신은 내 건강에 대해서 너무 걱정하고 있는 것 같소. 부디 내 신앙과 신념을 위해서 끊임없는 기도를 해 주시오. 당신은 내가 하나님과 같이 있다는 것을, 또 있어야 한다는 것을 기억해 주어야겠소. 거듭 부탁하지만 내 신념을 위해서 기도해 주시오.

가난과 곤궁에 처하게 되면 가까운 이웃들도 냉랭해지기 쉽고, 또 친구들도 우리를 버리고 가게 되는 것이오. 오직 하나님만이 변하지 않는 사랑으로 우리들을 지켜 주시는 것이오. 우리는 결코 인간에게 낙심해서는 안 되오. 인간은 약한 것이오.

하루라도 속히 자유의 몸이 되어서 사회와 동포에 내 몸을 바치게 될 날이 오기를 기다리오. 편지를 더 자주 보내시오. 일주일에 한 번 정도라도 편지 기다리기 지루하오. 화숙이가 너무 약하거든 '하리바'를 먹여 보도록 하오. 어머님의 건강 문제 참 걱정이오.

기념 사진관에서 졸업 사진첩 원본을 찾아다 두도록 하시오. 내가 촬영 편집한 것으로 원본을 주기로 약속이 되어 있소.

인숙, 인걸, 화숙에게

너희들 다 좋은 어린이들이다. 아버지는 참으로 건강한 몸으로 열심히 공부를 계속하고 있어요.

너희들도 우선 건강하고 씩씩한 아이들이 되어야 해요. 곧 새 아기가 탄생할 터이니까 다 같이 귀여워합시다. 물론 할머니, 엄마 말씀 잘 들어야지.

인순에게

살림 공부를 열심히 하도록 해라. 그리고 건강에 유의할 것.

1943년 2월 17일

어머님께

어머니, 병환 좀 어떠하세요? 노령이어서 참 걱정입니다. 저도 늘 어머니의 건강을 위해서 기도하고 있습니다. 기후도 매우 온화해져서 견딜 만하게 되었습니다. 저는 건강에 아무런 탈이 없습니다. 원기 왕성합니다. 공부도 능률이 나서 『대학』, 『논어』, 『맹자』, 『중용』을 다 읽었고, 『시전』도 이제 공부가 끝났습니다. 이제부터는 희랍어 공부로 들어갑니다. 전념해서 공부를 하고자 합니다.

얼마 안 가서 아버지 대상大祥[사람이 죽은 지 2달 만에 지내는 제사]이 되는군요. 참으로 가슴이 아파요. 가지가지의 회포가 가슴 속에 가득해집니다. 요사이는 아버지의 생애를 더듬어 보고 추억에 잠기곤 합니다. 그 청렴한 생애, 또 자애롭고 부지런하시고 검소하신 생애, 모든 사람을 도와주시던 일생을 회상하면서 어찌할 수 없는 일이기는 하지만 송구한 마음을 금할 수가 없습니다. 옛 성현들은 그렇게 지성을 다해 부모를 모시고서도 그 부족함을 스스로 책하였는데, 저는 언제나 걱정만 끼쳐 드려서 몸 둘 곳이 없습니다.

아버지는 임종하실 때에도 저의 내외를 보시고 "너희들은 참 좋은 부부이다." 하시며 마지막까지 칭찬하시고 가셨는데, 돌이켜 생각할수록 아버지의 사랑이 깊고도 높은 것을 더욱 새삼스럽게 느끼게 됩니다. 아버지의 장례 때에 개성 유지들이 진정으로 도와 준 우정을 잊을 수가 없습니다. 그런데, 어찌해서 저의 적은 정성까지도 다할 길이 이렇게 막히는 것인지요.

아내는 그동안 안산했는지 궁금하군요. 모든 것을 하나님의 뜻으로 믿을 수밖에 없습니다. 축복을 빌 뿐입니다. 어머니, 저를 위해서 너무 걱정하시지 마십시오. 몸은 매여 있으나, 마음은 평안하고 자유롭습니다. 어머니를 뵐 날이 그리 멀지 않을 것입니다.

아내에게

생활고와 정신적 고통과 육체적 고달픔, 당신의 신고의 하루하루를 진심으로 동정하오. 부부는 한 몸이오. 함께 괴로움을 견디고 또 함께 즐거워할 수밖에 없소. 몸조심하오. 산후 조섭 잘 하고.

금년의 졸업식 날도 곧 다가오는구려. 그들에게 미안한 점이 많아요. 한번 졸업식장에서 헤어지면 일생 동안 서로 만나 보지 못하는 영이별이 되는 경우가 대부분이오. 나도 그들을 못 만나겠지. 내 정성이 그들의 가슴에 스며들어, 그들이 진정으로 이 사회와 또 겨레가 요구하는 일을 하면서 참되게 살아가기를 빌고 비오. 졸업 앨범 한 권 부탁해 보오. 집에 돌아가서 앨범이라도 볼 수 있게.

내가 감옥에 있는 동안에 여러 사람들이 나를 염려해 주고, 또 폐를 끼치고 있지 않소? 그러나, 친형제 없는 외로움을 타향에서 당신은 골수에 사무치게 느끼는 것 같으나, 결국은 신앙으로 외로움을 극복하고 꿋꿋이 살아가는 것이 올바른 길이오.

나는 하나님 속에, 하나님은 내 속에, 이렇게 하나님과 내가 일체가 되어 있다는 신념에는 공포도, 외로움도 있을 수가 없소, 이 길이야말로 우리의 행복을 가장 튼튼하게 구축해 가는 길이 될 것이오. 3월 말에 겹옷 한 벌 차입하시오. 물론 우편으로 하시오. 셔츠는 소용없어요.

인순에게

몸 건강하고 모든 일을 공부로 생각하고 해 봐요. 틈틈이 읽는 공부도 하고. 혼자서 훌륭히 살림을 해 갈 수 있는 실력을 길러 가도록 해요.

인숙아

너 곧 2년생이 되지. 누구에게도 뒤지지 않는, 그리고 훌륭한 소녀라고 생각할 수 있게 공부해 보자.

인걸아

기운차게 잘 놀아. 할머니, 엄마의 걱정을 시켜서는 안 되지.

화숙아

이제 제법 키가 커졌겠구나. 말도 제법 잘 하겠고. 새 아기를 사랑합시다. 아버지는 건강하다. 그리고 언제나 너희들이 모두 다 훌륭하게 잘 자라기를 하나님께 빌고 있다.

1943년 3월 2일

어머님께

5월 2일에 보낸 아내의 편지에 어머니께서 매우 쇠약해지셨다고 하니 참으로 걱정입니다. 기도합니다.

아버지의 대상을 눈앞에 두고 아버지의 은덕과 저의 혜식은 생애가 되씹어집니다. 아버지의 명복을 열심으로 빌고 있습니다. 참으로 거룩한 것은 어버이의 사랑입니다. 아버지께서 생전에 저를 위해서 갖은 정성을 다하신 일들이 이 나이에 어렴풋이 느껴지기 시작합니다. 근일에도 가끔 아버지를 꿈에서 뵙습니다. 꿈에 저는 아버지와 함께 은행나무 밑에서 쉬고 있었는데, 아버지는 "얼마나 훌륭한 나무냐? 천하의 제일가는 나무로구나!" 하시면서 저를 바라보시고 웃으셨습니다. 아버지와 함께 시내에 들어가서 목욕을 했습니다. 제 등을 씻어 주시면서 얼굴에 가득하게 웃음을 띠우셨습니다. 제가 어려서 아버지를 따라 소리울 시내에서 목욕하던 시절의 인상이 되살아난 것 같습니다. 비록 꿈이지만 그 자애로운 아버지의 웃음을 잊을 수가 없습니다.

저는 아버지와 송림 속을 함께 걷고 있었는데, 아버지는 싱싱한 솔가지 하나를 뚝 꺾어서 저에게 주셨습니다. 아무 말씀도 없었으나, 저는 더없는 소중한 선물로 받아 쥐었습니다. 어느 날 밤 꿈에 비가 몹시 쏟아졌습니다. 집이 새게 될 것 같아서 제가 지붕을 고치려고 낡은 사다리를 세워 놓고 올라가려니까 아버지는 저를 붙잡고 "이대로는 위험하다. 고치자." 하시면서 사다리를 튼튼하게 못질해서 지붕에 걸쳐 주셨습니다. 저는 위험성이 없는 사다리를 밟고 올라가서 지붕을 고칠 수가 있었습니다. 꿈에서 뵐 때의 반가움과 고마움은 헤아릴 수가 없습니다.

꿈속에 봬온 아버지 모습
자비로운 그 모습
너무도 그리워서 다시 꿈을 재촉하네.

깬 꿈은 이어지지 않네.
아쉬워서 소녀처럼 울었네.
철창에 별들 사라지고
또다시 기약 없는 하루가 오네.

어머니, 조용히 참고 기다려 봅시다. 하나님은 어머니가 저를 생각하고 있듯이 어머니를 생각하고 계십니다. 아내의 안산은 참으로 큰 은혜라고 믿습니다. 어머니, 참 노고가 많으십니다. 저는 기도 속에 일어납니다. 우리들의 간절한 소원을 위해서.

아내에게

6일에 친 전보 11일에 받았어요. 안산해서 더 큰 기쁨이 없어요. 하나님이 보내주신 새 가족은 우리들의 신앙의 꽃 '신화'가 되어서 참영광이 온 세상에 비치기를 빌고 있어요. 애기가 보고 싶어요. 산후의 조섭 거듭 부탁.

나는 한결같은 건강으로 희랍어 문법을 한 달 만에 떼고, 이제부터 요한 일서를 희랍어 원문으로 공부하고 있소. 부친 휴지, 치마분은 받았소. 이제부터는 차입품은 도착 당일로 본인에게 주게 규정이 개정되어 편하게 되었소.

어머니는 왜 고향으로 가시는가, 인순이는 왜 집으로 돌아가야 하는가, 궁금하구려. 무엇인가 좋지 못한 일이 생긴 것이 아닌지. 나에게도 숨김없이 알려 주기 바라오. 내가 여기서 어찌할 도리는 없지만 기도하기 위해서 알고 싶소.

검사국의 조사가 1년 만에 이제 겨우 대체로 끝이 났소. 너무 걱정하지 마오. 오늘은 예년대로 하면 우리 학교의 졸업식이오. 나는 졸업생들을 위해서 뜨거운 기도를 하오. 그들이 진정 자신들의 이익에 사로잡히지 말고 아름답게 살기를, 그리고 무엇인가 보람 있는 일생을 살아가기를 빌고 있소. 전번에 부탁한 사진첩을 한 권 사 두도록 해 주시오. 우리는 지금 물질적으로 더없이 괴로운 생활을 하고 있으나 한동안만 더 참아서 견딥시다. 그리고 항상 우리들의 신념을 위해서 기도하고 힘을 얻읍시다.

아이들에게

인숙아! 곧 2학년이 되는구나. 동생들을 귀여워해 주고 훌륭한 어린이가 되어라.

인걸아! 유치원에 가게 되었다니 참 아버지도 더 없이 기쁘다. 잘 뛰어 노는 튼튼한 어린이가 될 것. 물론 할머니, 엄마 말씀은 잘 들을 것.

화숙아! 몸 튼튼히. 아기 귀여워할 것.

신화야! 은총 속에 잘 자라라. 나는 너를 꿈속에서 자주 본다.

인순아! 고생스럽겠다. 고맙다.

1943년 3월 15일

가족 서신

* 1951년 1·4 후퇴 때에 화성군 노하리에 인걸, 인성을 데리고 피난하고 있던 엄마가 대구에 아버지와 함께 피난 중의 인숙에게 인편으로 보낸 편지. 할머니는 신화, 옥신을 데리고 이천군 소리울에, 옥신은 3월 1일 거기서 병사하고.

인숙에게

네 편지 두 번 받아 보았다. 이은웅 선생님 오셔서 자세한 말 들었다. 옷주제가 오죽하랴. 여기는 그저 수원에 가지도 못하고 노하리에 있으며, 하도 답답하여 수원엘 한번 갔더니 우리 집 울타리, 광은 다 없어지고 있던 것은 하나도 없고 간장 묻어둔 것도 말짱 다 파 가고, 피해는 말로 할 수 없으며, 감자 씨, 달리아 뿌리를 다 파 버렸더라.

군둘 가서 닷새 묵고, 문안 가서 하룻밤 자고 다시 노하리로 돌아와, 아버지 오실 때만 기다리고 있다.

군둘 집도 무사하고 덕영네도 잘 있고 하더라. 제일 답답한 것은 이천 소식이다. 답답한 마음 어찌 말로 하랴. 어린것들이 얼마나 기다릴지 또는 잘 있을지 답답한 마음 어찌 하면 좋을지.

인걸이가 요사이는 나무를 하여 댄다. 인성이도 잘 놀고 지 선생님 댁에는 석영이만 돌아오지 않았지. 선생님이 오셔서 함께 지내시니 든든하더라.

이은웅 선생님, 노하리에 오셨던 길에, 당진 고향에 3, 4일 들러서 이곳에 와 계시다가, 지 선생님과 함께 다시 당진으로 가셨다가 돌아왔는데, 오늘 수원에 가신다고 하신다. 너는 아버지 오실 때에 오지 못한다니 객지에서 어찌 하니? 모든 것을 조심하고 잘 있기 바란다.

여러 가지로 고생이 많을 듯. 아버지 편지엔 칭찬 많이 하셨더라. 물가는 나날이 오르는데, 식구는 세 갈래로 갈라져서 어찌하려는지.

할머께서 편치 않으셨는지 답답할 때는 주님께 기도 드리고 여러 곳으로 나뉘어있는 가족들을 보호하시기를 기도한다. 주인이 얌전하여 서로 의지하고 지내었다. 주인이 국민병 나갔다가 돌아왔으며, 겨울에는 혜숙이네가 노하리에 온 지 4일 만에 당진으로 피난길을 떠났고, 나만 남아서 주인댁과 명현네와 의지하고 지냈다.

자세한 말은 만나서 하겠다. 아버지 오실 때에 인걸의 고무신과 인성의 신을 사 가지고 오시라고 하여라.

약은 소화제 하나 없고, 머큐럼 한 병 없이 지내었다. 전염병도 대단한 모양이다. 주께서 보호하심만 믿고 안심한다. 대강 이만 그친다.

1951년 4월 3일 엄마(노하리 박정근 방)

숙이 보아라

다녀온 지 오래 되어 궁금하던 차에 편지 보고 무고한 것 알게 되어 반갑다. 엄마는 그동안 몹시 앓다가 요사이는 기동하게 되었고 할머니는 시골 가셨다. 아이들 잘 있고 나도 건강하다. 내 기행문은 곧 인쇄소에 들어가게 된다. 『유토피아의 원시림』이라고 이름을 붙였다. 『인생 노우트』도 재판되었다. 이번 것을 한 부 보내마.

제탄 관계로 집이 늘 울려서 안정이 되지 않아 어린것에게 심리적으로 좋지 않을까 걱정된다. 일은 아무리 고되게 하더라도 쉴 때에는 고요해야 정신이 안정되고 건강해질 것 같다.

부디 틈틈이 성경 읽고 또 그 밖의 교양 서적도 쉬지 말고 읽도록 하여라. 우리 집 김장은 너무 늦게 갈아서 잘 안 되었으나 올해의 김장으로는 쏠쏠한 편이다. 부디 잘 있거라. 동식[69]이는 비타민 같은 것을 먹여 보아라.

1959년 11월 7일 아버지

* 인숙이가 미아리에서 중앙 연탄 공장을 내고 밤낮 없이 일하던 때에 보낸 편지임.

동식 어미 보아라

몹시 궁금하던 차에 편지 받아 보고 무고한 소식 알아 반갑다. 이곳은 별고 없으나 인석의 병으로 항상 걱정 중이다. 매주 일, 화, 목, 토, 오전 중에 엑스레이 과에 가서 치료하고 오는데, 이번 주일은 너무 고단한 것 같아서 쉬었다. 번번이 혈액을 검사하고 치료하며, 수혈은 한 번밖에 안

했다. 엑스레이로 종양의 매스는 많이 줄어들었으나 근치하기에는 아무런 방안이 없다. 집에서는 매일 정신없이 뛰어 놀아 겉보기에는 건강해 보이나 식욕이 적은 편이다.

농대에는 데모도 있었고 어제는 학생 총회도 있었다. 모두 다 당당하여 부끄럽지 않은 상태이다. 그러나 몇몇 교수를 배척하여서 걱정이다. 농과에서는 X선생이 문제 되는 모양이다.

돈에 여유가 있다면 외삼촌을 다소 도와주었으면 좋겠다. 엄마가 생각하는 듯한데, 돈에 대한 신용은 확실하다. 선생님 기일에는 서울이 너무도 소란해서 수원서 예배 보았다. 살아 계시다면 얼마나 불의의 세력을 꺾는 것을 시원해 하실까.

전에 너에게 지나가던 말로 하던 임업 육종장 옆의 폐원된 과수원을 2백 35만 환에 계약하였고, 『인생 노우트』 인세 등 푼푼이 모은 돈 백만 환을 계약금으로 주었다. 억지라고 생각되나 기회를 놓칠 수가 없어서 작정했다. 그곳에는 전기의 주야선이 들어오고 근처까지 버스 합승도 가고 남향으로 1만 7백 평의 장방형의 좋은 지대이며, 임목 육종장의 식림이 계속되면 수년 후에는 명승지가 될 것이다. 지금 기행문 『유토피아의 원시림』이 교정 중이고, 속 『인생 노우트』인 『소심록』도 계약되었다. 인세로 50만 환쯤 나올 것이다. 박철순 씨가 40만 환쯤 보태어 주겠다고 하나, 남의 도움을 까닭 없이 받기 싫어 대답 안 했다. 7월 15일에 잔금 치르게 된다. 인걸이도 돌아오고 과수원이라도 시작하고 하면, 생활의 기초도 잡힐 것 같다.

인석이만 완쾌하면 무슨 걱정이 있겠느냐? 이천에서도, 수원에서도, 나더러 국회의원 출마하라고 졸라대고 있으나 모두 거절했다. 나를 모르는 사람들이다.

동식이도 한 번쯤 건강 진단해 보고, 너도 틈내서 곧 상한 이를 손질해 두어라. 자신의 건강을 등한하는 것도 잘못하는 일이다. 홍렬 아저씨도 잘 있고 미국에서 곧 돌아오고 싶어하는 모양이다. 안성 군수 인상씨도 다녀갔고 정릉의 기설씨도 다녀갔다.

고담리에서는 인원이도 세간 나고, 아주머니만이 시아버지를 모시고 고생을 많이 하고 있으니 민망하구나.

송곡리의 은행나무 건은 원고들이 패소한 것으로 알고 있는데, 아직 나는 정식 통고를 못 받았다. 정원도 올해는 인석이가 마음이 들떠서 그럭저럭이다.

항상 믿음으로 또 꾸준한 인내로 진실하게 하루하루를 살아라. 많은 사람을 대할 때에 무언 중에 덕을 길러 그들의 가슴 속까지 미치어 가도록 하여라. 엄마는 노년기에 접어들어 눈이 날로 어두워 가고 또 고달파 하는 것이 완연하다. 오늘은 이만 그친다.

1960년 5월 12일 아버지

사부님께

하늘과 들을 바라보니 밝은 빛이 넘칩니다. 가지에도 뿌리에도 소생의 환희가 넘칩니다. 만물의 부활을 찬미하는 듯 종달새의 노래가 명랑하게 들립니다. 이미 세상을 떠나 간 여러 사람들이 그리워집니다. 영원의 희망과 환희가 가슴에 느껴집니다. 신념으로 죽은 사람들의 환난과 비애가 봄날 아침 동산에 잎사귀와 꽃송이로 피어나는 것을 느낍니다. 참으로 다감한 3월이옵니다.

사부께서 일본 관헌에서 고난을 당하신 것도 이 3월입니다. 신은 옥중의 우리들을 어미닭이 병아리를 품듯이 보호하셨습니다. 우리들의 머리에서 용수를 벗기시고 팔목에 고랑쇠와 허리에 묶은 오라줄을 끊어서, 다시 제 각각의 일터로 돌려보내신 것도 이 달입니다. 성실한 젊은 사람들에게 참소원을 기원하는 길을 가르쳐 주신 것도 이 3월이옵니다.

은사들 위에 신의 축복을 비오며, 청년들로 하여금 더 억척스럽게 옳은 것을 위하여 싸우게 하소서. 옥중 생활을 기념하기 위하여 거기서 애독하던 바울의 서간집을 보냅니다.

1943년 3월 12일 문생 류달영 올림

일기와 수필만큼 쓴 사람의 내면과 살아온 삶이 고스란히 드러나는 글은 없다. 이 책은 류달영 선생이 「사상계」에 연재한 글들을 묶어 1984년에 출간한 『인생 노우트』를 재출간한 것이다. 그가 붙인 '인생 노우트'라는 제목을 보면 알 수 있듯이 이 글들은 그가 스스로 써 내려간 인생의 기록이다. 류달영 선생이 직접 겪고 느꼈던 일들과 당시 사회 현안에 관한 그의 시선을 담고 있다. 일제 강점기부터 6·25전쟁, 군사 독재까지 격동의 역사를 살아내면서 굳건히 자신의 길을 걸어간 그의 인생은 경이로움 그 자체였다.

1945년 8월 15일, 일본 제국주의가 마침내 무너지고 사람들은 나라를 되찾은 기쁨과 새로운 나라에 대한 희망으로 부풀어 있었다. 하지만 미국과 소련이 대립하면서 한반도는 북위 38도선을 기준으로 남과 북으로 갈라져 동족상잔의 비극을 겪었다. 전쟁이 남긴 상처는 극심했다. 수많은 인명이 희생되고 각종 산업 시설이 파괴되었다. 무엇보다 사람들의 마음속 깊이 박힌 패

배감과 무기력이 문제였다. 식민지 지배로 입은 상처가 채 아물기도 전에 전쟁을 겪은 당시의 한국은 희망이라고는 찾아볼 수 없는 절망의 땅이었다. 류달영 선생은 이런 어려운 상황 속에도 재건국민운동 본부장으로서 나라의 기틀을 마련하기 위해 자신의 온 인생을 바쳤다.

그의 호 '성천星泉'의 뜻은 '위로는 북극성을 우러러보고 아래로는 샘의 물소리를 듣는다'이다. 절망이 가득했던 시대, 메마른 국토에 굳건히 토대를 쌓은 그의 존재를 이보다 더 잘 설명한 말이 있을까. 그가 가진 신념, 성실, 믿음은 어디에 있어도 빛을 발했다. 그런 그와 같은 뜻을 가진 수많은 보석 같은 이들이 모여 폐허와 절망의 땅이었던 우리나라를 새로운 나라로 일구어 나갔다.

류달영 선생은 모든 일로부터 배우고 실천한 사람이었다. 어떤 여건 속에서도 최선을 다해 살아온 그의 모습이 글 속에 고스란히 드러나 있다. 이런 그를 보고 있자면 어떤 시대를 사는 것이 중요한 게 아니라 그 시대 안에서 어떻게 삶을 개척하는지가 더 중요하다는 것을 깨닫는다. 글에서 느껴지는 류달영 선생의 내공과 삶을 대하는 태도는 오늘날을 살아가는 우리에게 큰 울림과 부끄러움을 선사하리라 확신한다.

류달영 선생은 책 속의 글들을 "정리되지 않은 잡기장 몇 조각"이라고 표현했다. 또한 그는 자신의 인생을 특별히 놀라울 것도 없는 "지극히 평범한 인생"이라고 평했다. 하지만 그가 해온 일들과 그 과정에서 얻은 깨달음을 평범하다고 말하기는 어려울 것 같다. 매사에 겸손하고, 행동으로 묵묵히 보여주었던 그의 인생길을 더 많은 사람이 기억하고 함께 하기를 염원한다.

1   권화(權化): 부처나 보살이 중생을 구하기 위해 다른 모습으로 변하여 세상에
나타남. (10쪽)

2   회의(懷疑)하는 천진(天眞): 맑고 순수했던 마음(천진)에 의심(회의)이 생겼다
는 뜻. (14쪽)

3   고등보통학교: 일제 강점기의 5년제 중등 교육 기관. 보통학교에서 초등 교육
을 마친 12세 이상의 남학생이 시험을 보고 입학했으며 약칭으로 '고보'라 불
렀다. 여학생들이 다니는 '여자고등보통학교'가 따로 있었고 약칭으로 '고녀'
라 했다. (16쪽)

4   소학교: 일제 강점기 초기 초등 교육과 중등 교육은 일본인과 조선인을 차별
해 이루어졌다. 초등교육의 경우 일본인은 6년제 '소학교'를 다니고 조선인은
3~4년제 '보통학교'를 다녔다. 중등교육 역시 일본인은 '중학교'에, 조선인은
'고등보통학교'에 진학했다. 1938년 3차 개정교육령으로 인해 보통학교의 명
칭은 '소학교'로 바뀌었다. 이런 변화 과정 때문에 본문에서 '소학교'라는 명칭
과 '보통학교'라는 명칭이 혼용되고 있다. 이처럼 3·1 운동 이후 여러 차례 조
선 교육령을 개정하여 일본과 조선의 교육 차별을 줄여나갔으나, 이는 조선
인을 포섭하기 위한 유화정책의 일환이었다. (18쪽)

5   7만 8천 리는 약 30,632km이다. 이 거리는 서울과 부산을 약 35회 왕복하고,
서울서 부산을 한 번 더 가는 거리다. (19쪽)

6   함석헌(1901~1989): 독립운동가이자 언론인이며 『뜻으로 본 한국역사』의 저
자이다. (22쪽)

7   무교회 신앙(무교회주의): 성서 중심의 신앙생활을 추구하는 기독교 사상이
다. 무교회주의자들은 기독교 믿음과 신학의 근거는 눈에 보이는 교회와 전
통이 아니라 성서라는 복음주의에 있다고 한다. (22쪽)

8   김교신(1901~1945): 류달영의 양정고등보통학교 시절 담임이었다. 무교회주
의 기독교 사상가이며 성서조선 사건으로 옥고를 치렀다. 류달영, 윤석중, 손

기정 등 제자들에게 독립 정신을 고취하였다. (22쪽)

9   삼방(三防): 50여m의 높이와 150여 개의 절벽을 타고 떨어지는 삼방폭포와
    삼방약수로 유명하다. (23쪽)

10 교리(校理): 조선 시대에 글과 관련된 기관에서 일했던 벼슬. (25쪽)

11 송두용(1904~1986): 무교회주의 기독교 사상가, 교육자, 독립운동가, 「성서조
    선」 발행인 중 한 명으로, 식민 통치를 비판하다가 서대문형무소에 투옥되었
    다. (26쪽)

12 장지영(1887~1976): 한글 학자로서 일제의 조선어 교육 폐지에 맞섰던 조선
    어학회를 조직하였다. 해방 후 문맹 퇴치와 한글 보급을 위해 활발히 활동하
    였다. (26쪽)

13 광주 학생 운동: 1929년 11월 3일 전라남도 광주에서 시작된 항일 독립운동
    이다. 같은 해 10월 30일 일본 남학생이 조선 여학생을 희롱한 사건이 계기가
    되어 전국으로 퍼져나갔다. (29쪽)

14 둥구미: 짚으로 둥글게 엮어 만든 그릇이나 바구니. (35쪽)

15 감때사납다: 사람이 억세고 사납거나 사물이 험하고 거칠다. (37쪽)

16 탕개: ‘긴장’을 의미하는 말. 원래 물건을 조이거나 당기는 데 쓰는 연장 또는
    도구를 이른다. (38쪽)

17 쓸까스르다: 다른 사람을 꾀어서 구슬렸다가 낮추었다가 하면서 비위를 거스
    르다. (39쪽)

18 우치무라 간조(1861~1930): 일본의 개신교 사상가로 무교회주의를 제창해
    김교신, 함석헌 등에게 영향을 끼쳤다. 그의 제자 사토 교수는 류달영의 수원
    고농 스승이다. 본문 112~113쪽에 자세한 내용이 나온다. (51쪽)

19 남강 이승훈(1864~1930): 교육자이자 독립운동가이다. 3·1 운동 때 기미독
    립선언서에 서명한 민족대표 33인 중 한 명이다. (51쪽)

20 국민학교: 일제 강점기 때 쓰였던 ‘보통학교’ 명칭이 1941년 ‘국민학교’로 변
    경되었다. 1996년부터 ‘국민학교’는 일제 잔재로 여겨져 오늘날 쓰는 ‘초등학
    교’로 명칭이 변경되었다. (53쪽)

21 「희망가」: 우리나라 최초의 대중가요. 원곡은 영국 춤곡을 바탕으로 하여 만
    들어진 미국의 찬송가인데, 1910년 일본에 전래된 곡을 한국에서 개사하여

1921년이 되어서야 '이 풍진 세상을'이란 제목으로 발표되었다. 1930년대에 국내 최초의 대중가수 채규엽의 레코드로 '희망가'란 제목으로 널리 알려졌다. (57쪽)

22 치부책: 돈이나 물건이 들고 나는 것을 기록하는 책. (59쪽)

23 수원고등농림학교: 일제 강점기에 설치된 3년제 농림전문학교로, 고등보통학교를 졸업하고 진학하며 고등학교 과정에 해당한다. 수원고농은 서울대학교 농과대학의 전신이다. (60쪽)

24 최용신(1909~1935): 독립운동가이자 교육자이며 농촌계몽운동가이다. 세계적인 기독교 민간 단체였던 YWCA와 협력하여 농촌계몽운동을 주도하였다. (61쪽)

25 부화(浮華): 실속은 없고 겉만 화려함. (64쪽)

26 송고: 송도고등보통학교의 줄임말. (67쪽)

27 파월(派越): 베트남에 파견한다는 뜻이다. 대한민국 국군은 1964년부터 베트남 전쟁에 참전하여 휴전 협상했던 1973년까지 파병하였다. (68쪽)

28 영어(圇圄): 죄인을 가두어 두는 곳으로, 형무소라고 부르다가 현재 교도소로 칭한다. (68쪽)

29 장우성(1912~2005): 현대 화가로서 1932년 조선미술전람회에서 입선하여 등단했다. 친일에 대한 논쟁이 있으나 독립운동가였던 류달영과 세종대왕릉을 함께 참배한 일화 및 친일반민족행위자 명단에 제외되어 있다는 사실 등이 그가 친일파가 아니었다는 것을 뒷받침한다. (80쪽)

30 헤식다: 바탕이 단단하지 못하여 헤지거나 갈라지기 쉬움. (83쪽)

31 단말마(斷末摩): 숨이 끊어질 때처럼 몹시 고통스러운 것. (91쪽)

32 혜산진 전투: 1919년 8월에 홍범도 장군(1868~1943)이 지휘한 대한독립군이 혜산진에서 일본군과 벌인 전투. (91쪽)

33 미결감(未決監): 아직 판결이 나지 않은 상태인 죄수를 가두어 두는 감옥. (91쪽)

34 김태준(1905~1949): 국문학자이자 한국 문학사의 기초를 닦은 연구자이다. 『조선한문학사』와 『조선소설사』를 집필했다. (92쪽)

35 여운형(1886~1947): 3·1 운동을 주도한 독립운동가이다. 사후 건국훈장 대통령상과 대한민국장에 추서되었다. (92쪽)

36   호움(haulm): 식물의 줄기를 뜻하는 영어 단어. (97쪽)

37   MRA: 도덕재무장운동(Moral ReArmament)의 약자이다. 미국의 프랭크 부크
      만 목사가 시작한 운동으로, 인류의 문제를 인간의 본성과 도덕을 회복하여
      해결하고자 했다. (97쪽)

38   1·4 후퇴: 6·25 전쟁 중이던 1950년 12월경부터 이듬해 1월 초 사이에 중국
      공산당이 파견한 군대의 인해전술로 공산군이 서울을 재점령하고, 유엔군이
      퇴각하여 수도를 부산으로 옮긴 사건. (101쪽)

39   끄틀: '풀 또는 나무 따위의 아랫동아리'를 뜻하는 '그루터기'의 방언. (102쪽)

40   춘원 이광수(1892~1950): 일제 강점기 문인이다. 독립운동에 헌신하다가 말
      년에 친일 행위를 하며 조선총독부 정책에 협력하여 평가가 엇갈린다. (105쪽)

41   『새 역사를 위하여』: 류달영이 6·25 피난 중에 폐허지에서 쓴 책(1952년 3월
      1일 탈고)으로, 전쟁으로 낙담해 있는 국민에게 희망을 불어넣어 주어 출간 당
      시(1954년 교학사에서 초판 발행) 독자의 찬사를 받으며 큰 반향을 일으켰다.
      (108쪽)

42   환등기 : 그림, 사진 등에 강한 불빛을 비추어 그 빛을 렌즈로 확대하여 영사
      하는 장치. (110쪽)

43   『플루타르코스 영웅전』: 고대 그리스의 역사가 플루타르고스가 고대 영웅과
      전쟁에 관하여 쓴 전기. (114쪽)

44   문명병 우자(愚者): 문명병에 걸린 어리석은 사람. (129쪽)

45   환: '환'은 1953년에서 1962년까지 사용했던 화폐이다. 6·25 전쟁의 여파로
      물가가 급등하여 이를 진정시키기 위해 기존의 통화 '원'을 '환'으로 바꾸어
      100원을 1환으로 대체하여 발행하였다. 1962년에 다시 화폐 개혁으로 '원'이
      되었으며, 10환을 1원으로 교체하였다. (129쪽)

46   비노바 바베(1895~1982): 인도의 브라만 계급 출신의 비폭력 인권 운동가이
      자 인도인의 정신적 지도자이며 걸어 다니는 성자로 추앙받고 있다. 부단(토
      지헌납) 운동을 처음 시작해 20년간 실행했다. (129쪽)

47   「사상계」: 1953년 장준하가 창간한 월간 종합교양잡지로, 1950년대 지식인
      과 학생들 사이에 폭발적인 인기를 모았다. 당시 사회 현안에 관한 글부터 문
      학 작품까지 두루 실었다. 박정희 산하 군부독재의 부패를 지적하여 경영난

에 시달리다가 1970년 5월 205호를 마지막으로 폐간했다. 『인생 노우트』는 「사상계」에 연재[1958년 1월호(54호)~12월호(65호)]한 글을 묶어 출간한 것이다. (131쪽)

48 소설 『장발장』의 등장인물 '자베르' 형사로 추정된다. (133쪽)

49 용수: 대를 가늘게 쪼갠 긴 조각으로 만든 둥글고 긴 통. 술이나 장을 거를 때 쓰는 물건이다. 이 당시에는 죄인의 얼굴을 가리는 도구로도 썼다. (138쪽)

50 남궁억(1863~1939): 독립운동가, 언론인, 교육자로서 일제 강점기 나라를 되찾기 위해 계몽과 교육 활동에 매진하였다. 또한 그는 국민의 애국의식 고취를 위해 우리나라 꽃 무궁화 보급에 앞장섰다. (140쪽)

51 도강자(渡江者): 강을 건너는 사람 또는 국경이나 강을 건너 다른 나라로 가는 사람. (146쪽)

52 4H: 원래 미국에 기반을 둔 청소년 조직 네트워크로 1927년 미국에서 공식적으로 채택된 단체다. 우리나라의 4H 클럽은 마을의 소년과 소녀로 구성된 농촌 조직체였다. (153쪽)

53 이를 의역하면 다음과 같다. "뭇 부처님께서도 묘한 도(妙道)를 얻기 위해 한없는 세월 동안 쉼 없이 부지런히 힘써, 행하기 어려운 것을 행하고, 참을 수 없는 것을 참았거늘, 너의 소덕(小德)과 소지(小智), 경심(輕心)과 만심(慢心)으로 어찌 진승(眞乘)을 얻으려 하는가. 쓸데없는 수고로움이 있을 뿐이리라." (159쪽)

54 모리배(謀利輩): 온갖 수단과 방법으로 자기의 이익을 추구하는 사람이나 무리. (178쪽)

55 레오나르도 다빈치의 작품 중 「모나리자」 또는 「암굴의 성모」로 추측한다. (182쪽)

56 9·28 서울 수복: 1950년 6·25 전쟁 중이던 6월 28일 북한군에게 빼앗겼던 서울을 같은 해 9월 28일에 되찾은 일이다. (187쪽)

57 「새농민」: 1961년 10월 창간된 「새농민」은 농업협동중앙회가 조합원을 결집하고 농촌 문화를 전달하기 위해 발간한 월간지이다. 1960년대 중후반에는 발행 부수가 최대 20만부에 달할 정도로 영향력이 있었으며, 1999년 「전원생활」로 제호가 변경되었다. (201쪽)

58   성철(聖哲): 성인(聖人)과 철인(哲人)을 함께 일컫는 말. (209쪽)

59   1953년 한일회담에서 일본 수석대표 구보타 간이치로가 "일본 통치는 한국 인에게 은혜를 베푼 것."이라는 망언을 한 사건이다. 이후 이 망언은 한미관계 를 균열시키기 위한 일본 정부의 전략이었음이 밝혀졌다. (212쪽)

60   조만식(1883~1950): 독립운동가이자 정치가로, 1920년 조선물산장려회 를 조직하여 국산품 애용 운동을 펼친 것을 비롯하여 항일 운동에 힘썼다. (212쪽)

61   덴마크는 제2차 슐레스비히 전쟁에서 패해 두 공국을 상실했다. 두 공국은 승 전국인 오스트리아 제국과 프로이센 왕국이 나눠 지배했는데, 나중에 프로이 센으로 전부 넘어갔다. (214쪽)

62   라빈드라나트 타고르(1861~1941): 인도의 시인이자 사상가로 시집 『기탄잘 리』로 1913년 노벨 문학상을 받았다. (231쪽)

63   스리 오로빈도(1872~1950): 인도의 사상가, 시인, 요가 전문가이자 세계적인 영성 공동체인 오로빌 창시자로 세계적인 영적 스승으로 평가받는다. 인도에 서는 독립운동가로 추앙받고 있다. (231쪽)

64   노평구(1912~2003): 무교회주의 기독교 사상가, 종교인, 출판인, 독립유공자. 배재고등보통학교 재학 중 만세운동을 주도해 옥고를 치렀다. (247쪽)

65   중일 전쟁: 1937년 7월 7일 일본 제국이 중국에 침략하면서 시작된 전쟁으 로, 1945년 제2차 세계 대전이 끝날 때까지 지속되었다. (321쪽)

66   류달영의 아버지 류홍구(1870~1941): 4형제 중 장남으로 책임감이 강하고 성 실했다. 호는 호정(湖亭)이다. (326쪽)

67   류달영의 어머니 강릉 유(劉) 씨(1882~1965): 아버지의 첫 부인이 딸 하나를 남기고 일찍 별세하여, 아버지가 새로 맞은 두 번째 부인이다. 류달영은 이 어 머니의 독자로 태어났다. (327쪽)

68   류달영이 감옥에 있을 당시의 자녀는 인숙, 인걸, 화숙의 1남 2녀였다. 그 후 신화, 옥신, 인성, 인석이 태어나 모두 3남 4녀의 자녀를 두었으나 옥신이는 전쟁 중에, 인성과 인석이는 그 후에 병으로 일찍 세상을 떠났다. (329쪽)

69   장녀 인숙의 아들로, 류달영의 외손자. (347쪽)

인생 노우트

류달영 인생론집

초판 발행 1984년 5월 25일
개정판 1쇄 발행 2024년 8월 15일

지은이 | 류달영
펴낸이 | 박유상
펴낸곳 | 빈빈책방(주)

편   집 | 배혜진 · 정민주
디자인 | 박주란

등   록 | 제2021-000186호
주   소 | 경기도 고양시 덕양구 중앙로 439 서정프라자 401호
전   화 | 031-8073-9773
팩   스 | 031-8073-9774

이메일 | binbinbooks@daum.net
페이스북 | /binbinbooks
네이버블로그 | /binbinbooks
인스타그램 | @binbinbooks

ISBN 979-11-90105-79-8 (03810)

* 이 책은 류달영이 「사상계」의 '인생 노오트' 코너에 1958년 1월호(54호)부터 그해
  12월호(65호)까지 1년간 연재한 글들을 묶어 1984년에 출간한 『인생 노우트』(삼화
  출판사 발행)를 재출간한 것입니다.
* 초판 발행일의 경우 1984년 삼화출판사 발행 도서에 초판 머리말(1958년)이 실려
  있어 그 이전으로 추정되나, 초판본의 실재 여부는 확인되지 않아 1984년 발행 도
  서를 기준으로 적었음을 밝힙니다.